HUMANOS EXEMPLARES

JULIANA LEITE

Humanos exemplares

4ª reimpressão

Copyright © 2022 by Juliana Leite

Grafia atualizada segundo o Acordo Ortográfico da Língua Portuguesa de 1990,
que entrou em vigor no Brasil em 2009.

Capa
Alceu Chiesorin Nunes e Ale Kalko

Imagem de capa
Janela (2020), de Eduardo Berliner. Óleo sobre janela de madeira.

Preparação
Cristina Yamazaki

Revisão
Marise Leal
Julian F. Guimarães

Os personagens e as situações desta obra são reais apenas no universo da ficção;
não se referem a pessoas e fatos concretos, e não emitem opinião sobre eles.

Dados Internacionais de Catalogação na Publicação (CIP)
(Câmara Brasileira do Livro, SP, Brasil)

Leite, Juliana
      Humanos exemplares / Juliana Leite. — 1ª ed. — São Paulo :
Companhia das Letras, 2022.

      ISBN 978-65-5921-186-9

      1. Romance brasileiro I. Título.

22-108130   CDD-B869.3

Índice para catálogo sistemático:
1. Romances : Literatura brasileira B869.3
Eliete Marques da Silva – Bibliotecária – CRB-8/9380

Todos os direitos desta edição reservados à
EDITORA SCHWARCZ S.A.
Rua Bandeira Paulista, 702, cj. 32
04532-002 — São Paulo — SP
Telefone: (11) 3707-3500
www.companhiadasletras.com.br
www.blogdacompanhia.com.br
facebook.com/companhiadasletras
instagram.com/companhiadasletras
twitter.com/cialetras

Para Erodias, Evando
Albertina, Enéas

Para Ecy

E você teve o que queria desta vida, apesar de tudo?

Raymond Carver, "Fragmento final", 1989

Ela abre os olhos para mais um dia e já não pode impedir a si mesma de se sentir um pouco livre, ela se sente assim, como alguém que dormiu numa rede fresca e acordou livre para escolher o que fazer em uma manhã comum. Quem olha de fora percebe que seus ossos despertaram firmes sobre a cama, mais ou menos firmes, e isso sim é uma surpresa. A quantidade de ossos que uma velha possui é um espanto, um assombro, porque afinal alguns humanos como ela sumiram, muitos já sumiram e até agora por algum motivo ela permaneceu, ela se sente assim, como alguém que permaneceu, por enquanto.

Como ainda não se apagou, como ainda existe mais ou menos como antes, membros, pele, pulmão, ela pode até confundir um pouco as coisas, achar que isso significa que é uma velha de sorte. Mas logo todos esses pensamentos se apagam porque está na hora de se levantar para passar o café, pronto, já está na hora de ela se vestir e fazer o de sempre, o de todos os dias, e a sorte não costuma ter nada a ver com isso.

Ainda bem que a manteiga dormiu fora da geladeira esta

noite. O pão não é fresco, mas a velha não se importa com isso, não mesmo, ela até prefere assim. Ajeita um pratinho e a xícara, aqueles do jogo com flores vivas, e aperta quatro vezes o êmbolo da garrafa de café para se servir. Ela adora a companhia dessa xícara florida, ainda mais quando o vapor do café sobe; deixa espaço suficiente para pingar um pouquinho de leite quente por cima, assoprando a leiteira para impedir que a nata venha junto. A velha não gosta de beber a nata, mas sim de passá-la dentro do pão, junto com a manteiga, e é por isso que pesca a gordura do leite com um garfo.

É na mesa da cozinha, no jornal que ainda não foi aberto, que novas pessoas se apagam nas notícias. Todos os dias os apagamentos se acumulam e se empilham por toda parte formando um número impossível. Só de olhar para a lista de apagados uma velha de apartamento pode imaginar que a sorte morreu, que os vivos talvez sejam fruto do acaso e que, mesmo que ainda respirem, bem, eles também desaparecem pouco a pouco, de todo jeito, e em algum momento acabam se unindo aos demais.

Embora outras coisas ainda aconteçam, notícias comuns, nesse momento é como se o comum estivesse impedido de existir, adiado e em suspenso, com a rua fechada por um tapume que encobre a vista e a passagem. Antes a velha abria o jornal de manhã e lia as notícias se sentindo um pouco como uma investigadora, uma espiã apta a encontrar ali, por trás daquelas linhas, o objeto escondido do dia. Havia algo a ser buscado por seus olhos, uma pedra, algo que ao ser encontrado daria a uma velha a sensação de recompensa por ela ainda estar informada, ciente do mundo. Ultimamente essa velha desistiu disso, está até constrangida de buscar pela pedra, não saberia em que bolso guardá-la ou o que fazer para lidar com seu peso.

Ela adia a abertura do jornal e molha o pão no café com leite bem quente. Morde a ponta molhada do pão onde a manteiga está derretida e logo sente aquilo que mais desejava nesta manhã, a gordura salgada tomando a superfície da língua. A gordura é generosa e a velha se arrepia inteira, é sempre assim, uma gordura quente e salgada faz uma velha como essa arrepiar todos os pelos de manhã cedo. Ela sente o grande prazer do pão molhado entre os dentes e de repente fica um pouco encabulada. Talvez devesse pedir autorização por escrito a alguém para, além de seguir viva a essa altura, ainda por cima sentir prazer na língua, talvez esse fosse o procedimento correto, ver se ainda é permitido aos humanos revirar os olhos de delírio.

Mas agora é tarde, ela já mordeu o pão e já sentiu o prazer engordurado invadindo o corpo, de alguns gozos não se pode voltar atrás. Ainda assim, são tantas as coisas que se derretem e que se desfazem, são tantas as maneiras de se desfazer que uma velha amanteigada também acaba se diluindo um pouco, ela se desfia a cada vez que se lembra da imagem de alguém amado que desapareceu, um humano, um parente, um animal, uma paisagem, uma geleira, uma estrada, uma dama-da-noite, uma formiga, um colibri, um cavalo-marinho, uma manada, um cupinzeiro, um riacho, uma montanha, um barbante, uma borracha escolar, fios de cabelo, todas essas coisas importantes já se diluíram bem diante dos seus olhos formando uma coleção de ausências. A falta dessas coisas já estava dentro do pão, pela manhã, antes mesmo de uma velha morder qualquer coisa.

Ela termina o café num gole largo porque prefere o leite pelando e nos dias de hoje o leite esfria muito mais rápido do que antigamente. É difícil dizer por quê, mas é o que acontece. Põe a xícara dentro da pia, onde já estão as louças do dia anterior, e então pode abrir as janelas a qualquer momento. Pronto, ela abriu as janelas da sala e agora tudo está mais fácil para quem olha de fora.

Hoje a luz da manhã está mesmo uma beleza. Quando o dia

está assim a velha se sente levemente empolgada, ajeita o sofá azul, o tapete e os quadros na parede como se algo novo e bom estivesse prestes a acontecer. A sala está arejada e algo agradável pode surgir em breve, por que não? Seu maior desejo, vejamos, seria ouvir inesperadamente a campainha, abrir a porta do apartamento e encontrar ali do outro lado um visitante, imagine só, alguém adorável trazendo novidades e rosquinhas de presente. Isso seria esquisito e genial para alguém como a velha, que não lava a louça nem limpa a cozinha, mas que faria tudo isso contente caso houvesse a chance de aparecer alguém em casa.

Já faz bastante tempo que ninguém entra pela porta, ninguém mesmo. Se isso acontecesse nesta manhã a velha estaria em apuros, não teria nem mesmo geleia para oferecer ao visitante, tampouco manteiga, já que hoje ela exagerou e passou tudo que restava no pão do café da manhã. Ela se preocupa porque não teria nada de gostoso para servir, e ainda precisaria se sentar longe da visita porque, além de tudo, nem banho ela tomou hoje. Não seria recomendável que ficasse assim, tão perto de alguém, ainda mais se esse alguém fosse amável.

A velha se senta um pouco no sofá, cruza as pernas, não tem pressa de nada. Repara que seu roupão felpudo precisa ser lavado, isso tem que acontecer em breve porque a mancha no colarinho, a mancha bege, é café com leite de ontem, de anteontem ou de semana passada. O gole de café com leite caiu no colarinho naquele dia em que o telefone tocou em uma hora incomum, muito incomum neste apartamento, e isso foi um susto tão grande que ela acabou cuspindo um pouquinho do café que estava na boca. É preciso lavar o roupão, ela sabe, mas prefere deixar para quando fizer um dia de sol, um belo sol que seque rapidamente seu único roupão. Isso não vai acontecer hoje.

Hoje, por acaso, ela está vestindo azul por baixo, mas isso não acontece sempre. Para quem olha de fora, a velha de azul pode estar encoberta pelas cortinas, a não ser nos dias realmente quentes em que ela não aguenta e deixa tudo aberto. Quando fica perto das cortinas, a velha compõe uma paisagem em que quase nada se move, uma paisagem sem vento e sem barcos. Depois é possível vê-la perambulando de lá pra cá, embora às vezes ela suma de vista inesperadamente. Quando não está enquadrada por um dos vidros, significa que andou para o banheiro ou para a área de serviço, os dois únicos lugares em que pouco se pode saber sobre o que ela está fazendo, uma pena.

Mas na maior parte das horas a velha fica bem quieta e parada, tão quieta e parada que alguém inexperiente poderia achar que pronto, agora essa velha morreu. Isso, porém, ainda não é verdade, por enquanto não. Basta o telefone tocar para ela se mexer como alguém vivo. Pode parecer mentira, mas a velha já foi vista inclusive correndo pela sala para tirar logo o fone do gancho e não perder a ligação. Ela preferiria perder os dentes a perder um telefonema, até porque esses dentes já não são mais os de fábrica, eles não são nem parecidos com os originais.

Como já está sentada e não tem pressa, ela aproveita para retirar coisinhas incômodas do nariz enquanto pensa que um bom visitante seria aquele rapazinho que trabalhava na padaria, aquele que começou no caixa mas depois foi promovido graças à receita de pão doce da avó. Não há como saber se os pães doces ainda existem, afinal não se sabe ainda quem sobreviveu do lado de fora. Na semana passada uma vizinha do prédio da frente gritou da janela avisando que a padaria havia fechado as portas, e que portanto todos estavam na rua, inclusive o rapazinho. A vizinha não apareceu mais na janela desde então e por isso a velha não sabe o desdobramento do assunto.

A verdade é que o tal visitante repentino provavelmente se sentiria entediado ao lado da velha, afinal o que alguém como ela teria de novo para contar a não ser que o cabelo está caindo e que todos os fios estão recolhidos ali dentro daquele potinho. Caso se tratasse de um visitante ideal, sem defeitos, ele se interessaria em observar esses fios junto com a velha e seria bravo o suficiente para pegar tudo isso e jogar no fogo, no ralo ou pela janela, em nome da limpeza ou apenas do divertimento. Imagine se, além disso, o visitante tivesse um isqueiro de prontidão no bolso e um espírito livre. Essa velha adora o cheiro de cabelo queimado, mesmo que muitos humanos torçam o nariz para isso. Resta apenas saber onde está esse visitante, alguém que ainda se interessa por velhas e por brincadeiras perigosas e que por ora não surge.

Nesta manhã a velha pode até estar com o roupão sujo, mas ao menos seu nariz já está bem limpo. Nos últimos anos quem olha de fora só vê a mulher sozinha em todos os cômodos, mas não foi sempre assim. Houve um tempo em que quem olhasse pela janela perceberia ali com a mulher pelo menos duas pessoas: Vicente, o marido, e a filha deles, que naquele tempo poderia ser ruiva ou loira perolada, a depender do resultado da tintura. As luzes do apartamento ficavam acesas e o cheiro de comida atravessava a sala. Faz tempo que eles não fazem mais companhia à velha, mas não é por mal. Em algum momento a filha se tornou uma filha que mora longe e Vicente desapareceu porque, bem, ele morreu e por isso ficou ocupado com outras coisas.

São poucas as pessoas que telefonam para a velha, talvez apenas uma, a mesma todos os dias. Ainda é cedo para dizer por que ninguém mais telefona para ela, mas aparentemente todo mundo que tinha seu número e que gostava de conversar já morreu. Um a um eles morreram, cada um a seu tempo. O número de telefone da velha continua o mesmo desde sempre, mas agora existe um dois na frente de tudo. Talvez os amigos dela se atrapalhassem com isso, mais um número para ser decorado por aqueles queridos, mas como eles não estão mais vivos não é preciso pensar sobre o tema.

Há não muito tempo a velha costumava sair de casa com grande frequência. Pode ser difícil imaginar isso agora, mas ela trocava de roupa diariamente e inclusive passava perfume antes de abrir a porta e se lançar à rua. Até um pouco de batom rosa ela usava nos lábios, rosa tutti frutti. Adorava passear e nem precisava gastar dinheiro para isso, afinal andar é de graça até para os velhos. Ela caminhava, cumprimentava as pessoas e os animais, descobria algo sobre a vida deles e então fingia uma amizade e um carinho imediatos. Fingia tão bem e por tanto tempo que essas pessoas e animais não podiam fazer outra coisa senão retribuir a amizade e o carinho da velha, e por fim o fingimento se tornava desnecessário e a amizade era apenas algo real e espontâneo, mais fácil de executar para todas as partes.

A velha tinha uma amiga na cidade, uma grande amiga dona de uma loja de biscoitos. Costumava visitar essa amiga muitas vezes por semana e depois voltava para casa trazendo um saquinho de biscoitos de passas ao rum. Havia muitos outros sabores na loja, mas por mais que provasse os biscoitos de chocolate e os de anis, os de passas ao rum ainda eram os preferidos. Ela não precisava pagar pelo saquinho, a não ser que ficasse gulosa e quisesse biscoitos demais. O saquinho era marrom e ficava melado depois de um tempo porque na loja daquela amiga os biscoitos eram sempre muito amanteigados e tinham açúcar granulado no topo.

Vicente adorava os biscoitos tanto quanto a velha, talvez até mais do que ela. Punha para esquentar no forno e então mordia os pedaços com as passas quentes e amolecidas. Era um homem magricelo, meio careca e grisalho, apreciador de mapas. Não podia comer todos os biscoitos de uma vez por causa dos problemas sanguíneos com o açúcar, mas muitas vezes não resistia e devorava tudo enquanto a velha estava no banho ou então concentrada na novela. Ela ficava muito brava com ele e dizia que jamais traria biscoitos para casa outra vez, assim não era possível. Mas, como precisava passear no dia seguinte e visitar sua amiga, lá vinha ela com mais um saquinho melado nas mãos.

Esse marido ficou bastante curvado nos seus últimos dias, sentado em uma cadeira, tão curvado que quem o observasse pela janela veria apenas o topo de sua corcunda acima do parapeito. Ele também ficou sem alguns dedos dos pés por causa do problema com o açúcar, mas isso não dava para perceber olhando de fora. A amiga da loja de biscoitos também não existe há um tempo, e isso explica por que os biscoitos neste apartamento são agora de água e sal ou de maisena; na verdade a velha evita os de maisena sempre que pode porque eles ficam melancólicos quando molhados no café. Ela prefere evitar esse tipo de melancolia, caída e molenga.

Pronto, agora o telefone está tocando. É bom que isso aconteça porque assim dá para ver quantas coisas ainda se mexem por aqui, quanta ação ainda acontece no apartamento de uma velha. Essa voz que aparece do outro lado da linha é da filha, a que mora bem longe, tão longe que só é possível vê-la no apartamento pelo telefone. A voz dela parece de fumante, como se pode perceber, mas ela não fuma, é apenas uma mulher grave. Por coincidência, nos últimos meses filha e mãe estão ocupadas com a mesma atividade, esconder-se de algo que existe do lado de fora. A filha faz isso em seu oceano superior, lá onde mora, enquanto a mãe faz aqui mesmo, na casa em que a filha nasceu. Ambas se escondem pelo mesmo motivo, uma nova ameaça exterior que ronda as cidades e faz muitos humanos como elas só pensarem nisso, em como se esconder, mesmo quando precisam sair dos esconderijos por algum motivo.

É a primeira vez que uma ameaça diz respeito à mãe e à

filha ao mesmo tempo. Elas se sentem mais próximas uma da outra graças a isso, afinal sentem o mesmo tipo de medo, ainda que vivam em oceanos e latitudes diferentes. Tanto a mãe quanto a filha podem dizer que já viveram alguns perigos antes, quer dizer, é claro que elas conheceram outras ameaças, mas de algum modo eram ameaças mais individuais e visíveis. Dessa vez os humanos correm o mesmo perigo juntos e quanto a isso eles ainda estão se acostumando com o fato de, no fim das contas, serem tão semelhantes em qualquer parte do planeta.

Quando a mulher que mora longe telefona para saber se sua velha mãe está mesmo bem escondida, se está realmente camuflada nesses dias perigosos, a velha é obrigada a lembrar à filha que não é de hoje que ela sabe se esconder, ela já se escondeu tantas vezes e sobreviveu tantas vezes que poderíamos até mesmo considerá-la uma especialista no assunto. Há muito tempo a velha mãe sabe farejar os lugares, os melhores cantos, e assim dizer se eles são realmente seguros como refúgios. É bom lembrar que ela não chegou aos oitenta anos à toa, e que passou desses oitenta anos e depois chegou aos noventa anos e também passou deles, e agora, vejam só, aí estão os cem anos de uma velha — aí estão. A velha não costuma usar esse trunfo, o da idade como prova de sucesso, mas quando é preciso ela faz isso.

A filha que mora longe, ela também já é um tanto velha à sua maneira, mas não para os tempos atuais, para os dias de hoje ela ainda é considerada jovem. Teve sorte e, embora tenha precisado fugir um pouco em alguns momentos da vida, e tenha até sentido medo aqui e ali, não foi tanto medo assim. A filha não sabe, por exemplo, como suspender a respiração por longos minutos para se fingir de morta, de mortíssima. Sua mãe sabe como fazer isso à perfeição. A velha se esqueceu de ensinar à filha as várias estratégias para despistar os predadores de toda sorte, especialmente os que preferem os animais frescos, que ainda respiram. Não fez isso quando a filha ainda era uma filha que morava perto, e agora que ela vive em um oceano superior fica muito mais difícil explicar essas coisas, ainda mais quando as ligações travam a todo momento.

A velha aperta o aparelho contra o ouvido para escutar melhor aquela voz que cruza o oceano, aperta tanto que sua orelha fica sempre dolorida e vermelha depois que desliga. Ela informa à filha inexperiente que já houve em nosso encalço outras ameaças exteriores, e que em todas essas ocasiões, a mãe garante, o que mais convinha aos humanos era voltar rapidamente para casa, e uma vez dentro de casa convinha voltar para a cama, e uma vez em cima da cama voltar para o corpo, e ali, nesse destino final era necessário se ocupar apenas das células, tão invisíveis quanto a ameaça exterior, é o que ela diz ao telefone. Era preciso cuidar das células. Quem se escondia assim, tão perto do próprio organismo, tinha mais chances de seguir ileso, saudável, íntegro e resistente até o fim, embora fosse difícil apontar quando havia chegado o fim. As pessoas permaneciam dentro do próprio corpo por dias a fio, mesmo que com cãibras e um pouco desacostumadas a uma convivência afinal tão interna e viscosa.

A verdade é que a velha viveu tão perto de pessoas que souberam como fugir, mas tão perto, que acabou se tornando ela mesma das que sabem se esconder e sumir quando necessário. Ela diz para a filha que mora longe, que a humanidade, a mesma à qual ela pertence, já visitou a fuga para dentro do próprio organismo em mais de um momento da história, muito mais, e por isso a filha deveria apenas descobrir como se entregar novamente a esse esconderijo fiel, assim como fizeram os seus antepassados. Os humanos podem até se esquecer disso vez ou outra, afinal os problemas de memória são tão comuns, mas por fim eles conseguem arregalar os olhos e reconhecer a caverna de sempre, lá está ela, o corpo. Seria bom, muito bom que mãe e filha pudessem se parecer cada vez mais com aqueles humanos antigos que sabiam farejar, os humanos sobreviventes, afinal as ameaças continuam suando como sempre suaram, é o que a velha diz, elas têm esse cheiro um pouco salgado e um pouco azedo. Muitas coisas podem ter mudado naquilo que amedronta, mas o azedo segue o mesmo. A filha pede à velha que aguarde um minuto na linha para que ela possa ir fazer xixi. A filha faz xixi o tempo inteiro e nisso ela puxou ao pai. A mãe aguarda e enquanto isso pergunta à filha que não a ouve se ela consegue enxergar de sua janela no oceano superior uma maneira de não sumirmos todos ao mesmo tempo, os humanos, de irmos sumindo aos poucos ou um a um, como costumava ser. A preocupação da velha não é de que os humanos se extingam de vez, afinal é isso mesmo o que eles estão fazendo há tanto tempo. O que a preocupa é outra coisa, ela diz à filha, já pensando no que acontecerá depois da extinção.

Os indivíduos se apagam aos montes e então podem achar que o trabalho acabou, pronto, todos estão mortos e agora basta relaxar e gozar a morte. Bobos, eles são bobos porque não morreram antes e portanto não se lembram de como a coisa funciona. A velha informa à filha que para morrer é preciso trabalhar, quer dizer, é preciso morrer e continuar morto, desaparecido por dentro da morte, e não perdido em um canto errado, com o coração de fora e sem endereço. Só mesmo um desavisado pode pensar que os mortos não precisam mais disso, de direção, como se eles não tivessem mais nada a perder. Isso não é verdade, isso é uma mentira que só pode ter sido inventada por um vivo. Eles se apagam aos montes e chegam aos montes lá do outro lado sem saber em qual curva virar, em qual porta bater, eles não sabem nem mesmo se haverá portas suficientes para todos, largas, corretas. Não pensaram sobre isso a tempo, despreparados, não previram ter que decidir entre as diversas entradas e logo se atrapalham com as maçanetas.

Aconteça o que acontecer, a velha mãe avisa, seria bom que os humanos combinassem entre si uma escala de desaparecimentos para evitar tumulto, compreende, evitar a correria, dando tempo para que os mortos assuntassem e escolhessem com calma as passagens, sem empurra-empurra. A velha mãe não sabe como isso poderia ser combinado, talvez por telefone, ligando número a número para toda a humanidade a fim de organizar quem sumiria primeiro e quem ficaria para depois, seguindo uma fila. Quem sabe a filha poderia ajudar nessa tarefa, já que é boa com planilhas.

Se tivesse qualquer escolha a velha preferiria não estar entre os humanos que ficam por último, entre os que ficam para trás na grande espera pelo desaparecimento. Não é sempre que ela manifesta vontades ou preferências dessa maneira tão direta e desejosa, mas quando o assunto é importante ela age como uma velha diferente do esperado, rebelde e insurgente, que diz em voz alta o que pensa antes que a filha, ou pior, um médico faça isso em seu lugar. É por isso que, em relação ao desaparecimento, vejamos, eu preferiria desaparecer assim que possível, amanhã, quem sabe, se fizesse um belo dia de sol. Dormiria viva e acordaria apagada de bom grado, indo na frente para que outros tivessem mais tempo de preparar suas coisas, fazer as últimas dívidas, reler os bilhetes de amor. A essa altura de uma vida digo que existir para sempre ou por tempo demais é uma decisão ruim, muito ruim; bom mesmo é existir e então deixar de existir, existir por um tempo e depois poder mudar de assunto. Se for preciso sumir de uma hora para outra, por mim não há problema, vamos em frente, embora fosse agradável ter tempo de passar um pouco de perfume logo antes, caso isso não atrasasse ninguém. Imagine poder chegar no além perfumada e fresca, imagine só.

É bem verdade que na boca da juventude falar em desaparecimento e desprezar o eterno é mais intrigante, afinal há tanto futuro. Mas, mesmo parecendo um desdém de velha, aqui está quem segue firme mandando às favas o eterno. Continuo falando isso ao telefone para a filha e também de vez em quando para a televisão, quando aparece um repórter. Por coincidência a filha e o repórter têm a mesma mania, a de trocar de assunto quando o tema em questão é o fim. Basta alguém dizer que nada é eterno e que tudo se acaba e eles logo se embananam e chamam os intervalos.

Vicente está bem ali olhando do porta-retratos e concordando comigo. Ele foi por tantos anos um homem vivo que muitas vezes me esqueço de que ele já morreu e acabo agindo como se o homem ainda estivesse por aqui, tomando banho ou lendo revistas no banheiro. De vez em quando preciso me lembrar de que, é mesmo, ele já morreu. Agora Vicente mora dentro do porta-retratos, mora na fotografia em que ainda é um jovem Vicente em um verão em Petrópolis. Em vários momentos levo o porta-retratos pra cá e pra lá, do quarto para a sala e da sala para a cozinha enquanto espero o telefone tocar. Nessas horas fico contente por mim mesma, aliviada; vejo minhas mãos segurando o objeto onde está Vicente, vejo o homem tão amado ainda perto do meu corpo e digo, ah, aí está uma tarde em que essa velha não se sente completamente sozinha. Digo isso e percebo que a velha concorda comigo, ela aproxima ainda mais os dedos do rosto de Vicente.

Aquela escrivaninha ali, à direita, era onde ele costumava trabalhar durante muitas horas, isso quando não estava na escola dando aulas, nem tinha morrido ainda. Quem olhasse pela janela veria o topo de sua cabeça acima da pilha de livros de geografia, concentrado por muitas horas em mapas desenhados à mão por ele e pelos alunos. O homem revisava esses mapas incomuns, desenhos de lugares inexistentes, fictícios, e projetava ali os destinos que poderiam existir no futuro, quem sabe, quando se comprovassem as previsões e se tornasse necessário refazer o planeta do zero.

Quando se tornou um Vicente velho e prestes a se apagar, velho e prestes a desaparecer de verdade, o homem dormia durante o dia e então se levantava de madrugada para chegar com dificuldade até a escrivaninha, onde consultava com ânsia os mapas incomuns antes que fosse tarde. Dava para ouvir o barulho dos pés dele se arrastando no piso e depois o barulho do corpo finalmente largado sobre a cadeira. Se concentrava nos desenhos tentando decorar a tempo as fronteiras e os caminhos até a chegada, ao menos era isso que a velha achava que ele estava fazendo, decorando as portas e os acessos. Quem olhasse de fora veria a luz do abajur acesa até três ou quatro da manhã, quando a velha ficava um pouco aflita e então se levantava para pôr sobre os ombros do homem um cobertor ou então o casaco verde.

Pelas manhãs, a velha acomodava o corpo de um Vicente exausto e sonolento na cadeira de rodas e o levava para tomar sol na portaria do prédio. A presença da cadeira e da cabeça caída fazia alguns vizinhos acharem que Vicente já havia desaparecido, que ali não estava mais um homem embutido no corpo. Apenas Sueli, a vizinha que passeava com o gato malhado em uma coleira, ainda se dirigia a Vicente olhando nos olhos e fazendo perguntas comuns, sobre sua vida e sua existência de velho. Ouvia com interesse o que o homem tinha a dizer, mesmo quando as palavras já não faziam sentido ou pareciam um pouco emboladas na língua.

Àquela altura desaparecer não era uma ideia nova para Vicente e tampouco para a velha. Os dois já pensavam nisso fazia muitos, muitos anos. Talvez eles tenham sido um casal do tipo que precisou desaparecer desde cedo, que precisou saber como sumir bem sumido de uma hora para outra, às pressas e sem deixar rastros. Sabiam que havia muitas maneiras de alguém como eles se esconder, de não ser encontrado, e chegaram a ensaiar juntos algumas vezes na juventude, experimentando o que carregar na mochila e qual calçado usar, o que rasgar ou destruir por segurança antes da partida para evitar que fossem encontrados.

Uma velha pode dizer que naqueles anos os melhores resistentes eram os que sabiam correr em disparada, se meter em subsolos e prender a respiração, às vezes de surpresa e sem um tempo de preparo. Vicente e aquela sua mulher se antecipavam a tudo isso e ensaiavam o próprio desaparecimento, embora nem todos os ensaios tenham sido bons ou semelhantes a uma aventura, não, alguns foram apertados e úmidos e desconfortáveis e até mesmo gelados, é o que a velha ainda se lembra muito bem.

Foi Vicente quem primeiro começou a pensar no assunto, e quando isso aconteceu a velha estava bem ao seu lado. Ela ainda não era velha, era apenas a namorada de Vicente e ambos tinham os cabelos curtos. Eles eram jovens, tão jovens que a pele dos corpos não podia ser outra coisa senão jovem por todos os lados. Numa tarde, por cima da pilha de maçãs no supermercado, Vicente olhou para ela e disse, *E se eu quisesse muito desaparecer, Natalia, e se eu quisesse muito?*

O homem começava a desejar ali mesmo um tipo específico e experimental de desaparecimento, algo tão vívido e firme e vigoroso que, quando alguém como ele se perguntasse, *Afinal, como desaparecer?*, na verdade estivesse tateando outra pergunta ainda mais persistente: *Afinal, como viver?*, mas dessa vez em um pacto muito mais radical com a vida. Andava entre os legumes com as mãos cruzadas nas costas enquanto refletia sobre as condições de uma existência em que, desaparecidos, os humanos pudessem se assemelhar um pouco mais às batatas e outros vegetais, existindo de maneira importante e fértil, verdes entre verdes, mas sem a necessidade de se destacarem, se sobressaírem ou se distinguirem no meio. Um homem poderia ser apenas um homem, se fosse o caso, ou então alguém com corpo de homem e olhos de boi, ou corpo de homem e pele de pedra, ou ainda cabeça de árvore e coração de água, pronto para testar a imagem a partir de outros reinos.

Vicente se perguntava como alguém poderia ser verdadeiramente livre, tão livre a ponto de não sentir medo ou falta ou desejo. Girava as maçãs nas mãos pretendendo uma forma simplificada de vida, composta por um par de sentimentos, apenas, e um par de calças, disposto inclusive a abrir mão da humanidade enquanto nome, se preciso fosse, ainda mais quando a condição fosse andar cheio de metais nos bolsos. Quanto mais os objetos ocupassem o centro das negociações, mais Vicente procuraria se dissolver, se desmaterializar, ficando livre para fugir em qualquer direção, sem farnel ou mochila. As coisas estariam livres para serem as coisas e Vicente estaria livre para não ter utilidade alguma diante delas.

Lavava o rosto pela manhã, se banhava uma vez ao dia, trocava de roupa para parecer limpo e então quem por acaso o observasse pela janela veria apenas um sujeito como qualquer outro, com seus trabalhos, seus mapas, suas amizades, a comunicação, a família, os mapas, as frutas do mercado, as amizades, um banho por dia, a família, a roupa trocada, o exercício do amor, dos mapas, das frutas partes insuspeitas de um mesmo sistema. Executava as atividades sem perder de vista, por trás de todos os gestos, uma liberdade mais próxima à natureza como um todo, e não apenas ao domínio humano, colocando os cargos previstos para si mesmo, professor, marido, pai, à luz desse entendimento.

Uma pequena família composta de pai, mãe e uma bebê

não sabia muito bem como poderia desaparecer de modo tão vívido quanto os elementos verdes de uma mata tropical, mas ainda assim puseram a mochila nas costas e revezaram a bebê no colo para subir montanhas severas, atravessar pontes, mapear florestas olhando mais de perto, e cavernas também, usando as roupas pelo lado direito e do avesso e tomando ônibus com destinos desconhecidos. Fizeram essas e outras coisas carregando nas costas uma bebê cada vez mais pesada, alimentada com mamadeiras de leite, banana e açúcar.

Em alguns momentos tudo pareceu muito aventureiro e muito urgente e inclusive inadiável, era o que a pequena família pensava, mas a verdade é que quando descia as montanhas rumo ao próximo destino, quando enrolava os colchonetes e ajeitava a mochila e a bebê nas costas para dar o passo seguinte, estranhamente a família ainda poderia sentir falta de uma aspirina, de ir ao banheiro, de consertar a cabana, sentir a necessidade de buscar pão, descartar pilhas, curar uma assadura, coisas que desconfirmavam terrivelmente a capacidade de desaparecer conforme o esperado.

Ferviam as mamadeiras, refaziam os planos, os cálculos, recompunham a mochila e partiam para mais uma tentativa. Fechavam todas as janelas do apartamento e trancavam as portas e viajavam com aquela bebê para cada vez mais longe, tão longe a ponto de se perguntarem se haviam chegado à fronteira do mundo. Houve um momento em que pelo menos um deles achou que estava perto de alcançar esse tal lugar, o limite, em que um passo à frente significaria cair para dentro do universo.

Talvez a velha ainda tenha algumas fotos daqueles meses, elas devem estar guardadas em algum lugar do apartamento, talvez no armário do quarto. Não são muitas porque em algum momento da aventura houve uma noite de chuva, a velha ainda se lembra, uma chuva daquelas que fazem todos os bichos se esconderem embaixo de um cobertor, de uma folha ou de uma pedra. Isso aconteceu, e quando aconteceu a pequena família estava no extremo do mapa. Voltaram para casa, para o chão de ladrilho, voltaram trêmulos e pondo as roupas no varal. Julgaram que dali em diante sumir, desaparecer, seria uma tarefa executada entre o fogão e a cômoda, e todo dia um pouco, sem acrobacias nem gestos abruptos. Deram um banho na bebê, venderam a barraca de camping e economizaram dinheiro para comprar um Chevette cor de creme.

Vicente talvez ficasse bravo com a velha hoje, um pouco bravo por ela ter vendido o Chevette na primeira oportunidade. Por ela o carro já teria ido para o beleléu bem antes, mas o velho Vicente, prestes a desaparecer, veja só, teve dificuldades em se despedir do automóvel. Sueli, a vizinha, até arranjou um comprador, seu irmão de Campo Grande, mas na hora de entregar as chaves na garagem do prédio Vicente teve uma crise de choro ao imaginar que o veículo se sentiria traído, justo o veículo com o qual a pequena família um dia havia chegado a outro país, ao Paraguai. A velha abraçou Vicente dizendo que estava tudo bem, eles ficariam com o Chevette por perto mesmo que o automóvel já fosse enferrujado e inútil. Ela pediu desculpas ao irmão de Sueli e devolveu as chaves do Chevette ao lugar de sempre, o ganchinho atrás da porta da cozinha.

Mas, mal Vicente bateu as botas, a velha telefonou para Campo Grande e por sorte o comprador ainda estava interessado em ter um Chevette. Ele levou o carro, as chaves extras, o porta-copos, os adesivos no para-brisa, as marcas de dedos nos vidros, a poeira, levou tudo. A velha fez isso e então pôde alugar a vaga da garagem para o vizinho do primeiro andar, o Jairo.

De todo modo, agora já é tarde para Vicente ficar bravo com essa velha por causa do Chevette ou por qualquer outro motivo, é tarde para Vicente fazer qualquer coisa. Ele não vai se queixar nem esbravejar, afinal Vicente não fala, não diz nenhuma palavra há bastante tempo. Ele apenas sorri no verão da foto, no porta-retratos que a velha mantém por perto. Quando ela traz a foto para a cozinha, deixa Vicente de lado para que ele não consiga ver o ganchinho vazio, sem as chaves do Chevette. Ela mente apenas por amor, essa velha, mente para Vicente até hoje. Sempre tiveram o direito de mentir um para o outro, Vicente e ela, a depender da necessidade. Não tinham problemas quanto a isso antes e agora muito menos. Algumas vezes, quando é preciso, a velha também mente para a filha que mora longe. Mente tão bem e de maneira tão detalhada que ela mesma se confunde, com o passar dos anos, se a mentira não seria por fim a verdade original, já que parece tão boa e inteira e bem dobrada.

Nos dias em que Vicente estava quase se apagando, nos dias finais do homem, a filha telefonava pedindo à mãe que descrevesse como o pai estava se sentindo, que lhe dissesse como estava a cara dele, sua expressão. A mãe respondia que o pai estava tranquilo, tão tranquilo que em alguns dias se recusava terminantemente a tomar banho ou a vestir outra coisa que não aquela camiseta azul. Ela não contou para a filha no oceano superior que fazia dias que seu pai chamava pela velha o tempo inteiro, *Natalia, Natalia*, mesmo quando não precisava de nada e mesmo quando ela não estava em nenhum outro lugar a não ser exatamente ali, ao lado dele. Chamava por ela para diminuir a chance de desaparecer sozinho, sem ninguém ao redor, de morrer num intervalo bobo em que a velha estivesse comendo um pão na cozinha ou varrendo o banheiro. É bem verdade que o plano original daqueles dois era desaparecer juntos, como um acontecimento em família, e não uma imposição individual. Mas, em um momento específico, o corpo de Vicente deixou claro que não existiria escolha quanto a isso, era uma decisão já tomada e não restava muito espaço para debates ou adiamentos.

Ainda assim aqueles dois velhos dentro de um apartamento fizeram o que podiam e ficaram alertas, tratando de experimentar o que estava por vir o mais juntos possível, colados um ao corpo do outro. Afinal aquilo era uma novidade e eles jamais foram gente de desperdiçar uma novidade. Desceram seus livros da estante, todos os livros de que dispunham, e começaram a procurar por cada ponta de conhecimento que pudessem obter sobre aquele assunto, o de morrer, deixar de existir. Por sorte conseguiram agir como professores, como pesquisadores, e descobriram em alguma revista de ciências que, na hora da morte, o organismo às vezes dispara uma onda de hormônios na corrente sanguínea, bilhares de bolinhas minúsculas capazes de provocar uma espécie de delírio derradeiro no corpo, a última alegria alucinógena para alguns afortunados.

Vicente e a velha arrancaram as páginas da revista e colaram tudo na porta da geladeira. A matéria dizia que as cenouras tinham um papel fundamental nesse acontecimento, alguma coisa a ver com nutrientes ou com a cor laranja, algo assim; essa parte não dava para entender direito e a velha também não é boa em se lembrar de tantos detalhes. De todo modo não custava acreditar nos legumes e por isso aqueles velhos lotaram a cozinha de cenouras. Comiam cenouras e mais cenouras e esperavam pelo fim, quer dizer, pela alucinação, a tal hora feliz.

Durante as últimas madrugadas o nome da velha foi pronunciado em voz ainda mais alta porque Vicente achava de mau gosto a ideia de morrer de noite. Gritava aquele nome antigo e amado, talvez o nome que Vicente mais dissera em toda a vida, *Natalia, Natalia*, para que então a velha pulasse da cama em tempo de constranger a morte, de espantá-la caso estivesse chegando na ponta dos pés. Morrer de noite fazia a morte tomar outro aspecto, dramático e desnecessário, e por isso Vicente preferia poder morrer entre duas e quatro da tarde, quando havia a melhor luz do sol naquele quarto. *Ainda estou vivo?, me diga, Natalia, ainda estou vivo?*, o homem perguntava à velha por volta do meio-dia para que ela lhe confirmasse a permanência, e diante do sim, *Sim, querido, você está vivo*, Vicente ficava muito contente e pacífico, vislumbrando a chance de morrer nas horas seguintes com a presença do sol.

De sua parte a velha tinha as próprias preocupações, como a de que Vicente não morresse antes de tomar banho. Ela queria cuidar para que o homem morresse limpo e cheirando a colônia almiscarada. Se pudesse escolher, Vicente também almoçaria antes de partir, descartando a chance de desaparecer e depois sentir fome na viagem.

Almoçavam juntos e, com a barriga cheia de macarrão, o homem se recostava à cabeceira da cama sentindo uma queimação aguda na altura do estômago. Respirava fundo e começava a falar, *Estou morrendo, é agora, é agora mesmo*, dizia isso de olhos fechados adestrando a intimidade com o acontecimento iminente. Mas, como seguia vivo nos minutos seguintes, logo se corrigia para não perder o crédito, *Agora não, mas daqui a pouco morro mesmo, morro sim*. Tomava um sal de frutas e se sentia melhor, e então ele e a velha seguiam um ao lado do outro durante a tarde, talvez assistindo a um filme e achando que quando fosse para valer não haveria tempo de o homem avisar nada.

Mas houve. Numa tarde, a velha chamou Vicente para tomar banho, disse que estava mais do que na hora de um banho e o homem respondeu com urgência, *Não posso tomar banho, estou morrendo, é agora*, e morreu mesmo. A velha pensou em correr para apanhar o sal de frutas, mas já não era o caso.

Falando assim uma velha pode dar a entender que foi tudo muito rápido, mas não foi. Entre o homem dar o aviso e então morrer de fato ainda houve tempo de aqueles dois velhos perceberem juntos a coisa se aproximando, pouco a pouco instalada sobre a cama. Vicente e seu corpo começaram a morrer meia hora antes de o coração parar de vez, com a cabeça deitada no colo da velha, os laços pouco a pouco se desfazendo com o quarto, com ela, com o próprio corpo de homem deitado sobre o lençol. Ele manteve os olhos bem abertos e às vezes os punha sobre a velha, às vezes sobre o teto, e por fim em lugar nenhum. É comum as pessoas dizerem que os humanos morrem de uma hora para outra, mas isso não é verdade, uma velha pensa. Eles começam a morrer em algum momento impreciso em que as células tomam essa decisão, e Vicente percebeu isso porque treinou ao longo de muitas décadas para estar bem vivo e atento quando começasse a se apagar.

Morreu sem banho, com o sol atravessando o voal da janela e projetando sombras interessantes sobre o corpo. Quando a velha conseguiu ter certeza de que aquilo tinha realmente acontecido, de que havia acabado de acontecer, tentou, um pouco boba e entusiasmada, comentar com Vicente os detalhes, conversar sobre a experiência pela qual eles tinham passado depois de tanta espera. *Você viu, querido?, sua pupila dilatou até o limite e só então você endureceu as pernas,* foi o que a velha disse para o homem em seu colo, intuindo que o tão esperado delírio final tinha acontecido exatamente no instante em que as pupilas se abriram. Ela queria checar se as cenouras haviam mesmo funcionado, se os nutrientes e a cor laranja tinham feito seu papel conforme previsto pela ciência e pela revista. Mas o recém--desaparecido ali em seu colo já não lhe respondia, e para isso ela se esqueceu de se preparar, para o fato de que um desparecido não pensa mais nada sobre a morte, de que para ele o desaparecimento em si é uma ideia que não significa mais nada.

Aquela velha, aquela mulher viúva virou o porta-retratos para que o Vicente sorrindo no verão em Petrópolis, o jovem Vicente, pudesse finalmente ver a si mesmo recém-desaparecido sobre a cama. Tomou essa providência enquanto ele ainda estava quente e feliz, e antes que fosse extremamente necessário fechar seus últimos olhos. A velha ficou ali com o corpo do homem embalado junto ao dela, ficou por tantas e tantas horas que ainda hoje às vezes lhe parece que se olhar para baixo na penumbra, para o próprio colo, ainda poderá ver Vicente deitado no mesmo lugar, desaparecido e tranquilo.

A filha gosta quando a mãe fala do passado ao telefone, especialmente quando fala de Vicente, dos amigos dos dois, os queridos, embora ela já tenha ouvido essas histórias centenas de vezes. Só de vez em quando ela se irrita um pouco com a mãe porque, além de contar sempre as mesmas coisas, lá vem ela de novo repetindo inclusive as pausas à espera de uma reação apetitosa de quem está do outro lado da linha. Depois a filha se lembra de que, é mesmo, é verdade, seu pai já morreu, todas essas pessoas queridas já morreram, embora na boca da mãe elas ainda soem tão encarnadas e desenvoltas e quentes; a mãe está sozinha de vez, trancada em casa, e nesse caso não há como ela arranjar novidades, como atualizar a vida. A filha se lembra disso e então fica paciente e simpática outra vez.

É uma pena que a filha que mora longe já tenha desligado o telefone hoje, é uma pena que ela não tenha visto a velha sem nada para fazer mais um dia: pois aí está mais uma quarta-feira em que ela não tem nada para fazer. Só daqui a algumas semanas tanto a filha como a mãe poderão montar a árvore de Natal, se quiserem, e poderão também colocar pisca-piscas nas janelas para fazer coro com os demais vizinhos. A velha faz mesmo questão disso, de enfeitar bastante sua janela, afinal é a primeira moldura que se vê do apartamento ao olhá-lo de fora. Quando isso acontecer a velha finalmente terá novidades ao telefone, reportará para a filha a decoração de cada uma das janelas vizinhas. Ela já está salivando para descrever em detalhes aquelas janelas que sempre ficam feias, todos os anos elas são as mesmas janelas, as feias, a filha até já sabe quais são.

Vicente não gostava de Natal, mas gostava muitíssimo dos panetones e das frutas secas. Ele e a velha aproveitavam a época para comprar aqueles coquinhos que só aparecem no mercado uma vez ao ano, e depois passavam as noites com o martelo em punho tentando romper as cascas. Era um desvario quebrar tantos coquinhos com um pequeno martelo, uma tarefa que punha os dedos em risco por um lanche nem tão maravilhoso assim.

Mas a verdade é que aqueles dois adoravam romper coquinhos nas noites quentes porque assim aproveitavam para conversar diante de um pretexto perigoso e festivo. Quase esmagavam os dedos a cada martelada e era justamente isso que os deixava animados, suados. Em geral falavam sobre a filha, sobre aquele tempo em que ela ainda era uma criança com assaduras tratadas com maisena; ou então falavam sobre os amigos que não existiam mais. Diziam o nome dos amigos e conseguiam não chorar, já não precisavam lembrar e sofrer, naquele tempo, ou lembrar e doer, podiam apenas lembrar e sentir saudades, estavam curados.

Deixavam a TV ligada porque gostavam da luz azul que invadia o ambiente nos intervalos, durante a propaganda de gel de cabelo. A propaganda dizia que o gel era tão refrescante quanto uma piscina, e mostrava então um homem mergulhando e saindo da água com os cabelos intactos. Aquele homem era tão penteado quanto jamais um homem de sunga poderia ser, e por isso era difícil não acreditar na propaganda. Vicente tentou usar o gel, todo o país tentou, mas a verdade é que o produto escorria pelas costas e melava completamente a camisa. Talvez por isso o apresentador fosse cuidadoso em só aparecer de frente na TV.

Naquelas noites a filha que mora longe telefonava e então o velho e a velha punham o fone entre as duas cabeças para ambos poderem ouvir e conversar ao mesmo tempo com ela no oceano superior. Aproveitavam que era Natal e que a filha estava mais paciente e recordavam as histórias de quando eram jovens. Sempre há muito o que falar sobre a juventude, é impressionante como seguem acontecendo coisas nesse período da vida mesmo depois que tudo já passou há tanto tempo. A filha também teve uma juventude cheia de acontecimentos, mas ela ainda não precisava mencionar essas coisas, para ela os dias ainda apresentavam muitas novidades, sempre havia algo fresco acontecendo e por isso não era tão urgente recorrer ao passado.

Ao telefone, eles informavam à filha que naquele ano haviam comprado um pisca-pisca de cor verde e que inclusive ele já estava devidamente instalado na janela. Já não se incomodavam em participar do Natal dessa maneira, como um festejo, embora quando jovens tivessem resistido a tudo isso, ao Natal, aos presentes, ao homem de barba que usa roupas de inverno em um país tropical. Eram jovens, e como jovens podiam desdenhar de ideias comuns. Estranhavam as coisas muito prontas e facilmente adoradas pelas pessoas, como a propaganda, o Natal, a dominação, o sucesso, a eternidade. Tudo isso era defendido na TV e soava tão bonito e correto e confortável que parecia mesmo um pecado discordar, resistir às evidências. Se apaixonaram um pelo outro justamente por isso, afinal estranhar as mesmas coisas era uma afinidade importante, uma oportunidade maior até mesmo do que gostar das mesmas coisas. Imagine poder dizer *Eu sou contra a eternidade, muito contra*, e de repente ouvir com ênfase e entusiasmo do outro lado, *Ora, mas eu também*, imagine só essa satisfação.

Aqueles dois descobriram os estranhamentos em comum e quando se deram conta já estavam juntando em um mesmo armário as roupas que possuíam. Arranjaram um apartamentinho em um prédio com seis lances de escadas, com uma cortina que dividia a sala e o quarto, um aluguel barato o suficiente para professores recém-formados. As pernas deles ainda eram bem fortes para aguentar as escadas e além do mais o importante era ter logo um canto onde pudessem ouvir música e transar livremente.

É bem verdade que de início eles não pensavam em se casar, queriam apenas seguir dando beijos longos no escuro sempre que possível, e por fim as duas coisas, os beijos e o casamento, tendiam a se confundir. A filha não gostava de ouvir esses detalhes ao telefone, era adulta mas preferia seguir imaginando que os pais não se beijavam, não se desejavam, e muito menos que transavam em alguns momentos. Não se opunha a ouvir pela milésima vez como eles haviam se conhecido, mas apenas porque, de alguma maneira, aquilo também dizia respeito a si mesma, à sua vida que começara a latejar a partir do encontro dos dois. Ouvir sobre o começo do amor dos pais era como ouvir sobre o próprio começo, de algum modo, era se sentir contemplada nos planos do mundo antes mesmo de receber um nome de filha.

Quando jovem, Vicente tinha o costume de levar sempre no bolso da camisa alguns cravos que ia mascando ao longo do dia enquanto dava aulas na escola. Sua boca tinha sempre um aspecto marrom-cravo e um cheiro específico, e por isso beijar aquele professor de geografia era um pouco como lamber um manjar de coco ou um pudim, era algo como beijar e comer sobremesa ao mesmo tempo. Aquela mulher que a velha era na ocasião nunca havia lambido um pudim dessa forma, aquilo foi realmente novo e fascinante, é possível dizer.

Vicente era então um homem carnudo, tinha as bochechas grandes e rosadas e estava sempre um pouco esbaforido. Era difícil saber por que ficava tão esbaforido já que quase nunca corria. Dava aulas andando entre as carteiras dos alunos e os obrigava a virar para trás para acompanhar os assuntos porque preferia o fundo da sala em vez do quadro. De vez em quando terminava a aula mais cedo para fazer uns desenhos que os alunos adoravam, planetas e constelações inventados por ele e plantados em uma nova galáxia. Os demais professores tinham que contornar aqueles desenhos no quadro porque os alunos imploravam para que os planetas imaginados não fossem apagados. As matérias se espremiam nos cantos e as novas constelações seguiam ocupando o centro da visão.

Era a primeira vez que os professores tinham um colega que mascava cravos e propunha aos alunos apagar de cabo a rabo o mapa-múndi. A cada início de ano as turmas chegavam sabendo que, então, era aquele o professor que cobraria o apagamento dos mapas conhecidos, e depois a criação de novos mundos do zero. Havia uma excitação e também um medo entre os alunos que desejavam com ardor apagar todas aquelas verdades, as fronteiras, as divisões, já sentindo de antemão a dificuldade de criar uma coisa grande e boa o suficiente para pôr no lugar, com espaço para humanos e bichos e plantas e árvores, cachoeiras, paisagens, estações do ano, percevejos e montanhas, oceanos, formigueiros, macieiras, além de botecos. O papel em branco diante dos alunos tinha que ser capaz de comportar o peso disso tudo e ainda assim seguir de pé, essa era a única condição, e então o esforço não seria tanto o de desenhar brilhantemente os países, mas sim o de não deixar que um possível novo planeta tombasse para o lado.

Vicente defendia e escrevia e estudava maneiras de os mapas voltarem a dizer respeito apenas à natureza, à formação original dos horizontes, sendo a terra limitada apenas por rios e mares, e vice-versa, os vales limitados apenas pelas montanhas, e vice-versa, as planícies limitadas apenas pelos planaltos, e vice-versa, numa política natural e recíproca de extensões onde não fariam nenhum sentido cercas, arames, porteiras. Previa em papéis avulsos mapas que fossem capazes de contemplar também o céu, considerando os humanos como aves migratórias que se guiariam pelo alto para saber onde fica afinal o próximo abrigo, a salvação do dia.

Era preciso manter os dedos alongados e refazer os desenhos a cada tempestade ou erosão natural, o professor avisava na sala de aula, a cada ventania, semeadura, migração, a cada mudança de vento ou de ideia, sendo os morros de um dia os vales do outro dia, cabendo aos mapas a sanha de refletir a passagem do tempo. Vicente convocava os alunos a esse exercício de observação em que os mapas tivessem olhos largos, acolhendo inclusive os pontos borrados, nebulosos e sem nome, sendo as folhas uma espécie de momentâneo não só daquilo que se compreendeu mas também do que seguia desconhecido.

Os alunos arregalavam os olhos porque as aulas de Vicente apresentavam um enigma e criavam urgência. A primeira medida era tomar distância imediata dos mapas instituídos, os oficiais, era preciso desconfiar da lei que se escondia naqueles desenhos e que lhes garantia um estranho domínio sobre o corpo do mundo, agindo como uma cédula de identidade antinatural, impositiva e sem o rosto de ninguém no lugar do retrato. As linhas dos mapas eram o constrangimento de um olhar explorador, aborrecido, violento, e que antes de tudo supunha uma descontinuidade entre terra e mar, entre mar e céu, entre topo e subterrâneo, como se essas coisas se despertencessem apenas por terem cada uma a sua própria matéria.

Vicente afastava as carteiras e fazia os alunos trabalharem no chão da sala emendando cartolinas até que uma grande superfície livre surgisse para comportar o que estava prestes a nascer. Argumentava energicamente quando as tentativas dos alunos pareciam conservadoras ou planas demais. Muitas vezes foi possível ouvi-lo desde a sala dos professores incitando os envolvidos a privilegiarem os rios, os picos, as campanas, as florestas densas, ainda que para isso o número de humanos no novo mundo tivesse que ser cortado pela metade. Os demais professores tomavam café e ouviam Vicente fazendo as contas ideais. Deviam agir seletivamente, se fosse preciso, prevendo a continuidade de somente alguns exemplares humanos, um número comedido e democrático para um mapa de convivência saudável entre as espécies, sem sufocamento, aperto ou privilégio de nenhum tipo.

Pelo menos dois ou três novos mundos realmente muito bons e viáveis foram criados nas aulas de geografia. Vicente dobrou e guardou esses projetos promissores em uma mala de couro trancada com uma chavinha. Ele e a velha guardaram tudo aquilo por anos e anos a salvo do mofo e das traças, afinal em algum momento seria mesmo urgente reconstruir um mundo habitável, e talvez nesse momento houvesse um chamado mundial por voluntários. Eles desdobrariam os projetos quando isso acontecesse, apresentariam em detalhe suas ideias e estariam prontos para se juntar às equipes de obra.

Quem olhar pela janela do apartamento hoje em dia já não poderá ver essa velha agindo como uma professora do mesmo modo que fazia naquela época, quem a acompanha pela janela não vê por ali nem sequer um aluno há bastante tempo. Eles, os alunos, costumavam aparecer de vez em quando para aulas particulares de redação, e nesses momentos a velha trataria de estar sempre limpa e cheirosa e de banho tomado. Só algumas vezes ela estava de roupão porque se esquecia completamente de certa aluna que viria, mas assim que a campainha tocasse ela sairia correndo para vestir a blusa amarela, aquela que tinha uma gola postiça e um aspecto imperial. Punha um pouco de blush e um grampo nos cabelos e assim se assegurava de não parecer esquecida da aula, ou pior, gripada.

Durante toda a vida aquela professora de redação teve a fama de ser um pouco fofoqueira, mas isso era uma tremenda injustiça, não se podia confiar em quem dizia tal coisa. O mal-entendido se dava porque às vezes, para ser uma boa professora, ela precisava dar alguns exemplos usando episódios íntimos de seus familiares, e também de seus amigos, apenas para ilustrar melhor as aulas de redação. Não havia nada tão intrigante quanto a vida real, nada melhor do que a vida real para compreender os aprendizados. Aquela professora capturava imediatamente o interesse deles com essas pequenas fofocas, inocentes, lisas, tomando todo cuidado para não deixar escapulir o nome verdadeiro dos envolvidos. Cuidava dos anonimatos e dizia apenas *Aconteceu com uma prima minha*, e quase nunca *Aconteceu com a Camila*.

Ela era mesmo muito discreta e muito sóbria quanto aos nomes. Somente em casos extremos, quando precisava acordar os alunos que dormiam sobre as carteiras, aí sim ela seria capaz de usar armas pesadas. Contava algo bem pitoresco sobre sua melhor amiga, Sarah, a vendedora de biscoitos, ou então sobre a própria filha. Os alunos conheciam aquela vendedora de biscoitos, a mulher sempre cheia de saquinhos amanteigados, e conheciam também a filha da professora. A filha, para dizer a verdade, era a personagem favorita dos alunos, ela era uma adolescente aborrecida e justamente o aborrecimento fazia com que os alunos se vissem ali, bem junto dela. As histórias contadas tinham no mínimo cinquenta por cento de verdade, ou seja, poderiam ser checadas e não cair em desgraça. Os alunos pediam a continuação dos episódios nas aulas, convertendo a coisa em uma espécie de novela. Às vezes havia mesmo uma continuação e a professora dizia tudo, mas quando não havia ela era obrigada a inventar alguma coisa para não perder o interesse despertado e não desapontar ninguém.

O método raramente se tornava problemático, a não ser quando os alunos encontravam por acaso a filha na escola, na hora do recreio ou então na saída. Eles não resistiriam em lhe perguntar se aquele tal furúnculo nas suas costas havia melhorado, se já estava seco ou não. A filha ficava possessa com a professora, possessa e avermelhada. Chegava em casa grunhindo e então batia a porta do quarto para causar algum efeito, se recusando a comer o jantar. Nesses momentos sua mãe sabia exatamente o que fazer, além de parecer um pouco distraída e sonsa; ela cozinhava um belo macarrão cheio de molho, e então aquele cheiro invadia a casa e a filha se via obrigada a sair do quarto para comer enquanto o prato ainda estava quente. Comia emburrada e olhando apenas para a mesa. Manifestava assim o descontentamento, negando à mãe o seu olhar. Depois ia dormir e na manhã seguinte começava a se esquecer pouco a pouco de que havia feito planos de ficar possessa para sempre.

É bom mesmo já mencionar o famoso macarrão, afinal tanta coisa aconteceu para a pequena família em torno dele. O macarrão que aquela professora fazia era querido e desejado pelos alunos desde muito antes de a filha nascer. Muitas vezes ela levava marmitas cheias de espaguete com queijo ralado para a escola porque alguns dos alunos já contavam com aquela marmita; comiam tudo durante o recreio, compartilhando garfos que a professora levava embalados em papel-toalha.

Com os alunos de barriga cheia e livres para pensar em coisas distantes do estômago, a professora finalmente adquiria o direito de pedir a cada um deles que escrevessem histórias. Deviam começar com histórias da própria família, de suas bisavós e avós, de seus pais e tios, e para isso muitos deles precisavam perguntar a alguém em casa quem eram aquelas pessoas, as que tinham vindo antes de tudo. Inventariavam as gerações e acabavam chegando a si mesmos, às vezes espantados ao descobrir que afinal uma pessoa deságua na outra em um fluxo ininterrupto, e que portanto os nascimentos não inauguram nada, propriamente, mas sim confirmam a continuidade de uma antiga herança. A partir desse ponto eles podiam escrever um ou dois sonhos futuros, se quisessem.

Os alunos trocavam entre si aqueles escritos e então se tornavam leitores uns dos outros pela primeira vez, às vezes um pouco envergonhados; ler os sonhos de alguém deixava os envolvidos um pouco nus, com o peito de fora, e não era comum em uma sala de aula ver os colegas desse jeito, tão pelados. Alguma coisa mudava entre eles depois daquelas leituras, depois da nudez, talvez algo relativo às semelhanças, aos medos e ao perdão.

De início o jovem Vicente e aquela professora ainda mal se conheciam, não haviam trocado mais do que um par de palavras, embora a professora já tivesse percebido muito bem o cheiro de manjar de coco quando o homem falava. Um dia Vicente experimentou uma das famosas marmitas de macarrão com queijo que ela fazia para os alunos, e depois de devorar tudo convidou a professora para tomar um café do outro lado da rua, na birosca do Toni.

A filha do Toni estudava na escola, era uma menina salina, sempre com os cabelos molhados de praia. Toni passava café fresco duas vezes ao dia e deixava os professores beberem de graça em copos descartáveis. Vicente e a professora ficaram conversando no balcão da birosca do Toni enquanto davam goladas num café quente pra burro. Uma velha ainda se lembra, como se estivesse com o umbigo colado no balcão, que Vicente parecia nervoso quando comeu uma coxinha de galinha e logo na sequência um bolinho de ovo. Os salgados eram realmente frescos naquele boteco, fritos na hora pela mulher do Toni, a Cidinha.

Vicente engoliu os dois salgados enormes logo depois de ter comido a marmita de macarrão, bebendo por cima de tudo um copo inteiro de guaraná. O homem ficou olhando para baixo por alguns segundos para disfarçar o gás do refrigerante que retornava com violência à garganta. Todos aqueles lanches se ajeitavam por dentro da barriga de Vicente e por isso a professora teve certeza de que era mesmo possível se apaixonar tremendamente por alguém à primeira vista.

Vicente convidou a professora para ir passear com ele em Petrópolis no fim de semana, disse que lá era mais fresco e eles poderiam visitar uma tia que fazia uns pastéis maravilhosos. A professora não perdia por esperar por aqueles pastéis — foi o que o homem disse.

É difícil saber ao certo por que Vicente gostou da professora de cara, ou por que continuou gostando dela em todos os anos seguintes. Por via das dúvidas ela jamais deixou de fazer panelas e mais panelas de macarrão com queijo. Aceitou prontamente o convite para ir a Petrópolis comer pastéis na casa da tia e, em retribuição ao convite, logo na saída da birosca do Toni puxou Vicente para trás do muro da escola para roubar dele o primeiro beijo. É bem verdade que ela já estava imaginando há um tempo como seria beijar a tal boca dos cravos, pensava sobre isso de vez em quando durante o banho. Naquele primeiro beijo não houve como despistar o gosto de coxinha misturado ao dos cravos, mas esse foi um risco que aquela mulher não se arrependeu de correr, não mesmo.

Ela parecia muito segura ao puxar o homem para trás do muro, mas no fundo estava um pouco nervosa, trêmula. É que ali estava uma professora para quem os primeiros beijos eram muito difíceis e muito desafiadores, quer dizer, era mesmo um milagre, ela achava, fazer duas bocas desconhecidas se encaixarem sem afobação ou tropeço na primeira vez. Vicente tomou um susto quando foi abruptamente puxado para o canto. Primeiro achou que eles estivessem fugindo de alguma coisa, de um assalto ou da polícia, mas depois percebeu que não era nada disso, afinal havia a língua de uma professora surgindo dentro de sua boca.

Conforme previsto, aquele primeiro beijo foi um desastre, um grande desastre, a professora se sentia um pouco apressada e ansiosa e por conta disso não conseguiu fechar os olhos. Ela tentou e tentou manter os olhos fechados, mas só conseguia apertá-los de uma maneira estranha e assustadora. Por fim desistiu e beijou Vicente assim mesmo, com os olhos estatelados, como se precisasse vigiar a chegada da polícia ou do assaltante. Ela precisou de alguns outros beijos para provar que sabia como fechar os olhos e mover a língua ao mesmo tempo, ela conseguiu provar isso e então ambos puderam ficar aliviados atrás do muro, escapulindo entre uma aula e outra.

Não demorou muito para chegar a primeira vez em que Vicente quis dizer *Eu te amo*. Naquele momento o homem não parecia saber de fato como pronunciar aquelas palavras, era como se em matéria de amor ele fosse um novato e um arrependido ao mesmo tempo. O som do *amo* saiu um pouco abafado e recluso, e a professora achou que ele precisava tossir uma ou duas vezes antes de dizer que a amava. Talvez Vicente ainda não a amasse completamente, talvez precisasse de outras frases intermediárias até aquecer o eu te amo oficial. Poderia falar com mais propriedade *Estou quase te amando*, mas como não saberia estimar o prazo preferiu dizer logo a coisa toda pronta.

Mas já na primeira vez em que acordaram juntos e Vicente disse a ela, deitada bem ali ao seu lado, *Bom dia!*, ele o fez de uma maneira tão completa e serena que aí sim a professora pôde compreender mais claramente a presença daquele sentimento, ela compreendeu o amor do homem muito melhor pelo *Bom dia* do que pelo *Amo você*.

43

Se fosse preciso fazer um resumo daquele começo, não seria errado dizer que aqueles dois transavam bastante e depois comiam bastante, era isso o que faziam de início e sempre que não estavam na escola, transavam e comiam. Conversavam sobre como era bom amar os alunos, mesmo aqueles que eles não amavam. E também sobre o sonho de serem professores para a vida inteira, era maravilhoso encontrar alguém que afinal queria ser a mesma coisa que você para toda a vida, era mesmo mágico e até irritante. Concordavam quanto a isso e faziam pactos de que, a despeito do que acontecesse, lá estariam eles dando um jeito de se manterem como essa gente de sala de aula, gente que se eletrifica diante dos alunos. Entendiam que o magistério era antes de tudo uma tarefa de grupo, como criar um filho ou fazer uma torcida ou fundar um formigueiro, um professor necessariamente nascia do outro e por isso não havia como ser professor sozinho, isolado, sob risco de faltar algo fundamental no centro de tudo.

Vicente, aquela mulher e os seus amigos, os seus queridos mais chegados, todos já eram professores e compreendiam a vida dessa maneira, urgentemente amorosa e livre, doce sempre que possível, aberta, desejando desfrutar para sempre daquele entendimento junto aos alunos que iam e vinham a cada ano. Muitas vezes encontravam alunos com quem podiam partilhar tantas coisas, entusiasmo, incertezas, cigarros a varejo, e quando esses sujeitos se formavam e partiam da escola era como dar adeus a um destino de viagem, a um bairro novo em uma cidade de hábitos ímpares.

Alguns daqueles professores também eram namorados. Era mesmo muito difícil não namorar em algum momento, afinal eles já estavam tão acostumados uns aos outros que esse costume acabava dando vontade de beijar. Como era proibido beijar dentro da escola, não restava outra solução a não ser o muro lá de trás, era preciso ir para o muro ou então só beijar de noite ou no fim de semana, o que era pouco e demorava para chegar. O muro ficava lotado. Às vezes seria preciso negociar um espaço para que os beijos não ficassem próximos demais. A professora não se incomodava em beijar Vicente no meio dos outros colegas, mas a verdade é que ela ficava um pouco distraída com as demais línguas produzindo estalos ao redor, o que tornava ainda mais difícil manter os olhos fechados. Ficava curiosa para espiar um pouco os outros beijos, achando mesmo sem sentido que humanos tivessem que fechar os olhos justo no momento em que estavam fazendo algo tão úmido e interessante de ver de perto. Depois fumavam uns cigarros e avisavam caso alguém restasse com uma marca de batom aqui ou ali.

Amavam reencontrar os alunos no início dos anos letivos, amavam aquelas mochilas e queixas e preguiças com o dever de casa, e suas inteligências também, amavam as espertezas, os dribles. Cozinhavam macarrão e arranjavam um casaco quando preciso, e depois um par de tênis e também borrachas para alguns deles. Arranjavam borrachas às dezenas todos os anos. Eram jovens aqueles professores e os alunos eram ainda mais jovens, e nessa coleta de juventudes terminavam orbitando juntos propostas e visões para um mundo menos escuro e menos apertado, com espaço para todos os envolvidos viajarem com a perna esticada.

Seriam companheiros fiéis entre si e companheiros fiéis da juventude enquanto tivessem vida e pele, não abandonariam aquele posto nem mesmo se a escola explodisse ou desabasse — era assim que se sentiam, uma velha de apartamento pode afirmar. Quem olhasse para as paredes da escola naquele tempo, alguém desavisado e ingênuo, não imaginaria tanta areia saindo de algo rígido e certo e vertical, não imaginaria que algo desse tipo estivesse prestes a acontecer na história de um país. Afinal parecia tudo muito bem e muito calmo e até garantido, a educação soava como algo garantido e próspero, fruto de um desejo em comum entre brasileiros. Quem poderia dizer, quem?, que a amizade entre cadernos e marmitas pudesse ser vista como algo raro ou estranho, que a presença do macarrão destoasse em um ambiente cheio de matemática e pontas de lápis.

Olhando de onde está agora a velha mal consegue explicar o sentimento, ainda mais sem pôr os óculos ao olhar para trás, mas a verdade é que havia um amor que penetrava nas cadeiras e nas mesas e nos cadernos, um amor infiltrado e natural que fazia aqueles professores terem a certeza de que era ali sua própria casa, seu destino; eles estavam no lugar certo, na escola, eles estavam no seu lugar.

Por um bom tempo, as panelas de macarrão não incomodaram ninguém, elas iam no banco de trás do Chevette e quase nunca entornavam o molho. Eram panelas que entravam na escola e que pertenciam à escola tanto quanto a pedagogia, panelas que agiam como colegas, lado a lado com as ferramentas de ensino. Mas as coisas mudam, é claro que as coisas mudam, até mesmo quando são simples.

A velha acha que tudo começou em uma quinta-feira, acha isso porque às quintas a filha tinha natação e nesses dias era possível ver a menina de touca e maiô sentada bem ao lado da panela, no banco de trás. O Chevette precisou frear bruscamente para não atropelar um homem inesperado que estava de pé no meio da rua, logo depois de uma curva. Foi tudo muito rápido e bruto e então um pouco de molho de tomate acabou entornado nas pernas da filha.

O homem inesperado no meio da rua era um guarda, quer dizer, talvez fosse um policial ou algo assim. Ficou nervoso ao ver o casal claramente alarmado dentro do carro, as pernas da menina vermelhas e molhadas, e só depois ele sentiu o cheiro de alho. Mandou a pequena família descer do carro, despejou a panela inteira no chão para ter certeza de que aquilo era mesmo comida como os professores afirmavam, só comida e não algo mais explícito disfarçado de espaguete.

A filha de maiô e touca, de pé na calçada, não sabia o que aquilo significava, uma cena tão repentina e salgada, o pai e a mãe com as mãos sobre o capô do Chevette, as pernas afastadas com violência por um guarda que, de coturno, pisoteava o macarrão em busca de um metal, uma arma, quem sabe, algo perigoso e finalmente revelado.

Seria mesmo conveniente se a velha se lembrasse agora de alguns dos nomes envolvidos na repressão ao bom macarrão, seria útil e proveitoso se ela mencionasse isso agora para dar um detalhe sólido à história, um dado concreto caso alguém decida pesquisar na internet.

Eles poderiam ser Pablo, Antônio ou Humberto, digamos assim, homens médios na altura e com o símbolo do governo colado no peito, por cima da farda. Naquele começo eles eram poucos, os Antônios e Humbertos, embora mês a mês se multiplicassem para ocupar cada vez mais as avenidas e esquinas em nome de um problema, um suposto risco iminente para a segurança nacional. Quem olhasse um pouco mais de perto não saberia dizer muito bem onde estava o problema, ou de onde ele surgia; e tampouco os soldados e as fardas pareciam saber melhor pelo que estavam buscando, qual era a ameaça, mas seguiam na revista dos suspeitos porque aquelas eram as atividades previstas, aquilo era o que devia ser feito em nome do Brasil.

Na blitz do macarrão havia um Pablo e ele estava nervoso,

e ficou ainda mais nervoso ao não saber o que pensar daquilo que via, uma menina de maiô, dois professores alarmados, uma panela de macarrão, não sabia o que dizer aos superiores sobre o que encontrara no veículo. Pablo agia segundo o sentimento de que havia naquele instante pessoas perigosas nas ruas, quem sabe sem banho, quem sabe sorridentes — a ambiguidade tornando tudo mais difícil, e ainda com pensamentos delirantes sobre a liberdade. Ainda não se sabia quem eram essas pessoas, que aspecto e quais planos teriam, mas elas seriam capazes de tudo para driblar a vigilância, até mesmo infiltrar espaguete e uma criança no contexto. Ninguém poderia ser descartado, cada suspeito era útil naquilo que as autoridades precisavam apressadamente confirmar: que elas tinham razão, pronto, ali estava o alvo.

Pablo precisava produzir um relatório com o que havia encontrado no Chevette, e mesmo confuso com os significados resolveu dizer que o macarrão poderia ser uma influência sobre a juventude escolar, uma manipulação. Imagine só as ideias que aquilo poderia incitar entre jovens, Pablo considerava, ideias de satisfação, de plenitude, de disposição. Nascia uma suspeita de que toda aquela manobra com panelas pra lá e pra cá, e por tantos anos, com certeza era um subterfúgio para algo maior, o álibi para a manutenção de um grupo, quem sabe uma quadrilha em torno dos mesmos desejos sobre o futuro.

Aquilo não soava bem, a comida era uma vantagem evidente e caberia então a secretários especiais, informados pelas ruas, buscarem por provas na escola: drogas, alucinógenos, substâncias tóxicas que certamente existiriam por trás de jovens tão satisfeitos e leais aos professores. Talvez eles estivessem escondendo planos, insurgências, livros — tudo era possível.

Os secretários começaram a aparecer sem aviso para assistir às aulas, para ver com os próprios olhos como os professores faziam para ser professores, afinal; e depois aproveitavam para tirar da biblioteca alguns livros específicos, arrancando a capa em busca da folha oculta, do rosto que confirmaria um nome proibido, um autor tão perfurante quanto as presas de um cão.

Os tais secretários traziam consigo fichas que deviam ser preenchidas com perícia, e por isso seus olhos iam e vinham ligeiros e vidrados entre o papel e os professores, como se uma ficha devesse por fim ser uma espécie de pintura sem talento, sem esmero, produzindo retratos tortos e nus. Anotavam detalhes sobre um relacionamento entre alunos e escola que envolvia comida, assistência, uma atenção considerada desproporcional, provocativa, o provável motivo de os envolvidos se sentirem tão alertas e resistentes e cheios de ideias. Um motim — era isso o que uma proximidade como aquela poderia criar, os secretários estavam certos disso, alarmados com o risco iminente de alunos e professores amanhecerem qualquer dia alucinados na porta da escola, aglomerados e ruidosos, sustentando em uma das mãos um cartaz pela liberdade e na outra uma grande marmita.

Era difícil ligar os pontos e compreender tudo de início, uma velha ainda se recorda muito bem, porque episódios como aqueles, de aulas vigiadas, aconteciam havia um tempo aqui e ali nas escolas e também nas universidades, nos institutos, e geravam sim uma tremenda revolta, discussões e acusações, mas logo depois os revoltados saíam para almoçar, eles sentiam fome e iam comer como se a loucura pertencesse apenas aos outros, aos secretários e aos camburões, e tendesse a se dissipar em breve, constrangida pelo próprio absurdo. A vida comum seguia um bocado alheia ao que já estava nascendo por trás de tudo, um controle explícito e apertado de todas as pontas. Havia o desejo pelo controle das palavras e das ideias, mas também das aparências, das conversas, das horas úteis e também das vagas, o controle dos significados, da ironia, da fé, dos sentimentos, dos cortes de cabelo, da beleza, e tudo isso soava tão despropositado e impossível que por fim foi mesmo custoso admitir que o despropósito já estava ali, vigente e instalado, erguido em barricadas por toda parte.

A filha de Vicente e da professora crescia para se tornar ela mesma uma das alunas observadas, espiadas a cada passo, uma criança um pouco distraída e tremendamente vesga, já contendo em si a semente de uma filha que moraria longe assim que pudesse. Se perguntassem à pequena filha se ela queria morar longe talvez ela dissesse que não, naquele momento não, mas apenas porque ainda não havia decidido sobre aquilo em que concordava ou discordava dos pais, ainda desconhecia que filhos pudessem existir sozinhos, em ambientes só seus, se quisessem, com outras ideias e prioridades individuais. Ela ainda custaria um pouco a se tornar uma filha magoada com pais que escolheram o país em vez dela, pais que deveriam ter jogado o Brasil para o alto para se dedicar somente à proteção de uma menina, ainda que isso custasse a perda da liberdade — é o que a menina morando longe viria a considerar depois, pesando as memórias.

Ela convivia com os demais filhos que nasciam dos professores e assim todos eles juntos, adultos e bebês, já formavam uma boa turma que se encontrava além dos portões da escola, na sala da casa de alguém, aos domingos. Tomavam Campari e comiam salgadinhos e levavam mais de duas horas para chegar a outros assuntos que não os secretários, os livros rasgados, partilhando detalhes sobre métodos para contornar a vigilância e seguir com as aulas mais ou menos como antes. Usavam palavras falsas, substituíam verbos, apaziguavam os argumentos para poder seguir com eles, ainda que travestidos. Um daqueles queridos cozinhava favas muito bem, fazia um delicioso caldeirão de favas e então todos os amigos já podiam começar a falar também sobre isso, sobre como era forte a experiência de estarem todos com fome, e todos ao mesmo tempo, era curioso ainda terem fome mesmo sob perseguição. Pingavam gotas de um molho de pimenta fortíssimo por cima do prato, ainda que o clima estivesse mais quente e úmido do que nunca; a pimenta tinha vindo de algum lugar de Minas Gerais, um lugar muito longe, e ninguém achava correto desperdiçar a longa viagem daquele frasco. Comiam e então alguém precisava ligar o quanto antes um ventilador, embora um único ventilador fosse pouco para tantos corpos. Se revezavam diante do vento, punham pedras de gelo na nuca e assim conseguiam não desmaiar.

Vicente descia correndo até a padaria com um pouco de dinheiro de cada um dos amigos e voltava com um pote de sorvete nas mãos, e então cada um deles comia um pouco de sorvete e começava a se sentir de fato mais fresco por dentro, mais perto da tranquilidade.

Entre os queridos era seguro dizer tudo, conversar sobre qualquer assunto, inclusive levantar o nome de alguns colegas com os quais seria preciso tomar certo cuidado na escola. Ali entre as favas era um bom lugar para falar deles. Tinham certeza sobre alguns desses nomes, mas se negavam a acreditar que outros pudessem pertencer a esse grupo, como o Marcos, justo o Marcos, que tocava tão bem violão. Ficavam esgotados com essas previsões, traições, discordâncias, e só quando cochilavam conseguiam desapertar um pouco os dentes.

Outros queridos aproveitavam a tarde para jogar cartas, competiam em duplas anotando os resultados em um caderninho. Vicente tentava assobiar, era sua maneira de se parecer um pouco mais com um jogador distraído, principiante no blefe. Ficavam concentrados nas estratégias e por algum tempo os olhares que trocavam diziam respeito somente àquele conjunto de ouros e copas, e a nada mais, como se tudo ao redor fosse pacífico e inofensivo a ponto de humanos poderem até mesmo tirar um par de horas para brincar.

Assim acontecia até que alguém precisasse respirar um pouco mais fundo, cruzar os braços, e de pronto aquela respiração e aquela postura convocavam todos de volta da brincadeira, sintonizados de novo com uma certa escola, com secretários, a véspera de uma segunda-feira.

A velha ainda se lembra de que ela e sua melhor amiga, Sarah, elas duas iam para a janela e bebericavam Campari espiando lá embaixo as famílias que iam para a igreja e os gatos de rua que se escondiam sob os carros. Sarah perguntava à amiga o que ela estava fazendo de errado na escola para ser observada, o que todos eles estavam fazendo de errado. Bem, havia o macarrão e os mapas apagados de Vicente, havia o muro repleto de beijos e também os sonhos dos alunos por escrito — havia tudo isso, embora não fosse possível afirmar qual item seria o mais problemático. Sarah excomungava os secretários, dizia uns palavrões e planejava algum tipo de ataque, quem sabe uma vingança em forma de biscoitos. Poderia assar alguns envenenados, ela imaginava, não a ponto de matar os secretários, mas sim de causar neles uma bela dor de barriga que durasse de quatro a sete dias. No máximo dez dias, ela dizia.

Nesses almoços de domingo era Bóbi, o mais jovem entre os queridos, o mais menino, quem tirava fotos dos amigos. Ele tinha uma câmera comprada de segunda mão e deixava à mostra um canino acinzentado quando fechava o olho esquerdo para mirar junto ao pequeno visor. Depois revelava as fotografias e deixava Sarah furiosa. Ela detestava as fotos de Bóbi, dizia que ele não tinha talento porque fazia o nariz dela parecer maior nas imagens. Mas seguia se deixando fotografar por ele na mesma posição, de lado, às vezes inclinando ligeiramente a cabeça para trás até se recostar no sofá.

Sarah teve adoração por Bóbi desde o primeiro momento em que pôs os olhos nele, uma adoração azeda e desdenhada. Perguntava ao menino sobre sua vida, demonstrando interesse, mas logo saía da sala obrigando Bóbi a se levantar para ir atrás dela na cozinha caso quisesse dar alguma resposta. Implicava, implicava até demais com ele, e depois ofereceria alguma comida na boca, uma tasca de pudim em sua própria colher. O menino via a colher de Sarah a caminho e ficava confuso, petrificado, e por fim abria a boca por reflexo, ele sempre abria.

Não admitiram o namoro de primeira, quer dizer, Sarah não admitiu e obrigava Bóbi a ficar calado. Namoravam às escondidas e jamais se beijavam na frente dos queridos, embora não parassem de olhar fixamente para os lábios um do outro. Bóbi só ia para a casa de Sarah na noite alta, quando já estava escuro a ponto de ninguém nas janelas conseguir espiar o menino a caminho. O único problema era que no meio do trajeto havia uma praça, e nessa praça sempre estava Rogério, o marceneiro. Ele não teria nenhuma dificuldade em ligar os pontos ao ver Bóbi passando por ali àquela hora, e o namoro estaria revelado. Bóbi parava em um orelhão algumas esquinas antes da praça e telefonava para Sarah, era o código para ela espiar da janela e checar se a barra estava limpa. Ela avistava Rogério começando a descer a rua e então apressava Bóbi para que ele corresse antes de ser visto. Se estivesse de tênis, ele conseguia passar ileso, mas às vezes estava de chinelo e o barulho da borracha estalando no chão informava a Rogério o que estava acontecendo logo ali, a pressa suspeitosa.

Nos domingos de favas, de vez em quando Bóbi sumia da sala e ao voltar tinha os dois dentes da frente sujos de batom, a mesma cor do batom de Sarah. Acompanhava a conversa dos queridos sobre os secretários, sobre a resistência, e era aconselhado a não comentar nada daquilo em casa, a manter as informações em absoluto segredo. Ele concordava e olhava para Sarah na janela e de lá ela fazia um gesto enérgico para que o menino limpasse o batom dos dentes.

A certa hora da tarde Sarah e a professora desciam com uma dose de Campari e um pouco de ensopado de favas para oferecer a Jorge, que estava sempre por ali, morando no final da rua. Vicente e a professora ficaram amigos dele logo que Jorge se mudou para a esquina e montou sua casa com muitos papelões e algumas bolsas. Era engenhoso com papelões e enquanto ajeitava as coisas assoviava altíssimo e afinado alguns sambas de partido alto. Vicente e a professora avisavam sempre que tinham Campari e pão fresco no apartamento, e então Jorge ia atrás deles por um instante, mas sempre um pouco preocupado em deixar seus papelões e bolsas sem supervisão por muito tempo. Se não fosse o Campari ou os pães frescos, Jorge não se afastaria de suas coisas por nada, ficaria sempre renovando os forros, ajeitando os cobertores, às vezes estendendo um lençol azul durante a noite para fazer uma cabana para os cachorros.

Morando rente ao chão, Jorge sabia copiar os trejeitos dos seres vivos tão perfeitamente e com tantos detalhes que por fim ele mesmo terminava se parecendo com alguns desses seres. Usava as pernas e os braços de tal maneira que convencia até os passantes mais cínicos de que aquele volume ali embaixo dos jornais só poderia ser mesmo um cachorro, ou então um humano, uma coisa ou outra. Imitava de maneira tão própria a mão de um humano, e não apenas os músculos e os ossos, mas também a alma por dentro da mão, que ao vê-la estendida pedindo moedas um passante já não poderia ter nenhuma dúvida, por fim, de que aquilo no chão era mesmo um homem pedindo ajuda, e não um móvel provisório, um cupinzeiro, ou um monte de areia à espera de ser removido antes da chuva.

Ao passarem diante de Jorge, era curioso, as pessoas ficavam a um só tempo assustadas e hipnotizadas pelas semelhanças entre o que estava deitado no chão e elas mesmas, de pé. Se viam diante daquele acontecimento e então precisavam fazer alguma coisa imediatamente, e por isso começavam a buscar algo precioso no próprio corpo, tateando aqui e ali para encontrar uma coisa específica como um trocadinho ou uma moeda — seria de supor. Mas o fato é que elas seguiam apalpando e apalpando o peito e os braços e a testa em busca da tal coisa preciosa, talvez aquilo que em si mesmas fosse diferente do homem no chão, um distintivo ou uma distância explícita o bastante. Tateavam o próprio corpo em busca de uma prova cabal e, de preferência, rápida, mas ao não encontrar nada que convencesse, nada visível e tampouco concreto, acabavam fazendo o que podiam, como podiam, e se afastavam a passos bem ligeiros.

Jorge por sua vez usava todas as habilidades para proteger seu colchão, a única posse cuja perda o deixaria enfurecido. Cobria tudo com uma colcha bem florida e depois, sobrepondo folhas e mais folhas de jornal, impedia que a poeira da rua se acumulasse na superfície. Fazia duas camadas de papelão por baixo para que o úmido da calçada não penetrasse no tecido, e cuidava para que os cachorros não se deitassem ali sem antes limpar as patas. Se sentia muito livre e muito móvel, e por isso poderia rumar para qualquer parte do planeta desde que pudesse carregar nas costas aquele bom companheiro, o colchão, e assim estaria carregando uma casa inteira. Se em algum momento, por azar ou destino, Jorge dizia, todas as construções da cidade ruíssem e se tornassem apenas um monte de areia e de pedra, seu conselho aos humanos seria que tentassem salvar apenas os colchões, simplificando a fuga e carregando um único item nas costas. Todo o resto poderia ficar para trás, Jorge esclarecia aos menos experientes, o que facilitaria as filas rumo a abrigos subterrâneos ou cavernas.

Estava sempre vestido com uma camisa de manga comprida e com os punhos abotoados. Tinha ao menos duas dessas camisas, uma xadrez de flanela e outra um pouco verde, ou talvez azul, presente de Jonathas, aquele vizinho que tinha um Fusca sem retrovisores. O relógio sem bateria, marcando para sempre 14h14, Jorge deixava por cima do punho da camisa. No punho oposto, colecionava elásticos de dinheiro que formavam um bolo volumoso, usado para amarrar as pontas da cabana, ou para prender o cabelo, fechar pacotes de biscoito ou lançar bolinhas de papel nos passantes. Recebia o Campari e o pão que aqueles vizinhos lhe ofereciam e levava tudo para comer com privacidade e em paz do lado de dentro da cabana.

Se tivesse de eleger algo além de seu colchão para salvar do fim do mundo, Jorge escolheria suas cartas ciganas, um baralho que ficava guardado no bolso da camisa, na altura do peito. Um antigo colega de rua havia lhe ensinado o significado de cada carta e também as maneiras de ler os jogos, e como esse colega foi embora para o Maranhão acabou deixando as cartas como uma herança para Jorge.

O homem gostava tanto daquela herança que ao longo do dia apalpava o bolso para se certificar de que, sim, as cartas continuavam ali. À noite dormia de bruços porque assim protegia as cartas de assalto ou da chuva, entre o peito e o colchão, e ao despertar checava imediatamente cada uma delas para ter certeza de que haviam atravessado bem a noite. Agia como se a permanência das cartas em seu peito não fosse garantida, como se elas pudessem uma bela manhã tomar o rumo do Maranhão, desaparecendo sem que o homem pudesse convencê-las sobre o lado bom do Rio de Janeiro.

Sarah e a professora visitavam Jorge aos domingos porque era quando ele aproveitava para abrir os jogos ciganos em cima de um bom papelão. Esperava alguém se sentar à sua frente e então começava a dizer tudo o que surgia ali, na superfície das imagens. Havia avisos e pressentimentos e alertas para os colegas de Jorge e para os comerciantes da região, e também para os cachorros e pombos mais chegados. No geral as cartas diziam apenas o que queriam, com uma clara preferência pelos temas relativos ao amor: a busca por um amor, a queda de um amor, a ascensão de um amor, a falta e o excesso de amor, as dores de cotovelo, as saudades. Se a pessoa ou o animal em questão não quisesse falar de amor e só perguntasse coisas de trabalho, dinheiro, as cartas se entediavam em poucos minutos e faziam Jorge ir atrás dos pombos, elas faziam o homem se levantar e ir procurar por um deles porque ali, sim, haveria sempre curiosidade sobre os temas afetivos, especialmente envolvendo ciúmes.

Conseguia ler o futuro desde que fosse um futuro breve, de um mês, coisa assim, embora apenas aos humanos interessasse um tema tão afastado da calçada e da pracinha. Se a pergunta fosse por um futuro muito distante, nesse caso as cartas não conseguiam ver nada, elas pediam desculpas e aconselhavam o sujeito a voltar depois, mais pra frente, quando o tal futuro estivesse mais perto a ponto de ser visto a olho nu.

Em uma das leituras Jorge avisou, ele bem que avisou que uma coisa esquisita estava para acontecer. Levantou uma carta específica e disse para Sarah e para aquela professora que isso estava bem claro. A tal coisa esquisita tinha a ver com paredes, era como se as paredes e os telhados estivessem fazendo planos secretos de encolherem e se apertarem, ou então de se dissolverem bem em cima de todos os queridos. Havia ainda outros humanos na mira da ruína das paredes, muitos outros além dos queridos, mas semelhantes a eles. Seria preciso pensar nos colchões, Jorge sugeriu, se certificar de que ao menos eles estariam à mão caso todos precisassem sair correndo de repente para proteger a cabeça. Provavelmente precisariam. Jorge previa uma espécie de corrida dos colchões, como se as pessoas de súbito precisassem partir carregando a própria cama nas costas como as tartarugas carregam seu casco, mas dessa vez com bastante pressa.

Ao voltar para o apartamento, naquele dia, as mulheres quiseram contar aos queridos o que tinham acabado de ouvir, mas era difícil repassar tantas informações envolvendo o encolhimento das paredes e a fuga com os colchões, as tartarugas, a pressa.

Duas semanas depois Vicente e a mulher olharam pela janela e perceberam que Jorge não estava mais no fim da rua, ele havia sumido sem dizer adeus, junto com seu colchão, seus cobertores e cartas. A professora logo soube que algo estava mesmo prestes a acontecer, *aquele* algo, ele já estava acontecendo. A vizinha do prédio da frente viu tudo da janela, de madrugada: um camburão verde cheio de soldados chegou de surpresa e disparou jatos de água nas cabanas, nos papelões, jatos de água em Jorge e em seus companheiros que dormiam. A vizinha disse que foi tudo bem rápido e assustador, e que os soldados eram magros e desajeitados, mas bonitos. Chegaram poucas horas depois de Jorge ter conseguido se livrar dos mosquitos para finalmente poder dormir um pouco. Aqueles meninos bonitos arruinaram o descanso de Jorge, foi o que a vizinha viu da janela, e também arruinaram as cabanas colocando fogo no que ainda restava.

Ela acompanhou da janela e, na feira do dia seguinte, às escondidas, contou tudo para a professora e para Vicente falando baixinho e com pressa, e dali em diante manteve suas cortinas fechadas por segurança, embora uma silhueta ainda pudesse ser vista em alguns momentos atrás dos panos.

Na segunda-feira havia vinte e três secretários na escola, e na terça, cinquenta, e na quarta, tantos secretários quanto alunos. Aquela gente toda indo para lá e para cá fazia a escola parecer uma rodoviária ou uma estação, e talvez por isso os professores estivessem com uma vontade danada de correr, correr para apanhar o ônibus ou o trem que os levaria embora. Ninguém partia, no entanto, e por isso mesmo parecia que alguma coisa estava prestes a explodir naquela rodoviária, era isso, uma explosão ia acontecer e cabia aos envolvidos tratarem de se afastar das bombas.

Mas, conforme os dias passavam, estranhamente nada explodia e isso sim era raro, era difícil compreender por completo aquele ambiente sem uma explosão ou um estrondo violento. Nada ia pelos ares, nada ruía ou assustava dignamente, e por isso as pessoas permaneciam ali, desbaratadas, engatinhando em um teste de resistência.

Os professores ainda não sabiam muito bem o que fazer, como reagir, mas intuíam que era preciso se unir aos alunos, mais do que nunca, em um vínculo que pudesse ultrapassar a ideia de escola, a ideia de sala de aula, porque ainda que a sala ruísse embaixo das toneladas, e ainda que tudo virasse areia, eles estariam prontos para seguir adiante, para se encontrar no quartinho dos fundos de uma casa erma e segura, embaixo de um poste apagado ou quem sabe em um porão sem janelas, qualquer lugar onde não fosse ilegal tirar das bolsas cadernos e livros, tocos de vela e ideias sobre o futuro e a liberdade.

Em uma dessas manhãs comuns as salas de aula amanheceram trancadas por cadeados; quem quisesse seguir com as aulas teria de usar o auditório, e apenas o auditório, porque era lá que havia cadeiras suficientes para acomodar os alunos e os secretários juntos. A verdade é que ninguém gostava daquele auditório, as cadeiras eram estreitas, de madeira, pregadas no chão. Não se podia cruzar as pernas, não se podia ser gordo ou abrir as asas. O corpo ficava desgostoso e não havia meios de prestar atenção em nada a não ser nas próprias nádegas. As aulas eram medonhas ali, espremidas, com um eco tão tremendo que era preciso esperar uma frase chegar até as últimas cadeiras antes de dizer o que vinha depois.

Os alunos e os professores faziam fila para entrar e sair das aulas, apresentando documentos para que alguém checasse se o vínculo entre a imagem e a pessoa não teria mudado de uma hora para outra. Os secretários agiam como se pudessem ser trapaceados a qualquer momento por aquele monte de gente escolar, como se estivessem diante de guerrilheiros natos, profissionais treinados na selva, assuntados em construir armadilhas com cipó e saliva.

O mais experiente dentre aqueles professores era Wallace, e por isso os outros o chamavam de vovô Wallace. Usava os cabelos desgrenhados e ensinava física de um jeito tão difícil que por fim tinha de aprovar os alunos por compaixão. Tinha ânsia de vômito se tomasse café em copos de plástico, por isso carregava uma xicarazinha de louça na maleta de trabalho. Havia sempre aquela forma de ovo abaulado quando se olhava a maleta de Wallace pelo lado de fora, e os secretários não gostavam nada do ovo, é claro que não, porque por mais que vissem que se tratava de uma xícara pequena e feia, não havia garantias de que aquilo não se converteria de repente em uma pedra ou uma granada.

De todo modo, os secretários não gostavam do vovô Wallace porque ele dava a entender que sabia da vida, da vida como um todo. Tinha passado por coisas pitorescas e históricas, coisas que permitiam à pessoa se gabar e com razão, especialmente por causa de Brigitte Bardot. Se orgulhava de ter sido o primeiro homem a acender um cigarro para Brigitte Bardot no Brasil, quando ninguém sabia o que fazer ao lado da beldade no Rio de Janeiro. Diziam que ela havia chegado de navio, que talvez fosse um pouco filha do comandante, embora o pai jamais aparecesse. Como já havia na cidade a Brigite do Rio Comprido, a professora de flauta, passaram a chamar a outra de "Brigitte de Copacabana", o bairro onde ela estava hospedada, e assim não se confundiam. A Brigitte de Copacabana gostava que lhe oferecessem azeitonas espetadas em palitos de dente para que não precisasse sujar os dedos no azeite, e falava francês com sotaque brasileiro para ser simpática. Foi graças ao sotaque que logo nos primeiros dias o vovô Wallace entendeu o que ela afinal mais desejava, um cigarro. Depois Brigitte foi para Búzios, onde outros homens acenderam outros cigarros para ela, infelizmente. Mas ainda assim Wallace manteve seu pioneirismo.

Contou essa história para os secretários e pretendia até mostrar um pôster autografado pela Brigitte de Copacabana, um envelope pardo que carregava sempre na maleta, mas ao se movimentar entusiasmado para tirar o pôster dali de dentro acabou assustando os secretários, que se lembraram afinal de quem era aquele vovô, o suspeito da maleta abaulada. Algumas armas foram apontadas e o vovô acabou apavorado, de joelhos e com as calças um pouco molhadas.

Foi ele quem achou que era hora de os professores arranjarem logo um quartinho nos fundos de uma casa segura, um lugar onde pudessem se encontrar fora da escola para discutir medidas, combinar passos, definir quais seriam os planos para vencer a vigilância. De cara precisavam tomar alguns cuidados se quisessem proteger o tal quartinho, se quisessem se proteger; falavam baixo, o mais baixo possível, porque mais importante do que conversar era jamais ser ouvido do lado de fora. Era o momento de planejar uma resistência em sussurros, fechando os punhos se fosse preciso e ensaiando gritos se fosse preciso, mas tudo dentro de cochichos, no volume de quem precisa combinar a insurgência, mas cuidando para não acordar o bebê ao lado.

No quartinho redigiam em paz os manifestos que pediam por mudanças na escola, na cidade, no país. Liam esses textos uns para os outros e negociavam emendas ali mesmo, fazendo riscos e puxando setas com canetas esferográficas, julgando algumas das ideias prontas para ser berradas de imediato na rua. Certas palavras soavam especialmente bem, ventura, façanha, congraçamento. Fundaram mais de um país possível nessas frases, rompendo de cara com a ideia original de país porque afinal essa limitação oferecia problemas já muito conhecidos. Farejavam uma essência de nação que fosse anterior a todas as fundações, às dominações, em que humanos de toda sorte pudessem levar a vida se sentando juntos em um debate franco, tirando o cadeado das portas e agarrando a vida como negociação.

Para Vicente e a professora e todos os queridos foram muitos os dias entre o auditório e o quartinho, migrando entre o apresentar-se e o esconder-se, e engatinhando sempre que necessário para não levantar suspeitas. Uma velha não saberia dizer ao certo quantos dias isso durou, se sessenta, se sete, mas em todo caso foram muitos. A certo ponto sentiam que o peso das toneladas não se dissiparia jamais, que aquela seria a única vida possível a partir dali, estava dado, agora tudo seria desse modo para sempre, apertado e esbaforido. *Quando será que isso acaba?*, era a pergunta que se queria fazer, e a reboque dela, *Como será que isso acaba?*

Não sabiam de muita coisa, mas estavam lúcidos de que um confronto de forças jamais seria de igual para igual, e tampouco uma fuga seria de igual para igual, e restava então saber o que sobraria entre as duas opções. Tinham tanta obstinação em não desistir, não sucumbir, em ir adiante que a certo ponto Vicente e a professora tiveram que se lembrar de que, verdade, ainda era preciso fazer todas as demais coisas da vida comum, era preciso comer um pedaço de goiabada, transar, escovar os dentes da filha sempre que possível. Parecia perigoso para os companheiros levarem seus bebês para o quartinho, carregarem os filhos amarrados ao tronco enquanto se metiam em resistências, mas quem haveria de deixar bebês-companheiros longe dos braços com tantos secretários à solta? Aqueles queridos olhavam nos olhos de seus bebês imaginando que, se eles fossem tenazmente protegidos e apoiados, alimentados, ensinados, acarinhados, ao crescerem teriam braços livres, criativos, resistentes, pacíficos, amorosos, coletivos por definição, como se não houvesse outra forma de vida justa senão aquela pela qual se lutava.

Havia certa expectativa quanto aos domingos, porque afinal era aos domingos que ninguém trabalhava e por isso havia tempo de elaborar melhor a resistência, o domingo era grande e convidativo para se chegar a planos mais robustos. Pelas manhãs bem cedo, Vicente seria o responsável por cuidar do telefone caso ele tocasse no apartamento. Ao primeiro toque o homem se levantava da cama como um raio e ia até o aparelho aquecendo a voz, *Alou-alou-alou*, para soar desperto e ativo para quem estivesse do outro lado da linha. Agia como se o telefone fosse uma espécie de fonte, de megafone de onde poderia partir a qualquer momento uma convocação, um direcionamento que interromperia o dia demandando prontidão e agilidade entre companheiros. Partia rumo ao aparelho com a certeza de que, se um levante surgisse, se uma energia organizada de repente brotasse para enfrentar o presente, seu nome estaria na lista dos que se juntariam de bom grado ao cordão humano, fazendo barricada contra os pelotões.

Vicente retirava o telefone do gancho e dizia alou-alou-alou três vezes seguidas para mostrar a pressa e o ânimo em ouvir as coordenadas. Mas a pessoa do outro lado da linha, tão desprevenida, não saberia muito bem como corresponder ao ânimo do homem, o que fazer para se alinhar de uma hora para outra a essa expectativa. Perguntava se havia acordado Vicente e se desculpava dizendo que poderia ligar mais tarde, se fosse o caso, porque afinal o assunto da chamada era apenas uma angústia de domingo: ao abrir o jornal logo cedo, essa pessoa na linha, veja só, havia encontrado páginas em branco, muitas páginas em branco e sem nenhuma informação, ela dizia a Vicente. Sentia algo esquisito e mais grave do que no domingo anterior, porque quando abriu o mesmo jornal uma semana antes lá estavam receitas e mais receitas de bolo publicadas no lugar das notícias, e ela preferia que nesta manhã ao menos as receitas tivessem sido impressas, ainda que repetidas, foi o que disse a Vicente, porque é claro que aquele bolo de coco estava chamando os brasileiros de bobos, mas as páginas em branco, elas eram muito piores, elas eram o próximo passo. Os brasileiros não eram apenas bobos, eles eram uns mortos, uns mortos que abriam o jornal aos domingos para não encontrar nada.

A pessoa na linha dizia a Vicente que era muito mais digno ser considerado bobo do que morto, porque ao menos pelos bobos ainda se tinha alguma consideração, ainda se tomavam cuidados porque bobos afinal não deixam de ser adversários, eles não deixam de ser opositores, ao contrário dos mortos. Vicente balançava a cabeça porque não conseguia acreditar que as coisas pudessem acontecer desse modo tão explícito, esvaziando pouco a pouco todos os lugares de alerta e fazendo do futuro uma coisa tão antiga.

Ele desligava o telefone depois de alguns minutos e ia caminhando de volta para a cama da pequena família com as passadas de um sujeito comum, sem planos ou instruções coletivas, voltava para debaixo do cobertor com os cargos que ainda tinha para si, marido e pai. Compartilhava as notícias com a mulher e era ela quem então se sobressaltava, jogando o cobertor para longe e informando que eles precisavam fazer alguma coisa já, num arroubo, porque afinal não era possível que não houvesse nada que pudesse ser feito, algo em que eles não tivessem pensado ainda, um estalo, uma luz, uma saída, aquela mulher dizia e secava o buço.

Ainda de camisola ia para a cozinha e começava a preparar apressada uma boa panela de comida, e então punha três pratos à mesa para a pequena família e mais três pratos para caso alguém aparecesse de surpresa naquele domingo, alguém mais preparado que eles e munido de instruções e planos. Esse alguém chegaria a qualquer momento precisando de algo para comer e beber, cansado, e quando isso acontecesse, ali entre os integrantes da pequena família ele já se sentiria pressentido e reenergizado pelo alimento.

Sarah continuava vendendo biscoitos na escola de vez em quando, na hora do recreio, embora mais distribuísse biscoitos para os alunos do que de fato os vendesse. Atraía alguns dos secretários para biscoitos especiais, aqueles que ardiam um pouco porque feitos com... como se chamava o ingrediente?, sim, gengibre. Os secretários comiam muitos daqueles biscoitos e depois saíam tossindo pelo efeito do gengibre na garganta. Achavam graça em tossir daquele jeito por causa de um biscoito, um mero biscoito gratuito, e enquanto isso Sarah ralava cada vez mais gengibre por cima de cada bolacha. Dava tapinhas nas costas dos secretários que tossiam como intoxicados, e então chamava por são Brás.

Mas é claro que não demorou para ela ser proibida de entrar pelos portões, Sarah foi impedida de vender biscoitos porque um novo diretor havia surgido e para ele não era nada natural nem engraçado que tantos secretários tossissem ao mesmo tempo. Era um homem fardado, tinha algumas patentes e mastigava de boca aberta. Mandou Sarah chispar dali e mandou também que levassem a mesa de trabalho dele para o meio do pátio, bem no centro de tudo, para que pudesse ficar ali sentado observando todos os movimentos. Comia maçãs inteiras, de boca aberta, e então cuspia as sementes em um potinho em cima da mesa. Muitas vezes errava a mira do potinho e então quem fosse chamado para se sentar na cadeira à sua frente precisava antes espanar os caroços e as gotículas de cuspe. De vez em quando gritava para que alguém esvaziasse o potinho e lhe trouxesse mais maçãs.

Vicente foi um dos primeiros a ser chamado para se sentar naquela cadeira. Os queridos se esconderam atrás das pilastras para bisbilhotar a conversa, preparados para sair correndo junto com Vicente a qualquer momento rumo às escadas de emergência. Vovô Wallace instruiu que o homem contasse alguma história pitoresca ao diretor, algo que fosse loiro e ludibriante como a Brigitte Bardot. O diretor parecia especialmente irritado com os mapas daquele professor, com o redesenho do Brasil em sala de aula, e ainda mais irritado com os cabelos de Vicente, crescidos até os ombros. O diretor não conseguia pensar em uma única razão para aquilo, ou seja, um homem permitir que seu cabelo crescesse àquele ponto. Queria saber se Vicente era um daqueles acontecimentos, homens que preferiam na verdade ser uma mulher. Perguntou isso ao professor e então fez um silêncio crespo e violento. Vicente pensou por um instante e disse que precisava de mais um instante para seguir pensando, para não errar a resposta.

As aulas de redação também estavam suspensas. O novo diretor não compreendia a utilidade daquilo, pôr para escrever os alunos que já sabiam escrever. Mas aquela professora não estava dispensada, não, ela não estava. Tinha fama de ter uma belíssima caligrafia, redonda e firme, esmerada e limpa, e por isso deveria fazer algo realmente útil, cópias de próprio punho dos documentos do quartel. Deveria passar a limpo as listas de compras do mercado, os afazeres dos cadetes, registros de limpeza dos banheiros, notas sobre tamanhos de fardas, cartilhas com os significados das patentes, as homenagens de guerra, as técnicas de montaria, métodos de dispersão de civis etc.

Vicente e os queridos se desdobravam para contornar o controle e seguir como possível embutindo nas aulas algumas mensagens aos alunos, ao menos as mais urgentes: pensamento crítico, pensamento questionador, pensamento livre, mas era cada vez mais arriscado fazer aquilo sem correr o risco de, na saída, ser empurrado escada abaixo. Vicente rapidamente se tornou um dos alvos preferenciais do comedor de maçãs, afinal além de apagar os mapas ainda não estava claro se o professor preferia ou não ser mulher, ainda havia essa pendência.

Vicente jamais havia usado um microfone, subido em um palanque, convocado uma reunião ou liderado um grupo. Mas já era tarde para que não fosse visto como um subversivo, um desconforme, afinal bastava que cortasse aqueles cabelos para agradar ao diretor, melhor ainda se os raspasse, mas isso o professor não fez. E ainda seguia com aquela incômoda pasta de couro a tiracolo, andando pelos corredores da escola como um representante comercial de mapas apagados, carregando papéis e mais papéis que dariam muito trabalho ao diretor caso fosse obrigado a ler tudo.

Os queridos se comunicavam por gestos mínimos. Se amanhecessem todos amordaçados, apertados em um cubículo, ainda assim conseguiriam combinar um resgate lendo o significado das mãos, das sobrancelhas, das piscadas de olhos. Se esforçavam para continuar existindo sem suar demais, afinal ainda eram professores, davam aulas, respondiam às dúvidas dos alunos. Mas depois catavam suas coisas e saíam da escola olhando para trás, apressados, sentindo alívio ao conseguir chegar em casa e fechar a porta à chave sem ter perdido nada muito grande pelo caminho. Evitavam entrar todos no mesmo Fusca, evitavam conversar em público, secar o suor em público. Quem os visse de fora, atravessando a rua ou carregando verduras ou secando pratos na cozinha perceberia que ali estavam professores um pouco tremidos, borrados, já sem a capacidade de discernir entre o medo e a realidade, entre o boato e a confirmação, entre o que era notícia e o que era apenas inventado para confundir os envolvidos.

Se estivessem nas ruas estariam em bando, a velha no apartamento pode dizer desse modo, porque era o bando que dificultava distinguir as barbas e os cabelos parecidos. Juntos, aqueles humanos cuidavam de seguir afetuosos uns com os outros, mesmo quando esbravejantes, por fim encorajados a marchar para a avenida carregando cartazes, em coro com centenas de outros. Em grupo eles podiam se sentir mais incômodos, barulhentos, eloquentes como oposição. Se a face de um querido fosse frágil demais diante de um cassetete alucinado, a face do bando seria apenas um enigma, um grande e móvel enigma mais difícil de mirar.

Na vizinhança do apartamento, Vicente e a professora começaram a perceber que alguns, inclusive os mais insuspeitos, como o Seu Tião do Corcel prata, olhavam agora de viés para eles. Seu Tião parecia gostar da pequena família, quer dizer, ele não tinha nada contra e uma vez inclusive ganhou no jogo do bicho graças à filha dos professores, que de vez em quando sonhava com borboletas. Ganhou uma bolada na milhar da borboleta e trocou os quatro pneus do Corcel. Depois deu à menina um quebra-cabeça como agrado. Mas de uma hora para outra ele fechou a cara e parou de perguntar sobre os sonhos da menina. Ao ver a pequena família chegando em casa naqueles dias, jogava o cigarro no chão e pisava em cima por muito mais tempo que o necessário para apagar uma guimba.

Vovô Wallace recomendou que Vicente e a mulher ficassem atentos, seria exatamente entre essas pessoas, talvez ainda mais próximas do que se poderia imaginar, que estariam os delatores dos companheiros, aqueles que os entregariam de bom grado aos secretários, aos diretores, aos carros apinhados de soldados em cada esquina. Os vizinhos olhavam nos olhos daquela gente escolar antes inofensiva e até útil para o jogo do bicho sem entender como aquilo que a rádio expurgava, a tal *resistência*, poderia afinal pousar em corpos tão conhecidos e às vezes até um pouco estimados.

Quando uma velha se lembra desse tempo ela tem a impressão de que tudo se passou no inverno. Quando fecha os olhos e recapitula uma cena, uma que a faça se sacudir de azeda, vem a sensação de que o dia estava frio e de que não havia um sábado de praia fazia muitos meses. É claro que ela pode estar errada, ela deve estar. É provável que a praia ainda estivesse no mesmo lugar, assim como os maiôs e os castelos de areia, e que as outras estações do ano também estivessem lá, para além do inverno. Alguém olhando de fora se sentiria confuso com muitas coisas simples, naquele tempo, afinal todos os lados mencionavam coisas parecidas, falavam em nome da *liberdade* e da *paz*, mas com sentidos distintos. Ainda não haviam começado a se perguntar, as partes envolvidas, se a liberdade e a paz concordavam afinal em entrar nesse jogo, se teriam tamanha elasticidade antes de se partirem ao meio.

De outras escolas chegavam notícias de diretores igualmente fardados, e também de homens fardados ocupando prédios e museus e câmaras e praças e ruas. Professores de todo tipo começavam a ser chamados para salas escuras, para conversas das quais só sairiam horas depois, sedentos, sujos, emudecidos.

Em uma terça-feira, não, em uma sexta-feira em uma escola do Centro da cidade uma lata de lixo explodiu bem perto de onde os professores fumavam, e nos dias seguintes outras latas de lixo seguiram explodindo aqui e ali sem que se pudesse antecipar ou compreender de onde viria a próxima explosão. Os queridos se falavam em códigos por telefone, estranhamente aliviados de que as explosões tivessem por fim começado. Estavam excitados e trêmulos pela confirmação de que ao menos ninguém ali estava louco, eles podiam primeiro se sentir aliviados de que não havia loucura entre eles por terem intuído as bombas tanto tempo antes, e então precisavam agir para saber como fugir delas.

Ainda hoje, se a velha fecha os olhos, vê que uma hora os queridos estavam correndo todos juntos sobre os paralelepípedos e sabiam mais ou menos para qual lado estava o norte, eles conheciam o destino, a curva para a esquerda. O espírito deles tinha a mesma matéria, a princípio, eram espíritos irmãos, a princípio, talvez fossem o mesmo espírito. Conheciam aquela cidade, conheciam as ruas e achavam que, ora, elas não os trairiam, afinal a quem pertenceriam as ruas da cidade senão a eles, gente comum? Corriam todos muito rápido para logo perceberem que estavam ficando pelo caminho, de algum modo, um a um, talvez capturados, talvez escondidos em um beco, talvez camuflados em outro grupo ou apenas cansados demais. Era difícil correr sempre à mesma velocidade sem tropeçar em algo, era muito difícil correr e saltar e tomar decisões sem beber um pouco de água.

Para Vicente e os companheiros era preciso fugir imediatamente, suspendendo a corrida com atrevimento o bastante para se perguntar, afinal, como alguém como eles poderia se esconder do Brasil, e mais do que isso, como poderia voltar para ele, para o mesmo país, ao fim de tudo.

O problema dessa velha é que ela não para de fazer perguntas, ela faz perguntas em voz alta e então espera para ver se alguém responde, uma voz, um bilhete, alguma coisa trazendo um tipo de ajuda. Isso acontece especialmente quando é de noite ou então quando faz muito calor e ela começa a suar.

Nos últimos tempos a velha vem sentindo uma dorzinha bem aqui, na lateral da cabeça, uma dor específica que não parece cerebral, mas sim externa, como se a qualquer momento estivesse para nascer uma terceira orelha ali ao lado. Essa orelha extra não estava prevista no desenho original do corpo, mas uma velha a receberia contente caso surgisse, afinal seria mesmo interessante e pitoresco ter uma novidade como essa para contar à filha que mora longe.

Enquanto espera mais uma vez o telefone tocar, ela planeja não mencionar a dor para a filha, não vai dizer nada sobre isso porque as dores entediam a menina no oceano superior, entediam ou alarmam. As dores da filha, por sua vez, sempre interessam à velha mãe, de fato ela poderia passar horas ouvindo a descrição dos sintomas e terminaria a ligação com o apetite renovado.

A filha pode ficar tranquila, pode telefonar sem medo porque hoje a mãe tem outro assunto em mente. Ela pretende lembrar à menina de que o problema de viver demais, de habitar o planeta por mais tempo do que o aconselhável, é que você vira testemunha de um mundo que se apaga, bem diante de você ele se apaga pessoa a pessoa, amor a amor, amigo a amigo e gato a gato, por sorte restando a companhia das árvores. Sabe-se lá quando a velha poderá se encontrar novamente com as árvores, que a superam em matéria de tempo. Ela não sabe nem mesmo se ainda estará viva quando for seguro abrir as portas outra vez, e se as árvores ainda a reconhecerão depois disso.

Faz três dias que a velha está realmente preocupada com a vizinha que mora no prédio da frente e que ao menos uma vez ao dia fuma na janela. Ela não aparece desde domingo e uma velha atenciosa e disponível e pontual como essa não consegue imaginar uma explicação para que a mulher fique tanto tempo sem olhar para fora de casa, ou sem fumar. Muitas vezes, quando estava na janela, a vizinha olhava de um lado para o outro e em algum momento seus olhos esbarravam nos da velha, eles não podiam evitar isso, afinal a velha estava sempre ali, no meio do caminho. Nesse instante a velha percebia que o olhar da mulher desabrochava um pouco, talvez por encontrar do outro lado a coisa mais inesperada, uma pessoa. De vez em quando uma menina também chegava à janela, uma menina da altura dos cotovelos da mulher; ela deitava a testa no braço da mãe, entediada, e a mãe levantava o queixo para assoprar a fumaça do cigarro em outra direção.

A filha que mora no estrangeiro e que deve ligar a qualquer momento, ela tem sempre mais de um sabor de geleia à sua disposição dentro do armário, damasco e quem sabe também framboesa. As framboesas são comuns no oceano superior e por isso também as geleias dessa fruta são comuns, especialmente ao final da estação, quando ninguém aguenta comer tantas framboesas frescas. Sempre que a filha vai ao mercadinho para apanhar pão ou tomate, acaba trazendo na sacola também um copo de geleia, um novo copo por semana para passar nas torradas do café da manhã. Alguém que observe a filha saindo do mercado com sua sacola pode ter certeza de que ali dentro está mais um copo de geleia, talvez dois, se houver uma boa promoção. Quando soube que passaria um tempo escondida e trancada em casa, a filha correu ao mercadinho e estocou copos e mais copos de geleia de todos os sabores, todos no armário em cima da pia, por medo de encarar a torrada pela manhã sem aquela camada doce, encarar a torrada sem uma alegria como essa. A filha não admite que fez esse estoque, diz que isso seria uma bobagem, uma tolice, mas basta abrir seu armário para constatar a verdade.

Como se pode ver, além de uma velha moram nesse apartamento, em um país sem framboesas, alguns móveis e objetos. Algumas lâmpadas poderiam ser trocadas para que o ambiente ficasse mais visível para quem olha de fora, mas quem é essa velha para mexer em lustres agora. O porta-retratos de Vicente no verão em Petrópolis, do jovem Vicente, também está aqui. Ele veste uma camisa xadrez e um chapéu que protege parcialmente os olhos do sol. Seus dentes ainda estavam completos, vejam só, e eram maravilhosos, fortes para morder até mesmo espigas de milho ou castanhas. Parecem amarelados olhando agora, mas não eram tanto assim, só um pouco bege por causa dos cravos.

Naquele verão petropolitano o jovem Vicente ainda não havia precisado se esconder, nem estado em um porão amigo por seis meses, sozinho e isolado, cuidando de não dar ao mundo exterior nenhuma notícia ou prova de vida. Quando chegou o momento da fuga era muito importante saber como se esconder bem, mas era ainda mais importante não revelar nada sobre o esconderijo, sua localização, distância, aspecto, cheiro. Para sumir de verdade era preciso sumir para todos os conhecidos, inclusive para si mesmo, ao menos um pouco. Se alguém da família tivesse uma pista qualquer, uma única suspeita que fosse sobre o paradeiro dos fugitivos, bem, eles mesmos como parentes poderiam ter que sumir também, e convinha evitar isso, afinal dali a pouco não haveria mais ninguém na rua, no mercado ou no posto de gasolina, ninguém sobrando do lado de fora dos abrigos secretos.

Não podia haver sombras. A filha que mora longe, mas que àquela época morava perto, ela e sua mãe eram consideradas exatamente isso, sombras de um Vicente escondido. As duas também precisavam se esconder à sua maneira, mas de um modo distinto do pai, porque por sorte aquela ainda era uma filha compacta, carregável, encaixável dentro de um armário ou de um baú trancado à chave caso soldados surgissem vasculhando a casa por completo.

Ainda era uma criança completamente vesga naquele tempo. Estava prestes a deixar de ser vesga, a velha mãe calcula o tempo, prestes a passar por uma cirurgia e por seis meses de recuperação com um tampão cobrindo um dos olhos. Durante os seis meses em que Vicente se refugiou em um subsolo, a filha andava por todos os cantos da casa com um tampão, e por isso para todo lugar que se olhasse haveria algo importante faltando, ou um pai ou um olho.

O professor em fuga recebeu abrigo em um porão em Petrópolis, em um certo subsolo na casa de um amigo. Alguns dos queridos já estavam em seu próprio esconderijo e aquela era a vez de Vicente, conforme previsto. O velho amigo era um homem gravetício, cheio de feridas na pele, um antigo professor de pintura com forte sotaque italiano. Por telefone, Domenico apressava o homem para que ele partisse de imediato para a região serrana, e sem carregar nada, nenhuma roupa, nenhum livro ou pertence, senão poderia ser acusado de crime e fuga caso tudo aquilo virasse uma investigação ou um processo no futuro.

A velha de hoje se lembra: Vicente desligou o telefonema com Domenico, olhou nos olhos de sua companheira e disse, *É hoje*, ou então disse, *Chegou a hora*, ou então, *Não posso te dizer nada*, algo do tipo, reagindo como alguém que estava à espera do comando por muito tempo. De uma hora para outra, na sala da pequena família havia um homem usando o rosto de Vicente, a mesma barba e os mesmos cabelos, mas agindo prontamente como outro sujeito, alguém que precisava se apressar e partir para um esconderijo em Petrópolis. Ele precisava se enfiar embaixo de uma cama, e ali precisava cavar para se esconder embaixo do piso, e ali se esconder bem longe de si mesmo, foragido em todas as camadas possíveis.

O homem com o rosto de Vicente partiu para o porão petropolitano sem levar nada a não ser um pouco de medo disfarçado na cara grave. Eram tantos os riscos, tantos os cálculos para uma fuga perfeita que Vicente partiu sem levar consigo nem mesmo o casaco verde, a cobertura que o ajudaria a atravessar melhor o frio na montanha. Primeiro a mulher achou que havia sido um lapso, ele se esquecer do casaco, mas por fim entendeu que tudo era parte do plano. O casaco verde era o único no armário do homem e ele intuiu que se a roupa sumisse do cabide um bom investigador poderia ler nessa falta uma pista; estavam ali as camisas e as calças e as cuecas e até mesmo o macacão jeans, mas sem um único casaco entre os itens estaria dado o indício sobre a temperatura do destino.

Domenico tinha uma namorada, uma estrangeira altíssima. Em algumas circunstâncias ela se tornava tremendamente vermelha, mas não toda vermelha porque as mãos permaneciam brancas, e também azuis aqui e ali. Por conta da cor ela poderia parecer um pouco raivosa ou descontrolada, às vezes, mas como ria fartamente a imagem inicial se dissipava um pouco.

Foi a estrangeira vermelha quem logo arranjou para Vicente um colchão, alguns cobertores e um jeito de lhe servir uma sopa duas vezes ao dia, um caldo grosso que ela mesma preparava com legumes e macarrão ou arroz, às vezes um pedaço de carne ou de queijo. Todo cuidado era pouco, e por isso Domenico e a mulher não aumentavam demais a quantidade de sopa de modo a despistar a existência de uma boca a mais no subsolo. Também por precaução cuidavam de não tratar Vicente demasiadamente como Vicente, aquele bom amigo, mas sim como um homem muito parecido com esse bom amigo, mas necessitado de esconder a cabeça. Jamais o chamavam pelo nome ou o olhavam de corpo inteiro; olhavam para ele apenas por partes, para os braços ou para as pernas, e assim se resguardavam de saber detalhes demais sobre aquela presença tão sólida no piso inferior.

Vicente tomava a sopa na qual boiavam alguns temperos em pó, além de uma gordura peculiar e muito distinta de manteiga. Conseguia fazer um pouco de chá ou café em um fogareiro improvisado, mas sobre isso Domenico o desencorajava porque a fumaça saindo pelo pequeno basculante aos pés da casa poderia ser percebida do lado de fora. Tudo poderia se converter em um sinal naqueles dias, e como consequência gerar uma denúncia, uma visita inesperada, perguntas. Nem sempre os delatores tinham cara de delatores, tampouco se comportavam como tal. Muitas vezes podiam tomar a forma de um idoso que apenas atravessava a rua e esticava os olhos para a casa do italiano, e se as luzes não estivessem apagadas no subsolo isso poderia pôr tudo a perder.

De vez em quando aparecia na casa de Domenico uma mulher específica, a vendedora de chocolates. Ela vinha de Teresópolis trazendo gotas de chocolate com menta que eram as preferidas da estrangeira vermelha. Os pacotes eram finos e longos e repletos de gotas e mais gotas que a estrangeira comia aos poucos. Ela passava esses dias contente a ponto de não ficar mais tão vermelha. Na sua língua natal ela exaltava as gotas mentoladas e Vicente compreendia o sentido da exaltação desde seu compartimento subterrâneo porque a mulher parava de arrastar os pés, o que raramente acontecia em outras ocasiões.

A estrangeira e Domenico se encarregavam de passar ao subsolo algumas dessas gotas de chocolate, assim o homem que se parecia com o bom amigo Vicente poderia desfrutar de um pequeno prazer. Vicente jamais conseguiu ver a vendedora de chocolates, embora imaginasse um rosto redondo e farto pelo tom de voz. Percebia que transportar chocolates não devia ser uma tarefa fácil, as gotas chegavam sempre um pouco amassadas e achatadas e judiadas em algumas partes, como se alguém tivesse se sentado em cima delas durante a viagem. O homem no porão cuidava para que sua porção de duas ou três gotas durasse algumas semanas, mordiscava pelos cantos para que aquela parte do dia, a parte achocolatada, pudesse existir por mais tempo.

Falou dessas gotas por muitos anos, da sensação mentolada que ficava entre os dentes em alguns dos dias de esconderijo. Vicente comia o chocolate, a sopa, alguns pedaços de pão e assim conseguia controlar a fome, ao contrário do frio. Jamais deu conta de se aquecer o tanto que precisava, por mais que assoprasse os dedos com o hálito quente. Domenico e a namorada estrangeira enchiam galões vazios com água quente para que o homem no porão pudesse se abraçar com aquilo quando estivesse deitado no colchão. Ele se metia embaixo de todos os cobertores de que dispunha, abraçava o galão de água quente e então conseguia dormir por quase uma hora inteira. Mas, logo que a água esfriava era preciso largar o galão o mais rápido possível, deixar aquilo de lado ou o frio voltaria a se instalar em tudo o que estivesse sob os cobertores. Trancado no subsolo, Vicente tremia tanto que não sabia mais distinguir o tremor de frio do tremor de medo, sentia frio e tremia, e quando via o próprio corpo tremendo achava que na verdade estava com medo, e então tremia ainda mais.

Nos dias de frio irremediável não havia galão de água quente que desse conta, e então Domenico punha para tocar um vinil do Clube da Esquina. Aumentava o volume da vitrola no máximo, tentando ajudar um certo homem sob os seus pés a se distrair um bocado, levar os ouvidos a algum lugar longe do frio, por alguns minutos.

O amigo italiano batia com o sapato no chão de um jeito peculiar para avisar a Vicente caso chegasse uma visita inesperada ou desconhecida no andar de cima. O barulho era um alarme, e então Vicente precisaria ficar imóvel no colchão até segunda ordem, ou um de seus passos poderia ser percebido desde a sala ou a cozinha. Não havia ratos na região que justificassem ruídos subterrâneos, e por isso Vicente devia ainda se esforçar para não bater os dentes.

Havia alguns livros no porão, todos eles de botânica, mas não se podia ler nada porque as folhas estavam grudadas de tão úmidas, transformando os livros em grandes blocos pesados e rígidos. Vicente ajeitava os volumes de capa dura no chão para poder se sentar ou pisar sobre eles, e mantinha apenas um exemplar sempre próximo à mão, o mais pesado de todos, para ter ao menos uma arma para arremessar caso surgisse a necessidade.

Havia algumas folhas avulsas de papel, também úmidas, um lápis e algumas tintas de pintura. Quando conseguia esticar os dedos para fora do cobertor, Vicente fazia tentativas de pintar coisas pequenas, uma xícara, uma flor. Durante todo o tempo em que esteve escondido usou o lápis e os papéis disponíveis para escrever cartas curtas, bilhetes para aquela sua mulher distante. Mas Domenico e a estrangeira achavam muito arriscado remeter cartas entre cidades, aquilo não estava bem. Havia portadores aliados e ativos, mas eles costumavam sumir repentinamente e quando isso acontecia era possível que tivessem que entregar tudo o que sabiam para salvar uma unha, a ponta de um dedo ou outra extremidade querida.

Ainda assim Vicente escrevia cartas. Falava sobre o ambiente no subsolo, sobre a umidade nas tábuas de madeira e o canto em que elas haviam estufado com o mofo. Achava que seu corpo tinha encolhido alguns centímetros porque nas primeiras semanas sentia o topo da cabeça quase encostando no teto, mas algumas semanas depois isso já não acontecia mais. Havia criado uma escala para o frio, aprendendo a distingui-lo pelos tons de roxo que tomavam suas unhas: o frio úmido, o frio cortante, o frio petrificado. Às vezes, incluía alguma pequena notícia ou boato que Domenico repassava sobre os outros resistentes escondidos, detalhes sobre a integridade física de cada um. Nesses bilhetes em que aquela mulher só pôs as mãos quando Vicente já estava livre e de volta em casa, o homem no subsolo julgava que seu porão estivesse entre os melhores esconderijos se comparado ao dos demais amigos, justamente porque era o mais subterrâneo e o menos iluminado, o mais gélido com certeza, e isso era uma sorte.

No fim das cartas o homem com o rosto de Vicente perguntava como aquela sua mulher estava se saindo naqueles dias, o que ela avistava ao olhar da janela, e pedia para saber se a filha ainda era uma filha vesga ou não. Dizia que tinha algumas ideias para o futuro, planos simples para que os integrantes da pequena família tivessem algo a cumprir, algo que afinal esperasse por eles ao fim de tudo. Teriam muito o que fazer quando a filha tivesse os olhos retos. Tratava a posição dos olhos da filha como uma medida de tempo.

Em todas essas cartas, por volta da décima linha, o homem no subsolo pedia para que sua mulher distante lhe confirmasse, se pudesse, se ele mesmo seguia existindo. *Ainda estou vivo?*, ele perguntava, pedindo que a mãe de sua filha emitisse algum sinal caso a reposta fosse afirmativa. O homem escrevia repetidas vezes no papel com uma letra imprecisa e trêmula, *Me diga, ainda estou vivo?*, e como ninguém lhe respondia a dúvida permanecia importante.

Até que um dia esse homem subterrâneo se arranhou sem querer no rosto, um arranhão corriqueiro e pequeno, e ao perceber a própria unha tão crescida, cheia de pontas, teve vontade de compreender aquilo como uma espécie de *sim*, uma prova de que ele estava realmente vivo, provavelmente vivo, embora nos mortos as unhas também crescessem.

Ao ver as próprias garras enormes, o Vicente escondido no subsolo sentiu algo novo, algo de milhares de anos — ele escreveu. Era como se ali, junto dele, tivesse brotado de repente um outro homem, arcaico e remoto, alguém que ele mesmo tinha sido milênios antes. Era a primeira visita que Vicente recebia no esconderijo. Aquele homem que ele mesmo fora, aparentemente ele sabia o que fazer com as unhas grandes, sabia como usar essa ferramenta para arredondar as paredes de uma boa caverna ou então para fechar a caverna com pedras resistentes e pesadas, mas também com outras menores e encaixáveis, cuidando para que nada conseguisse ultrapassar a porta a não ser o ar ou alguns percevejos mastigáveis. Esse Vicente ancestral que não se chamava Vicente, e tampouco precisava de um nome que o distinguisse dos demais homens comuns, ele era hábil e também corria velozmente porque sair correndo era tão importante quanto afiar as garras, embora ninguém pudesse ser tão rápido quanto os leões. Para ambos os homens, o da antiguidade e o do subterrâneo, se esconder e se aquecer era a única saída em muitos sentidos, era o plano e a necessidade que se impunham igualmente e os tornavam idênticos, embora separados por dez mil anos.

O Vicente no subsolo se alegrou imensamente com a visita do homem que ele mesmo foi um dia e que afinal sabia tão bem como ficar entocado, ficou alegre que ele pudesse chegar ali como uma espécie de professor ou de técnico, pronto a ensinar o bom uso do tempo e da ponta dos dedos a alguém menos hábil. Vicente se sentiu tão próximo e tão íntimo daquele homem que assim que viu seus dentes gastos pelos séculos reconheceu de imediato o cheiro, o hálito que afinal lembrava o de um leão; mas não qualquer leão, e sim aquele específico que um dia, em um tropeço do Vicente primitivo, alcançou e devorou o homem a partir da cabeça, em uma bocada única e certeira. O movimento do animal foi mesmo preciso e rápido, mas não tão rápido que não deixasse Vicente sentir, segundos antes, o odor singular daquela garganta. O homem prestes a deixar de ser um homem viu a boca do leão a caminho de sua própria boca, e na iminência desse beijo dilacerante encheu os pulmões pela última vez, se comportando primeiro como um mergulhador, e só depois como um devorado.

O que parecia apenas uma memória abissal e imprecisa se tornou de repente algo lúcido no subsolo de Vicente: aquele homem que o visitava através do tempo não era apenas um homem — o devorado, o mastigado, o engolido —, era também o próprio leão que, de algum modo, sobrevivera graças à comida. O homem que por fim foi morar no estômago do leão, ele correu junto com o animal como jamais havia corrido antes de ser devorado, e também se alimentou um pouco, por fim, dos demais homens engolidos, vivendo nessa velocidade e nessa companhia até compreender que, para um devorado, o estômago do leão não é nada menos do que um refúgio, um esconderijo ideal no qual alguém pode finalmente descansar em paz.

Com as garras no subsolo petropolitano, Vicente piscava e então reprisava em seus olhos o leão correndo livremente na campana alguns séculos antes, alimentado e satisfeito, livre e soberano, até que também sobre ele o tempo se impusesse fazendo cair pouco a pouco os dentes imensos — primeiro os da frente, mas depois também os de trás, dando origem a um leão banguela e quebradiço. Por sorte esse leão envelhecido e sem dentes encontrou em tempo uma árvore com sombra na qual se recostar, e nela viveu seus últimos meses com a ajuda de um terceiro homem, um bom tratador que surgiu lhe trazendo algumas maçãs maduras, mastigáveis para uma velha gengiva.

O leão se entregou a esse tratador e lhe deu todos os seus documentos e também os documentos dos outros homens devorados para que afinal alguém pudesse contabilizar todas as mortes contidas em uma morte, passando adiante o devido inventário. O leão prestes a desaparecer engoliu sua última maçã e com a cabeça deitada no colo do tratador perguntou, *Afinal, ainda estou vivo?, me diga, ainda estou?*, embora já intuísse a resposta.

Vicente se despediu desse animal cortando entre os dentes cada uma de suas unhas crescidas, aparando junto também as unhas de múltiplos homens e até as de um leão que era, por fim, seu irmão gêmeo, seu avô, seu pai, seu companheiro, seu filho, em um acúmulo ininterrupto de bichos que buscam em algum momento escapar, fugir para encontrar a liberdade.

A mulher de Vicente ficou sabendo de tudo isso muito mais tarde. Enquanto Vicente estava lá em seu subterrâneo, aqui, neste mesmo apartamento em que a velha hoje se esconde, uma pequena família também se mantinha trancada, longe das vistas dos secretários, usando a cirurgia nos olhos vesgos da filha como pretexto ideal para não sair de casa tão cedo.

A filha foi operada assim que Vicente partiu, conforme previsto e planejado, usando os dias de hospital e de internação para despistar a própria menina sobre os motivos da ausência de certo pai. Aquela filha era mesmo uma filha muito vesga e esse motivo não foi necessário inventar. O médico, um homem que tinha tufos de pelo saindo pelos punhos do jaleco branco, aplicou o tampão adesivo sobre o olho operado da filha e disse àquela mãe que não retirasse a cobertura dali em hipótese alguma, nem mesmo se a filha implorasse. Era preciso garantir que o tampão estivesse fechado, tão fechado que nem mesmo uma poeirinha conseguisse penetrar na órbita avariada e mexida.

A mãe seguiu a orientação do médico peludo à risca. O tampão ficou por muitas semanas onde devia ficar, dando tempo para que o olho da filha fizesse o que era preciso para se recuperar atrás do curativo. A filha se queixava de que o olho estava coçando e chorava porque aquela mãe lhe impedia com firmeza de meter os dedos em cima, afinal ela não poderia permitir que uma filha ficasse cega, mesmo que para isso tivesse que ser um pouco bruta.

Durante aqueles dias em que todos da pequena família estavam de alguma maneira escondidos, a filha via o mundo apenas pelo lado direito e meio embaçado. Esbarrava nos móveis e perdia o equilíbrio sempre que tentava andar sem o apoio da mão na parede. A mãe dizia que o pai tinha viajado para fazer uma pesquisa, alguma coisa envolvendo mapas, uma grande aventura. A filha acreditava e mencionava a pesquisa do pai no café da manhã, curiosa dentro daquela cabeça em que apenas um olho funcionava. A mãe falava, *Não podemos sair de casa para não envenenar os seus olhos com poeira*, algo assim, algo muito parecido com isso, e desse modo não mentia completamente. Ficavam trancadas, a mãe e a filha, pingando colírios e fazendo curativos duas vezes ao dia.

Recebiam apenas as visitas raras de alguns amigos que levavam para elas comida e às vezes remédios, além de notícias imprecisas sobre os esconderijos. A filha era impedida de ouvir essas conversas, em seu coração ela não tinha dúvidas sobre o retorno do pai para casa, mas tinha sim dúvidas sobre o retorno do olho perdido sob o tampão, e isso já era desconfiança suficiente para um corpo daquele tamanho. *Meu olho ainda está aqui dentro, mamãe?*, a filha perguntava, e a mãe garantia que o olho não havia ido a lugar algum, embora não tivesse tanta certeza disso.

No apartamento sem Vicente havia um olho dando indícios de que não seria mais confiável, de que uma mãe não poderia relaxar ou descansar tão cedo diante dele. Ela e a filha faziam tudo o que era possível por aquele olho infantil e terrível, pingavam o anti-inflamatório, o antibiótico, o colírio anestésico, e ainda assim parecia haver sinais de uma pequena rebelião redonda e úmida em andamento.

A filha surgia na cozinha aos prantos porque numa hora seu olho estava se sentindo bem, lubrificado e voltando-se para o lado que a filha desejava que ele se voltasse. Mas no momento seguinte ele mudava de ideia. A filha queria olhar para a boneca, aquela de orelhas grandes, e o olho simplesmente não concordava, obcecado com a janela. A mãe não sabia muito bem como negociar com um olho, ela não sabia muito bem qual língua usar para se comunicar com quem fazia de sua filha uma refém. Envolvia o dedo indicador em algodão, molhava na água boricada e, tremendo, sempre tremendo, dava pequenos toques na órbita do olho rebelde para encorajá-lo a acatar a direção desejada pela menina. Algumas vezes ele obedecia e se voltava para a frente, agindo por um tempo como um olho inocente. Mas depois mudava de ideia e se entortava de novo, seguindo planos próprios.

O doutor peludo, ao telefone, tranquilizava mãe e filha dizendo que acontecimentos como aquele eram comuns, não muito comuns, mas um pouco, sim. Levaria um tempo para que o olho cedesse, para que acatasse a direção desejada pela criança.

A mãe queria saber quanto tempo, pensando que o ideal seria que o olho estivesse de volta ao centro para o aniversário da filha, em quatro meses, mas o doutor achou que não era o caso de ter tanta pressa para fazer uma festa.

No apartamento, sempre que a mãe atendia o telefone lá estava o doutor peludo, e se por acaso não fosse ele seria com certeza um dos queridos, um dos que ainda não haviam precisado se esconder, preocupados em ajudar e em dar notícias àquela mãe. Nas primeiras semanas ela e os queridos ao telefone falavam bem pouco e bem baixo, às vezes mal se ouviam e mesmo assim não voltavam a repetir as frases. Estavam todos um pouco bobos, catatônicos em seus cômodos domésticos, buscando entender o que era aquilo, afinal, de ficar o mais escondido possível para se manter vivo. Estavam experimentando pela primeira vez viver em um apartamento daquela maneira, como um lugar final, a última alternativa. Buscavam proteger o corpo como podiam, buscavam se manter ilesos e ao fazerem isso estranhavam cada centímetro dos ambientes, dos objetos, de seu próprio organismo. O ronco de fome da barriga no meio da tarde poderia se converter em um sinal, um mau sinal, mas se logo depois alguma coisa bastante doce e boa fosse ingerida, nesse caso era possível que o ronco se apaziguasse e assim também o mau sinal deixasse de existir. Os envolvidos apalpavam o abdômen para confirmar a presença dos órgãos, tentando realizar uma chamada em que cada órgão pudesse a seu modo dizer *Ainda estou aqui, bem aqui*, por baixo da pele e dos músculos. Aquelas pessoas com as mãos na barriga tinham clareza da relativa solidez e da consistência de algumas partes, estômago, fígado, intestinos, enquanto outras partes se manteriam sempre como pontos cegos, encobertas por dobras ocultas.

Retiravam o fone do gancho e falavam alô com pouquíssima convicção de que do outro lado da linha houvesse um humano qualquer tendo algo a dizer sobre liberdade ou sobre alívio ou sobre uma festa no fim de semana. Pronunciavam as palavras lentamente e de maneira um pouco pesarosa, como se estivessem sempre usando o telefone na cabeceira de alguém doente e que não poderia de jeito nenhum ser acordado.

Os meses se passavam e, dentro de casa, a filha com um olho só e aquela mãe não sabiam muito bem como reconhecer as estações do ano. Sem ir às ruas ou aos mercados elas perdiam a chegada da primavera, que já devia estar lá, talvez estivesse, afinal havia algo sobre a qualidade celeste da primavera, a temperatura e a luminosidade entre as manhãs e tardes. *Estamos na primavera*, a mãe dizia à filha, e repetia então com mais ênfase, *Estamos na primavera*, exclamando para que ela mesma recebesse uma boa notícia vinda do mundo exterior.

A criança pedia à mãe para ir até a janela do apartamento várias vezes ao dia e quando elas já estavam na janela a filha perguntava, *Chegamos?, estamos na janela?*, precisando da mãe para confirmar algumas coisas. Iam ali como um passeio, um lugar de visita que permitiria experimentar um local além--apartamento, mesmo que adiante não houvesse um horizonte e sim outro prédio. As mãos da filha ficavam esticadas para fora da janela, passeando ao ar livre, enquanto a testa ficava deitada no braço da mãe.

Aquela criança passava os dias de tampão acreditando que a escola estaria à sua espera muito em breve, e que seus amigos também estariam lá, onde sempre estiveram, prontos para o recreio e para o lanche. Em sua cabeça infantil não existia nenhuma razão para uma escola não querer mais uma criança, ou para ter algum problema quanto a essa criança ser filha daquele tipo específico de pais, não haveria nenhum interrogatório a ser feito a esses pais e nenhuma prisão ou choque ou afogamento a ser aplicado neles.

Para uma criança, a casa não era um esconderijo, a casa era a casa, um bom lugar para alguém ficar quando precisasse proteger os olhos. A mãe aproveitava para dizer à filha algumas coisas sobre os humanos, sobre a necessidade que eles têm de sumir para sobreviver, em alguns casos. A filha estaria muito bem no futuro se compreendesse isso, que muitas vezes vive mais quem se esconde melhor. A mãe garantia para a menina que os esconderijos podem mesmo ser lugares eficientes, muito eficientes quando bem planejados, e elas duas estavam ali como provas vivas disso. No fundo de seu abdômen a filha deveria providenciar uma pequena bolsa onde guardar esses conhecimentos sobre fugas e sobrevivência, tudo cortado em pedaços pequenos para não pesar demais. Essa seria sua herança, desde já, como se ela mesma tivesse vencido as ameaças do passado junto com seus antecessores e agora pudesse usar parte dessa memória para enfrentar o olho desobediente.

Ainda hoje, quando uma velha se lembra de um olho que foi infiel, ela já não pode evitar pensar também em um país que foi infiel, ambos quase ao mesmo tempo, o Brasil e o olho. Talvez por isso não tenha sido uma grande surpresa quando o doutor peludo retirou o tampão e estendeu diante dos olhos da filha um pequeno feixe de luz azul. De cara esse feixe confirmou que ali estava uma filha que já não era mais estrábica, mas que havia adquirido uma mancha definitiva na superfície da retina. O médico peludo descreveu como um pontinho preto, assim, no diminutivo, mas a filha não concordou e disse que era mais como uma montanha, a sombra de uma montanha diante de tudo o que ela via. A filha estava sentada na cadeira do médico peludo e chorou de alegria porque não precisava mais usar o tampão, e também chorou de agonia porque mesmo ao passar os dedos sobre os olhos a tal montanha não se dissipava.

Elas não sabiam disso na ocasião, mas a filha teria aquela

montanha como uma companheira por toda a vida, mesmo depois que se mudasse para um oceano superior onde afinal havia muito mais planícies. A filha até hoje esbarra nos móveis e também nas pessoas como se fosse uma pessoa estabanada, desatenta, mas na verdade a culpa é da montanha, a culpa não é inteiramente dela.

Talvez tenha havido um dia específico em que Vicente saiu do subsolo. Alguém abriu as portas pela manhã e avisou aos companheiros que já era seguro sair outra vez. Ou talvez a coisa tenha acontecido mais lentamente, pé ante pé para evitar um choque ou um tombo. Foram voltando para casa aos poucos, os companheiros, sem saber direito se as casas permaneciam as mesmas ou que jeito eles dariam para voltar a existir dentro delas.

A namorada estrangeira de Domenico cortou a barba de Vicente e cortou também o cabelo de Vicente antes que ele saísse pela porta, fez isso sem saber muito bem como manejar a tesoura de desossar frango da cozinha. Ajudou o homem a se parecer um pouco mais com os outros homens semelhantes a ele, ao menos para que não chamasse tanta atenção ao andar pela rua a caminho do ônibus que o levaria de volta para casa.

Isso aconteceu em uma terça-feira de setembro, vamos dizer que tenha sido assim. Vicente e outros companheiros estavam de volta em casa, eles haviam retornado e precisavam comer e tomar banho e ir ao banheiro, desfazer as mochilas como fariam os viajantes comuns. As famílias sentiam que era preciso perguntar alguma coisa importante a esses homens reaparecidos, algo realmente importante para que eles pudessem dizer como se sentiam, o que tinham vivido, afinal, e no que tinham se transformado.

Aquela mulher fez Vicente despir as roupas do esconderijo assim que ele pisou em casa, colocou tudo dentro de um saco e amarrou as pontas antes que começasse a passar mal com o cheiro. Decidiu pelo homem atônito o que deveria ser feito e o enfiou debaixo do chuveiro para que ele pudesse, assim que possível, começar a chorar, a berrar enquanto ela lhe esfregava as costas e os braços com sabão e bucha. Quanto mais Vicente precisasse chorar, mais a mulher tornaria vigorosos os esfregões, vendo escorrer uma sujeira preta pelo ralo. Depois pôs Vicente na cama, lavado, limpo, vermelho, e ficou ao seu lado até que em algum momento ele fosse vencido pelo sono.

Vicente dormiu por dez ou doze horas e quando acordou não sabia muito bem onde estava, mas seguiu a voz da mulher e da filha e conseguiu chegar sozinho até a cozinha. Em cima da mesa havia uma broa de milho e aquilo era tão absurdo quanto não haver broa alguma, tudo seria absurdo num apartamento como aquele, com cozinha e uma pequena família completa. Mesmo a mulher, que jamais saíra de casa naqueles meses, que estivera à espera de um futuro o tempo todo, mesmo ela se sentiu de alguma maneira voltando para casa em setembro, espantada de ainda saber onde ficavam guardados os utensílios e os ingredientes para assar um bolo.

Aqueles humanos tinham sobrevivido aos esconderijos, mas nada disso se parecia com um triunfo, e sim com uma sobrevivência do tipo quebradiça, estreita, arenosa. Olhavam uns para os outros constatando que haviam envelhecido, céus, como haviam envelhecido de uma hora para outra. Descobriam que afinal não era apenas a passagem dos anos que envelhecia as pessoas, não, as dores envelheciam muito mais.

Podiam descansar, se quisessem, e tomar sol, se quisessem, abrir os olhos e esticar as pernas e os braços, podiam até mesmo andar na rua sem olhar para trás a cada metro. Mas acordavam sob um teto seguro e percebiam que a natureza daquele descanso era apenas formal, algo executado pelo corpo à revelia da mente. Não supunham como *aquilo* os faria mudar para sempre, aquilo, o descanso. Não a fuga em si, e apenas ela, mas o descanso após a fuga. Como fazer para descansar depois de quase desaparecer?, de ver desaparecer tantos dos mais queridos? Haviam perdido um pouco o traquejo, se sentiam como a parte do grupo que não sucumbira à gripe, que resistira ao vírus até que um antídoto fosse criado para salvar a humanidade, mas tendo visto parte dessa humanidade sumir pelo caminho.

Ficaram entre a cama e a cozinha vendo chegar a conta-gotas notícias sobre os demais companheiros: um paradeiro, uma morte, uma dúvida, um paradeiro, um encontro, um alívio, uma morte, uma dúvida, e diante de qualquer um dos resultados se sentiam um tanto ridículos, vivos. Os esconderijos haviam ficado para trás, mas de algum modo permanecia o sentimento de que em breve, e talvez por algum motivo imprevisto, outro esconderijo se mostrasse necessário mais uma vez, como se se *esconder* fosse uma linguagem da qual não é possível se desvencilhar tão cedo, uma vez aprendida.

Estavam vivos e precisavam lidar com as consequências. Por continuarem existindo, ficavam obrigados a, por exemplo, organizar uma vida e organizar um corpo, precisavam se remediar, se lavar, se alimentar, coisas absurdas e simples. Os corpos queriam receber suas pessoas de volta, esperaram por isso com alguma paciência, mas agora precisavam de ajuda para descobrir por qual canal isso poderia acontecer, a reentrada, talvez pelo umbigo ou outra via ainda desconhecida.

Por sorte havia chuveiros a consertar e azulejos a substituir e filhos a cuidar. A vida doméstica ainda existia e isso era um alento, era a cura. Trocavam os parafusos de todas as dobradiças e poderiam martelar pregos o dia inteiro se fosse necessário, deixando firmes todos os pés de mesa, mesmo os que já estavam firmes.

A pequena família, de sua parte, também se comportava como um organismo um tanto molenga, estudando como voltar a ser composta por um pai, e não apenas um homem, uma mãe, e não apenas uma mulher, e por uma filha, mais do que uma criança, todos confusos sobre os papéis a serem ocupados. Havia um saldo a reboque dos esconderijos e dos desaparecimentos de muitos dos companheiros e já não se podia ter certeza da distinção entre vencer ou perder, entre ter voltado ou seguir perdido, entre alívio e agonia.

Aquela mulher se esforçava para que Vicente voltasse a acreditar que o mundo era um lugar feito para ele também, e não apenas para *os outros*, e que a humanidade também o incluía, ainda, apesar dos desentendimentos. O homem devia tentar se inteirar outra vez de um tipo de mundo assim, largo. Precisava deixar os lugares fechados e tomar sol, e tomando sol precisava correr o risco de sentir o que estava mais distante de tudo, um pouco de bem-estar.

Por costume os queridos logo voltaram a se visitar aos domingos em busca das favas, dessa vez na casa de Roberto e Vilma. Ficavam largados pelas poltronas de veludo cotelê e secavam o suor da testa e da nuca ameaçando dizer qualquer coisa, *O que você disse?*, sempre com um pouco de esperança de que alguém enfim pudesse começar a falar alguma coisa, dando a largada para uma conversa comum.

Foi mesmo uma sorte frequentar a casa de Vilma naqueles domingos, a velha ainda acha, porque ali afinal estava uma casa muito adulta e muito amadurecida, amigada do cotidiano e até das novidades. Era moda vestir a mesa lateral do sofá com uma espécie de toalha, um pano que cobria os pés do móvel, e na casa de Vilma a toalha era de um azul otimista e impositivo, como o do queijo roquefort. Os queridos olhavam para aquele azul roquefort tão raro e se sentiam na presença do futuro e do estrangeiro, algo mais assuntado do que eles sobre o dia seguinte.

Alguém inexperiente e desavisado poderia imaginar que nesses encontros os companheiros quisessem falar sobre o que tinham vivido nos subsolos, comparando o frio e os ferimentos de cada um, expondo testemunhos. Mas isso jamais aconteceu. Sobrevividos, eles temiam abrir demais a boca e assim acabar cuspindo a serpente guardada no estômago, por isso trincavam os dentes e se asseguravam de manter tudo velado. Se num rompante de descontrole e coragem um deles explodisse lançando frases reveladoras sobre seu subsolo, isso aconteceria sempre de maneira raivosa e tormentosa e acusativa, afinal era um absurdo alguém ter passado por tudo aquilo e a família, os amigos já não saberem de cada detalhe por intuição ou por telepatia, por amor. Era uma falha da espécie, uma falha grande e importante que tudo ainda precisasse por fim ser *dito*.

Roberto aproveitava para tocar violão depois do almoço, com o pé apoiado sobre um banquinho. Tocava música brasileira para que nenhum deles precisasse dizer nada por bastante tempo, apenas cantando juntos o que outras pessoas haviam pensado e sentido sobre a vida e as dores antes deles, poetas, compositores. Acabavam esbarrando em sentimentos complicados nas canções, a alegria, a esperança, um apetite para o mundo, embora não esperassem se aproximar de coisas desse tipo tão cedo. Sem o violão teriam achado natural e justo sentir apenas *culpa* e *revolta*, coisas dessa órbita, e antinatural e injusto ter a *alegria* infiltrada bem ali, como uma célula de defesa que sabe qual parte atacar para ajudar um organismo em apuros. Se lançavam aos refrãos encontrando um ponto em comum com os humanos simples, os de toda parte, com o humano geral, e desapertavam os dedos das mãos.

Fazia sentido experimentar um pouco de alegria aos domingos, desde que fosse uma alegria comedida, mediana, que ainda deixasse os companheiros respirarem em meio aos acontecimentos, sem alarme ou alarde, sem tirar o chão, por gentileza. Os dias se alargavam bem aos poucos e por dentro o que os queridos pediam era que a alegria esperasse um pouco mais antes de ser estonteante, fluorescente e superlativa, ficando por enquanto em uma escala dobrável e possível de ser vivida apenas na ponta da língua.

A música garantia aos companheiros que eles não estavam sozinhos, perdidos, era possível ter calma, havia a música, calma, e por fim tantas músicas falavam de amor, era mesmo de impressionar, lá estavam elas por todo lado falando de amor e fazendo os companheiros também falarem de amor a seu modo. As canções estavam certas, elas sabiam o que estavam dizendo porque, afinal, faltava mesmo reencontrar o amor, ter calma a esse ponto, mas não o amor individual, doméstico, esse já existia. Faltava o amor pela coisa grande, pela humanidade inteira, a ideia em si.

Faltava recuperar o amor pelo homem que atravessava a rua com uma pedra no bolso, o amor por ele e pela pedra que ia primeiro guardada no bolso, escondida, e logo era lançada com toda ânsia contra uma fachada, uma vitrine; faltava o amor pela humanidade da vitrine estilhaçada, amor pelo homem feroz, pela trajetória da pedra e também pela pedra por fim caída no chão. Uma pedra quebrando um vidro e uma pedra caída no chão, elas eram o tempo todo a mesma pedra? Faltava esse amor mineral pelo vidro partido, e também pelo asfalto, pela sirene chegando, pelo homem por fim algemado, pelo ruído dos coturnos mascando os estilhaços, amor pela pedra livre e pelo homem preso, pelos estilhaços, pelos coturnos, pela trajetória e pela queda da pedra, pela pedra, amor pela intimidade e pela dependência entre todas essas partes.

Vicente, a mulher, os queridos, eles se perguntavam quais seriam seus continentes diretos de amor, suas pedras de bolso, onde estariam esses artefatos e como se podia, afinal, encher as mãos com eles.

É claro que aqueles eram queridos que se amavam e nem precisavam dizer isso, e amavam o país também, mas este ainda com aflição. O amor pelo país costumava ser um sentimento que não se perdoava quando ausente, eles achavam assim a princípio, era um amor que crescia matematicamente quando vivido junto com os amigos. Como foi bom amar o país junto com os amigos, amar o mesmo país junto com os mesmos amigos por tantas décadas — é o que uma velha ainda pode dizer.

Para sorte dos companheiros ainda havia no horizonte também o futebol. Não se poderia supor isso, a princípio, mas seria justamente por meio do futebol, um ano depois, que pessoas como aquelas voltariam a se afeiçoar e a esbravejar pelo país. Algo muito raro e muito estranho se esclarecia, é possível dizer, porque aquele que entrava em campo não era nem de longe o mesmo país que um dia perseguiu e distratou e oprimiu quem gritou seu nome na rua; não, ali estava um Brasil estranhamente salvaguardado pelo esporte, pairando acima de presidentes, de golpes, de tiranias, uma instância livre dos poderes políticos e ligada a outras coisas, à terra, por exemplo, a parte da bandeira tão sólida quanto os músculos dos melhores jogadores.

Diante da TV os companheiros por fim se desfizeram das amarras e puderam sim levar às últimas consequências seu amor revivido, tomados de um Brasil que dava um jeito de pertencer ao povo outra vez, a seu modo, cabendo por inteiro na alegria nacional quando em nome de algo tão explosivo e passageiro e simples quanto um gol.

Talvez essa velha deva tomar banho agora, esfregar o cabelo que está há dias sem ver xampu. Seria uma boa hora para isso. Já faz alguns dias que a filha que mora longe mandou entregar no apartamento uma sacola grande com sabonetes e xampus bem cheirosos e adequados, com uma velhinha ilustrando as embalagens. Ela disse que foi o rapaz da farmácia, e não ela mesma, quem escolheu os sabonetes, mas isso não pode ser verdade porque o rapaz da farmácia sabe que eu prefiro os sabonetes Francis, ele conhece meu gosto desde sempre e sabe como me agradar. Posso pedir ao telefone, em uma quarta-feira qualquer, que ele me entregue alguns sabonetes em casa, posso dizer apenas isso e então ele já sabe que é claro que estou me referindo ao Francis. A velhinha que está na embalagem dos sabonetes escolhidos pela filha, ela tem os pés dentro de um balde e além disso tem um cachorro e uma neta. Nós não nos parecemos em nada, a não ser no gosto pela alfazema.

É bem raro eu dizer que não gosto das coisas com tanta certeza, eu sei, mas não é por causa das coisas, e sim por causa do *eu*. Não tem muita graça dizer *eu* todos os dias, a torto e a direito, ainda mais quando se vive sozinha e já se conhece tão bem a opinião de quem aparece no espelho. A filha que mora longe faz questão de ver sua velha mãe limpa e cheirosa sempre que possível. Digo que ela gosta de *ver* sua mãe, mas na verdade ela não vê nada, somente ouve a mãe cheirosa e isso já é alguma coisa para um coração distante. Ela telefona todos os dias para checar se ainda estou viva, se sua mãe por acaso não se apagou nas últimas horas em que permaneceu escondida debaixo da cama. A filha tem o número de telefone dos vizinhos e está pronta para ligar para eles caso minha porta precise ser arrombada para resgatar um corpo apagado. Mas eu já pensei em tudo e pretendo facilitar a vida dessa filha e também a vida dos vizinhos. Não tranco a porta e poupo o arrombamento futuro, poupo o estardalhaço. Bastará que um deles gire a maçaneta, quando isso for necessário. Não digo para a filha que a porta está sempre destrancada, digo apenas para que ela não se ocupe demais imaginando um arrombamento e um resgate. Essa minha filha mora longe há muitos anos e apesar das preocupações ela gosta dessa distância, gosta de viver sua vida solta e sem parentes no estrangeiro durante os dias da semana. Apenas aos sábados e domingos ela gostaria de estar perto dessa mãe, de vez em quando. Isso seria mesmo muito bom e muito conveniente, porque assim a filha poderia ensaboar as minhas costas, esfregar com a bucha onde não alcanço.

Quando ela ainda vivia neste mesmo apartamento, era aos sábados que o Chevette cor de creme saía da garagem para que a pequena família fosse a Petrópolis visitar os parentes de Vicente. Nós três acordávamos cedo e subíamos a serra do Mar aproveitando o passeio pela estrada arborizada, embora o Chevette creme sempre acabasse dando defeito. Era um bom carro, sem muitos arranhões, mas já havia pertencido a três ou quatro famílias e por isso tinha um motor cansado, bem cansado. De vez em quando fervia e aí era preciso ficar no acostamento até que esfriasse.

A filha gostava de viajar, mas se sentia enjoada por causa das curvas e acabava passando mal. Era eu quem dirigia e então Vicente ficava responsável por ajudar a filha a vomitar dentro de um saco plástico. Às vezes não dava tempo de o homem abrir o saco e por isso era preciso parar na estrada para limpar o cheiro de azedo no chão antes que um dos adultos também precisasse de um saco.

Os parentes de Vicente que viviam em Petrópolis não gostavam nada que a pequena família tivesse escolhido morar em uma cidade diferente da deles, ainda mais depois que a filha nasceu. Eles adoravam o Chevette creme porque com ele quem sabe a pequena família poderia morar ali na serra, e só usar o Rio de Janeiro para trabalhar, para ganhar dinheiro ou aproveitar o Carnaval.

Quando chegavam de visita, Vicente e a mulher logo recebiam notícias sobre casas que estavam disponíveis para aluguel nas redondezas, casas realmente boas e até mesmo com cortinas já prontas e instaladas, a tia dizia. Depois do almoço eram levados para visitar essas casas e ver com os próprios olhos como as torneiras estavam em bom estado, às vezes em excelente estado. A tia dava a mão para a mulher de Vicente e caminhava assim com ela pela rua, como se fosse sua mãe ou sua namorada. *Aqui fica a Caixa Econômica e aqui fica a Farmácia Brasil e logo ali o Restaurante Toni's*, a tia anunciava os pontos turísticos e assim aquela mulher já estaria ciente do que havia de realmente importante na região. No restaurante Toni's serviam pizzas, mas era preciso subir escadas para chegar ao salão e a tia detestava subir escadas. Preferia as pizzas que ela mesma preparava, com massa alta e cobertura de atum em lata, além de tomates.

A pequena família não pensava em se mudar para Petrópolis,

mas ainda assim a tia de Vicente seguia nutrindo seus planos. Todas as casas disponíveis para aluguel ficavam curiosamente no mesmo bairro da tia, no máximo a alguns blocos de distância. Ela preferia desse modo porque assim poderia apresentar a vizinhança, explicar onde se vendia Avon e indicar a quem pedir ajuda quando a máquina de lavar emperrasse. Muito trabalho seria poupado em relação a isso para a pequena família, a tia dizia e esfregava a mão daquela mulher para que ela se animasse com o futuro.

Naquele bairro todos se conheciam muito bem, não era segredo que João devia dinheiro na mercearia, que Berta estava tentando engravidar e que os irmãos da casa azul não se davam. A pequena família não sabia o que estava perdendo ao morar em uma cidade em que todas essas coisas ficavam escondidas dentro das casas, ou seja, a vida dos vizinhos, os conflitos, as discussões, as festas, não havia a menor graça em ter vizinhos e viver desse jeito, desinformado sobre eles.

A tia de Vicente era uma mulher vigorosa e com as bochechas caídas, e a princípio gostava de todo mundo a quem era apresentada, menos de quem usava cavanhaque. Se fosse apresentada a alguém de cavanhaque, ainda que fosse alguém adorável e muito simpático, ela já estaria previamente decidida a não se afeiçoar e a não confiar muito no sujeito. Raramente ficava doente, mas quando isso acontecia chorava sem parar. Apanhava uma gripe e passava dias e dias chorando na cama, febril e assoando o nariz, dizendo que aquilo, a gripe, era uma excelente oportunidade para alguém como ela poder chorar sem meios-termos. Aceitava o comprimido para febre, mas engolia apenas metade para estender um pouco mais os dias de sintomas e de choro.

Vicente tinha duas primas, duas mulheres adultas que ainda moravam com a mãe. Ao apresentar suas meninas a tia dizia, *Essa é a nossa Suzana* ou *Essa é a nossa Cátia*, para distingui-las de outras Cátias e Suzanas, embora não houvesse outras por perto. Em todas as conversas, por mais curtas que fossem, aproveitava para elogiar os talentos de suas meninas, *Nossa Cátia está escrevendo poemas, agora só falta que sejam poemas felizes*. Entendia que o trabalho de uma mãe como ela era identificar com clareza o que suas filhas tinham de especial, e então anunciar isso em voz alta sempre que possível, em voz bastante alta, como se estivesse fazendo um interurbano. Isso convenceria as meninas de que elas eram realmente boas em alguma coisa, e convenceria também uma mãe, por fim.

Depois que Vicente e a mulher se tornaram os pais da filha, a tia ficou entusiasmada, esperando que eles também desatassem imediatamente a enumerar os elogios e as distinções de sua própria criança, entrando em uma competição feroz com os outros pais do mundo. Ela não esperava nada menos do que isso dos visitantes que tomavam café em sua cozinha, uma competição elogiosa para ver qual das filhas se destacava mais. Não via nenhum problema que uma delas fosse apenas uma criança e as outras duas fossem mulheres já altas e penteadas, qual era o problema disso. Mas Vicente e aquela sua mulher não pareciam ser pais normais, não, não, talvez precisassem tomar mais café, um café bem forte e que os deixasse espertos — a tia dizia, indignada. Passava ela mesma a elogiar a filha do casal, aquela criança, adestrando os pais e mostrando como deveriam fazer para se tornarem normais ou ao menos divertidos para uma tia que afinal fazia tantos lanches e refrescos para o fim de semana.

Para se redimirem, Vicente e a mulher perguntavam à tia como iam suas tarraxas. Ela adorava falar do trabalho e se sentia honrada quando alguém demonstrava interesse. A tia trabalhava desde sempre em uma fábrica de bijuterias e desde sempre na função de fazer tarraxas para brincos de todo tipo. Diante de instrumentos muito minúsculos e muito quentes a tia de Vicente enrolava pequenas fitas de metal formando os elos de cada tarraxa, um a um. *Milhares de tarraxas, já fiz milhares*, era o cálculo dela sobre os anos empenhados na fábrica, alegre de que, enquanto houvesse orelhas furadas nesse mundo, seu trabalho seguiria necessário e importante.

Nossa Cátia e nossa Suzana tinham praticamente a mesma idade, apenas um ano de diferença. Nossa Cátia era terrivelmente hipocondríaca, temia todo tipo de enfermidade, as graves e as corriqueiras, e ao mesmo tempo era fascinada por ouvir relatos sobre sintomas, dores ou coceiras crônicas. Ao encontrar alguém com urticárias perguntaria tudo sobre a sensação da coceira, e não se acanharia em pedir que a pessoa lhe deixasse ver o aspecto da pele. Levaria a mão à boca fingindo pena e horror, mas não tiraria os olhos nem por um segundo das placas vermelhas, engolindo a saliva.

Falava todo o tempo sobre o medo estrondoso que tinha da morte, mesmo que não fosse um medo de morrer, exatamente. Tratava a morte como uma pessoa, alguém que viria visitá-la para dar um susto ou aprontar uma piada de mau gosto quando ela menos esperasse. Não lhe incomodava o desfecho da piada, mas sim o susto que teria que passar logo antes. Para nossa Cátia, a morte era metódica e sempre dava sinais antecipados, e um deles dizia respeito às corujas. Encontrar uma coruja, ouvir o pio noturno da coruja, isso era a morte, o anúncio de que haveria alguém desaparecendo por perto muito em breve. Nossa Cátia ouvia aquele pio e se sacudia inteira, *Lá vai alguém morrer amanhã*, aquela prima de Vicente dizia, e ainda que ninguém morresse jamais deixaria de acreditar no mau presságio.

Já nossa Suzana era uma pata-choca. Era assim que a própria mãe a chamava, uma grande pata-choca. Quase nunca produzia algo digno de ser contado por aquela mãe aos parentes, uma coisa realmente pitoresca ou interessante de que uma mãe pudesse se gabar. A única exceção foi aquela vez em que foi ao show do Roberto Carlos em Aparecida do Norte. Tinha amor pelo Roberto Carlos e punha suas músicas para tocar nos fins de semana, quando podia aumentar bastante o volume sem incomodar os vizinhos. Nossa Suzana ligava o ventilador e ficava dançando com os olhos fechados enquanto o vento soprava seus cabelos, e naquele instante ela se sentia na estrada dentro do carro do Roberto. Cuidava de estar sempre de óculos escuros e batom vermelho no carro do Roberto.

Nossa Suzana não dizia o nome dele inteiro, Roberto Carlos, e sim Roberto. Roberto anunciou que faria um show em Aparecida do Norte e então a garota imediatamente comprou uma passagem de ônibus para lá. Eram mais de sete horas de viagem, uma aventura na estrada, nossa Suzana disse, e como muitas músicas do Roberto falavam de aventura e de estrada tudo aquilo parecia muito apropriado e chique.

Foi uma pena que a viagem não tenha sido útil o bastante para arranjar um namorado para nossa Suzana, a tia disse. Havia sim um rapaz ao seu lado no ônibus e eles acabaram se sentindo muito unidos e apaixonados enquanto o ônibus estava em movimento, mas quando chegaram de volta à rodoviária foi estranho, eles não sabiam mais onde estava aquela união toda, nossa Suzana disse. A verdade é que eles mal conseguiram ver o Roberto no show em Aparecida, ele era apenas um bonequinho azul lá longe, no palco. Nossa Suzana ficou de óculos escuros e batom vermelho durante todas aquelas horas à espera de um grande momento, e como não houve grande momento era preciso culpar alguém por isso, e por perto só havia o rapaz.

Na casa da tia, aos domingos, tinha sempre uma grande bacia de pastéis de carne. Ela preparava a massa e a abria em tiras bem compridas com um rolo à manivela. Cada quadrado de massa recebia duas colheres de um molho rico e gorduroso medido com cuidado. A tia ficava muito brava caso alguém dissesse que um pastel estava mais recheado do que o outro, ela ficava danada e vermelha e suarenta. Além do molho, punha ainda uma azeitona em cada pastel, mas se estivesse com dor de cabeça ou preocupada com uma das filhas, nesse caso alguns dos pastéis acabariam ficando sem azeitona. Bastava morder e não encontrar azeitona lá dentro para ter a certeza de que, pronto, lá estava uma tia preocupada, muito preocupada com alguma coisa naquela semana.

Por conta dos pastéis às dezenas a casa da tia de Vicente tinha sempre um cheiro engordurado e agradável. Parte dos pastéis ficava em um tabuleiro dentro do forno, coberto por um pano de prato, os demais iam para a bacia que ocupava o centro da mesa, logo ao lado da garrafa de café e da jarra de laranjada. Os visitantes se deliciavam com os pastéis e lambiam a gordura que sobrava nos dedos. Nunca havia guardanapos à mesa, a tia não gostava de guardanapos, mas não se importava caso alguém precisasse limpar os dedos na toalha, quanto a isso ela não tinha problema algum.

No fim dos domingos, ao ir embora, os visitantes recebiam um farnel de pastéis. A pequena família comia durante dias e dias os pastéis dormidos, inclusive no café da manhã, no lugar do pão. Era uma sensação muito diferente morder uma azeitona no café da manhã do apartamento, era novo e raro o encontro daquele elemento com o café com leite no Rio de Janeiro.

Durante os dias da semana, quando não precisava cozinhar para as visitas, a tia de Vicente aproveitava para nunca estar em casa. Acordava, passava o café e ia para a rua visitar amigas e primas, ou acompanhar as promoções do mercado. Aguardava sempre a chegada da sexta-feira para então comprar a carne dos pastéis, porque não havia melhor preço para a carne do que às sextas-feiras. Na entrada de seu mercado favorito estava sempre um moço com um microfone, um moço com a voz bem grossa, filho de uma conhecida sua, a Dóris da padaria. Aquele moço com microfone e voz grossa era a cara da Dóris da padaria, porém de barba e camisa polo.

Ele dava bom-dia aos clientes pelo microfone e anunciava as ofertas do dia. Era tão convincente ao anunciar a palavra *promoção* que os fregueses ficavam entusiasmados, embora os preços parecessem os mesmos. A tia de Vicente comprava a carne dos pastéis e ao passar com o saco de um quilo pelo filho da Dóris o ouvia falar ao microfone, A *freguesa aqui já aproveitou a promoção*, e então ela voltava para casa dizendo que aquele menino da Dóris era mesmo muito atencioso com ela.

Os parentes de Petrópolis não sabiam nada sobre o esconderijo de Vicente, sobre o porão, não desconfiavam que o homem tivesse passado os meses anteriores em um subsolo não muito longe daquela casa. Para a tia e as primas, a pequena família estava sumida porque o Chevette creme estava no conserto, e sem um Chevette era muito mais difícil e demorado viajar. Além disso, Vicente e a mulher disseram aos parentes a mesma coisa que haviam dito para a filha, para a criança, que o professor precisou viajar para fazer uma pesquisa, algo relativo a cactos e savanas e outras coisas assim, difíceis de contestar.

Enquanto comiam os pastéis o rádio da casa ficava ligado para entreter as visitas, para que todos pudessem ouvir as notícias na voz do locutor que a tia chamava de *o oficial*. Aquele locutor parecia trabalhar para o país, ele dizia coisas em nome do país como se tivesse tido encontros privativos com o Brasil, sabendo com exclusividade sobre seus planos e propostas. Dizia que aquele país estava vivendo anos de prosperidade e de ordem, e que todos os anos pela frente também seriam de muita ordem, além de estradas e agências dos Correios por toda parte. A tia de Vicente achava que um homem com aquela voz só poderia ser bonito, devia ser mesmo muito bonito e entender como ninguém de prosperidade. Talvez ele estivesse lendo aquelas notícias em papéis aos quais nenhum outro brasileiro tinha acesso, papéis assinados pelo país em pessoa.

Vicente e a mulher se entreolhavam e enfiavam mais pastéis na boca, tantos quantos conseguiam. A tia considerava que a política era coisa para as pessoas da rádio, e não para o filho da Dóris da padaria ou para aqueles meninos que distribuíam panfletos na rua. Os panfletos dos meninos falavam de política e de abertura e de direitos, mas eles não tinham acesso aos papéis do país como o locutor da rádio e por isso não podiam saber tanto a ponto de se meterem nos assuntos nacionais.

Ela disse que uma nova história estava correndo na cidade, e dessa vez era uma história verdadeira, não era fofoca. Tinha ouvido a mesma coisa de duas amigas distintas, que não se conheciam. Segundo os maridos dessas amigas, havia uma casa ocupada por militares em um bairro afastado do Centro da cidade, uma casa bonita e com garagem e que parecia a casa de uma família, olhando de fora. Só que de lá de dentro saíam gritos e pedidos de socorro, especialmente à noite, especialmente de homens, a tia especificava. Os maridos das amigas haviam perguntado a alguém mais informado do que eles o que estaria afinal acontecendo naquela casa, e então esse alguém disse que funcionava ali um *aparelho de repressão*, mas ninguém sabia ao certo que tipo de aparelho era aquele, se era importado como os motores de alguns Fuscas, ou algo assim. Alguns jovens tinham desaparecido na cidade, especialmente jovens com panfletos nos bolsos, e talvez eles estivessem morando naquela casa, embora nunca aparecessem no quintal.

A única pessoa da cidade que poderia descobrir onde estavam aqueles jovens sumidos era o Zezé Barbeiro — aquela tia contava, servindo mais laranjada para a pequena família. O Zezé Barbeiro era quem cortava o cabelo do General e também de todos os soldados, e os soldados eram tão jovens que mal sabiam o que estavam fazendo ali, com aquela farda e aquelas armas. Eles acabavam contando tudo o que sabiam para o Zezé Barbeiro, que afinal era um barbeiro muito bom e capaz de fazer perguntas sem que elas parecessem perguntas. De alguma maneira era ele quem conseguia descobrir onde tinham ido parar os meninos que sumiam com panfletos nos bolsos, Zezé descobria se estavam presos e qual havia sido o motivo da prisão. As mães desses meninos pediam ajuda e davam o nome e a foto dos filhos para que o barbeiro averiguasse alguma coisa junto aos soldados cabeludos.

Houve meses em que a barbearia tinha tantas mães esperando por informações à porta, tantas mães fazendo fila, que o Zezé Barbeiro ficou preocupado de que o General desconfiasse e parasse de cortar o cabelo ali, ou pior, acabasse vendo no velho Zezé um opositor. A tia não sabia o significado dessa palavra, opositor, mas assim as amigas haviam lhe contado. O barbeiro se adiantou aos riscos e então pediu que sua mulher, Dona Lula, que nem cabeleireira era, ao menos fingisse lavar e aparar os cabelos daquelas mães que se enfileiravam na porta. Dona Lula sabia muito bem como fazer sequilhos, sequilhos conhecidos em toda a cidade, mas não sabia nem por onde começar a cortar cabelo, inclusive tinha medo de tesoura. Mas como o medo do General era maior, ela aparava os cabelos das mães, controlando como podia o tremor.

Era esse afinal o motivo pelo qual muitas mães naquela cidade andavam com o cabelo torto e desgrenhado, a tia explicava, não eram piolhos nem calvície, como alguns estavam supondo. A tia repreendia os fofoqueiros deixando claro que não gostava de fofocas, muito menos em relação a mães tão parecidas consigo mesma. As mães eram tantas e estavam tão preocupadas que quem avistasse uma senhora com cabelos estranhamente tortos pela avenida já sabia que lá ia uma mulher que estava à procura do filho sumido.

Um dia o Zezé estava cortando o cabelo de um soldado quando de repente entrou pela porta da barbearia o filho da Dóris. Isso foi antes de ele trabalhar com o microfone no mercado anunciando as promoções, a tia disse. O filho da Dóris tinha uns panfletos no bolso naquele dia, e precisava cortar os cabelos para aumentar suas chances de arranjar um emprego no estacionamento. Não era o emprego ideal, não era o emprego dos sonhos da Dóris, a tia disse, mas era alguma coisa. O plano da Dóris era que o filho arranjasse o tal emprego e então parasse de pensar em liberdade e em resistência e em abertura, essas coisas, que ele não pensasse em mais nenhuma dessas palavras dos panfletos e então se tornasse apenas uma pessoa comum, alguém que pensa em ter dinheiro e em comprar coisas com esse dinheiro. Quando ele se tornasse um filho desse tipo, como a maioria dos filhos, a Dóris da padaria poderia se despreocupar e ir fazer outras coisas, como cuidar do ciático. Ele doía fazia tanto tempo que a Dóris mal limpava embaixo da cama havia meses.

O filho da Dóris entrou na barbearia naquela tarde e só depois viu o soldado na cadeira do Zezé Barbeiro. Ele tomou um grande susto e teve vontade de sair correndo, mas pensou que se saísse correndo chamaria ainda mais atenção, e de todo modo ele precisava do emprego para agradar à mãe, precisava disso e de parar de pensar em liberdade. O filho da Dóris, ainda parado na porta, cumprimentou o Zezé e o soldado sem se mexer muito, com o tronco duro e a mão apertando o bolso do casaco pelo lado de fora. Ficou com medo de que um dos panfletos caísse do seu bolso e fosse parar aos pés do soldado, agora imagine isso, a tia disse, se um panfleto contra a tal da resolução, não, contra a revolução, caísse aos pés de um soldado.

O Zezé Barbeiro viu a mão do filho da Dóris ali sobre o casaco, viu o corpo do garoto duro como um toco e percebeu que o corte de cabelo era mesmo muito importante e que o emprego no estacionamento era mais importante ainda. Cumprimentou o garoto piscando para ele e logo perguntou se ele ainda sentia aquelas dores de apêndice, ali na barriga. O filho da Dóris ainda estava teso, mas conseguiu dizer que sim, que sentia as dores bem ali no seu abdômen. Ele se sentou na cadeira de espera enquanto o soldado recebia seu corte de cabelo, e então o Zezé achou que o melhor a fazer era começar bem ligeiro uma conversa entre os três, algo que os distraísse e tirasse a atenção de um certo bolso.

Os meninos mal se deram conta e já estavam conversando sobre a família do soldado, que vivia em uma cidade muito longe dali, uma cidade quente e arenosa na outra margem do país. Ele sentia muita falta da família, muita mesmo — foi o que a Dóris contou para a tia. Na tal cidade quente e arenosa e distante havia uma avó e duas tias daquele soldado, e quando ele fechava os olhos essas três mulheres estavam sempre embaixo da árvore, no quintal. Havia também três primas que queriam ser professoras, e talvez àquela altura já estivessem até mesmo dando aulas para crianças pequenas, o soldado disse para o Zezé e para o filho da Dóris. Uma dessas primas era muito inteligente e as outras nem tanto, mas elas disfarçavam bem porque falavam devagar, como se estivessem refletindo, e isso se parecia muito com a inteligência, era quase igual, o soldado disse.

Aquele soldado realmente amava a avó e as primas, mas o que mais o matava de saudades e de amor era seu cachorro, o Amigo. Amigo devia estar sozinho e triste no quintal, sem entender por que seu humano tinha desaparecido completamente se afinal eles sempre se amaram tanto, aqueles dois. O soldado havia prometido ao cachorro que voltaria para casa em breve, ele prometera olhando fundo nos olhos dele. Mas a verdade era que o soldado já estava fora de casa fazia muito tempo, tantos meses que àquela altura o cachorro Amigo já devia estar pensando que fora traído, realmente traído e abandonado. *Tomara que o Amigo ainda seja um cachorro feliz*, foi o que o soldado disse, esperançoso, mas sem tanta convicção porque, afinal, não ser tão feliz longe de quem se ama talvez fosse uma prova de amor bem bonita.

O soldado e o cachorro Amigo haviam se conhecido anos antes na beira do rio, o cachorro estava dentro de uma caixa de sapatos e era apenas uma bolinha de pelos. Ele não passava de uma bolinha de cachorro quando isso aconteceu, então aquele foi o dia mais feliz da vida do soldado, ele disse. O cachorro Amigo era conhecido em toda a cidade, por todos os comerciantes e todos os aposentados que ficavam na praça e diziam, *Lá vai o Amigo*, quando o cachorro estava de passagem para a beira do rio. O rio era o seu lugar preferido porque talvez ele pensasse que nascera ali, e então voltar àquela margem era como fazer uma visita à mãe.

O cachorro Amigo conhecia tão bem os caminhos para o rio que quando visitantes ou turistas apareciam na cidade era ele quem guiava as pessoas até lá. Amigo nunca se negou a fazer isso e até esperava o banho de rio terminar para que ninguém ficasse para trás ou se perdesse na volta, o soldado disse.

O bom cachorro Amigo estava lá na outra margem do país, sozinho sem seu humano, e devia estar triste, ele só podia estar triste, o soldado pensou melhor, e começou a chorar na cadeira do Zezé Barbeiro. Ele estava guardando aquele choro desde o início da história e por fim só chorou porque se sentiu seguro entre dois novos colegas. Soluçou de saudade no meio do salão e cobriu o rosto com as mãos porque era estranho ver pelo espelho um soldado sofrendo por amor e por saudade.

O Zezé Barbeiro guardou no bolso a tesoura por um momento, respeitando a saudade, e depois abraçou um pouco o sol-

dado. O filho da Dóris da padaria também abraçou aquele soldado bem forte, e todos eles viram juntos uma foto do cachorro
Amigo. Era mesmo um cachorro muito bonito e caramelo, foi o
que a Dóris da padaria disse para a tia.

Ela contou tudo isso à pequena família e aos demais parentes comendo pastéis e disse que não entendia por que aqueles
meninos e meninas gostavam tanto de panfletos e de política se
a política era uma coisa que entristecia a vida das pessoas, lá estava o soldado de exemplo. A política não deixava ninguém viver
perto de suas famílias e de seus cachorros, ela levava todo mundo
para longe de onde estava a vida, e quem poderia ser feliz assim,
longe da vida, a tia queria saber, quem poderia ser realmente
feliz assim?

A velha se levanta bem devagar do sofá e ainda mais devagar alcança a bengala que está apoiada na mesa de centro. A filha que mora longe odeia a bengala e queria que a velha adotasse de vez um andador, mas a velha odeia o andador e entre esses dois ódios venceu o da velha, por enquanto.

Às vezes, entre lavar a louça e checar o nível da água no filtro de barro, essa velha não se detém em pensar sobre sonhos e sobre o futuro. Ela preferiria não fazer isso, mas sua cabeça discorda e faz, a cabeça dessa velha não é fácil. Ela se pergunta o que vai acontecer com o mundo, qual será o destino de todas as coisas vivas que moram em um planeta que flutua na galáxia e que ameaça tombar. Se ao menos as pessoas soubessem quando e para qual lado ele vai tombar, quem sabe elas poderiam se organizar a tempo de fazer um contrapeso ou de prender a respiração.

A velha fica um pouco atônita e paralisada com essas ideias, e para não afundar demais em si mesma ela põe Caetano Veloso para tocar no rádio. Quando está contente ela tem vontade de ouvir Caetano e quando está perdida ela também tem vontade de ouvir Caetano. Se o planeta de fato tombar miseravelmente, se tudo ruir conforme previsto e nada mais puder ser feito pela criação do novo mundo, a velha torce para que ainda assim restem uma grande vitrola e a música brasileira para ajudar os humanos com uma trilha, uma bela voz no horizonte quando tudo estiver voando pelos ares.

A velha não vai contar para a filha que mora longe que ela acabou de comer metade de um bolo. Ela só tem essa filha que vive longe, muito longe mesmo, e é assim há tanto tempo que às vezes parece até que a filha já nasceu lá. Sempre que telefona, ela tem uma lista de perguntas impossíveis para a mãe: se ela se sente bem, se comeu coisas saudáveis, se guardou algum dinheiro em vez de dar tudo para as pessoas na rua etc. As perguntas são sempre tão complicadas que só resta à velha mentir para a mulher do outro lado da linha.

Diante de todas as preocupações da filha a velha diz apenas que concorda e que está correspondendo ao que se espera dela. Finge que finalmente lhe caiu a ficha, que agora ela é uma nova velha, uma velha que só nesse momento descobriu que pode morrer em breve. Ela sabe como agradar a filha, diz que está guardando bastante dinheiro, todo o dinheiro que sobra do que a filha manda para pagar o plano de saúde. A maior parte do dinheiro enviado vai mesmo para o plano de saúde brasileiro da mãe, é assim que ela se refere a ele, como o plano brasileiro. Mas ela também manda um bocadinho a mais para outras coisas que precisem ser pagas, um conserto, uma caixa de remédios, uma garrafa de Campari.

Quando elas conversam ao telefone a velha não conta para a filha que comprou Campari. Ela toma um copo e fica alegre e leve a ponto de não se preocupar mais com o futuro do mundo. Elas conversam e conversam e então acabam dizendo que se amam bastante, elas dizem isso uma para a outra, a velha e a filha, e sobre isso nunca mentem. Isso não impede a filha de gostar mais da mãe quando ela se alimenta bem, quando toma banho com sabonetes cheirosos e faz a poupança, ela gosta mais da mãe assim do que de qualquer outro jeito. A filha sente um prazer especial em controlar os remédios da mãe, embora alguns deles essa idosa nem tome mais. A filha ainda não foi informada disso ou elas duas teriam um assunto a menos sobre o qual falar ao telefone. E elas gostam tanto disso, de ter sobre o que discutir vigorosamente, isso é muito gostoso mesmo quando não é gostoso.

A velha teve muitos anos para se preparar para ser a mãe ideal dessa filha que mora longe, teve muitos anos para se tornar a velha mãe de uma filha também já velha a seu modo. A filha prefere ter uma mãe necessitada dos seus cuidados, uma mãe que precisa ser monitorada e orquestrada à distância, e não uma velha rebelde. Então a velha dá esse prazer à filha porque afinal continua sendo bom para uma mãe ver os filhos contentes e satisfeitos, mesmo quando eles já passaram dos setenta.

A filha pergunta se a mãe está se sentindo muito só, se ela está com mais saudades de Vicente nesses dias. A velha sente essas saudades desde sempre, desde antes de agora, uma saudade diária e específica, especialmente quando se vira na cama e não encontra nada ali, nenhum volume. Isso acontece pelas manhãs e também quando é julho e tudo faz lembrar as férias e as viagens em família, e disso sim a velha sente falta de verdade, de ter uma família agitada ao seu redor arrumando as malas para passar as férias em Cabo Frio.

Uma vez ao ano a pequena família ia para Cabo Frio por alguns dias e ficava no apartamento emprestado pela tia de Vicente. Saíam de casa às cinco da manhã e mal podiam se conter de tanta ansiedade para ver aquela areia tão branca, o mar e os sorvetes por toda parte. Na véspera da partida, lotavam o Chevette com todas as coisas que pareciam necessárias, guarda-sol, cadeiras de praia, isopor, biscoitos, travesseiros, ventiladores, pacotes e mais pacotes de pão Plus Vita. Era tanta bagagem que no banco de trás mal cabia a filha, apertada entre o ventilador e o colchão de camping. A velha ainda se lembra de que vigiava para ter certeza de que a filha não pisaria nem se deitaria sobre os pacotes de pão, isso já havia acontecido no passado e os sanduíches ficaram com um aspecto triste que destoava das férias.

Em Cabo Frio havia mercados com Plus Vita à vontade, mas a pequena família preferia se precaver e estocar o pão nos dias que antecediam a viagem. Os pacotes de pão empilhados no canto da cozinha eram uma miragem, eram a praia antecipada bem diante dos olhos. Eles preparavam um monte de sanduíches e depois punham tudo dentro de um isopor antes de partir. Também levavam um cantil bem grande onde punham suco de caju ou de maracujá e algumas pedras de gelo, e assim estava garantido o lanche entre os mergulhos. O cantil fora um presente de Natal da tia de Vicente, ela o encomendou por uma revista e depois demonstrou à pequena família como usar os quatro pés dobráveis para que o cantil ficasse de pé na areia da praia. Então eles abriam o guarda-sol e posicionavam o cantil e o isopor com os sanduíches à sombra, e como restava pouco espaço era preciso se apertar um pouco.

A velha se lembra de que naquela época os banhistas passavam óleo de amêndoa na pele para alcançar o bronzeado mais rápido, então para todo lado que se olhasse havia alguém brilhoso deitado ao sol. Não existia tanta preocupação com protetor solar, essas coisas ainda não estavam nas propagandas e era difícil imaginar preocupações quando elas não estavam nas propagandas. Conforme os dias passavam, Vicente e a mulher ficavam cada vez mais vermelhos e ardidos, com a pele ressentida e repuxando, e era exatamente o repuxado que confirmava que eles estavam de férias. Em um daqueles anos a filha ganhou de presente de aniversário um filhote de papagaio bem pequeno, ainda sem penas. Ela deu ao bicho o nome de Aroldo e então a pequena família passou a se empenhar para mantê-lo vivo até que as penas crescessem. O primo que deu o papagaio disse que o bicho ficaria forte se comesse miolo de pão embebido em leite, e então era isso o que a família deveria dar a ele várias vezes ao dia ou sempre que ele resmungasse. O primo não informou na ocasião quanto miolo de pão ou leite deveria ser dado, qual era o limite, e por algum motivo nenhum deles teve medo de entalar a goela de Aroldo e tampouco achou estranho alimentar uma ave com leite de vaca.

Dessa vez a família precisava ir para Cabo Frio de férias com um integrante a mais. Encheram o Chevette com as bagagens e os preparativos de sempre e acomodaram Aroldo em uma caixa de sapatos. A filha estava encarregada de ir até Cabo Frio vigiando o bicho, oferecendo pão molhado sempre que ele abrisse o bico. A mãe estava apavorada, temendo que Aroldo morresse de fome durante a viagem e também que a filha amassasse os pães Plus Vita no banco de trás. Aquela foi uma viagem muito apavorante para quem estava no Chevette. Por sorte o bicho já havia começado a piar e piava a todo momento para avisar que queria seu miolo e também para dizer que continuava vivo.

Aroldo chegou a Cabo Frio dormindo e dormiu todo o primeiro dia de férias. A pequena família ia à praia durante o dia e deixava o papagaio bem em frente ao ventilador, com água fresca em um potinho. A filha ficava com medo de que o bicho saísse voando pela janela enquanto eles estavam fora, mas Aroldo preferia ficar perto do ventilador. Via aqueles seus humanos chegando de volta e logo abria o bico pedindo miolo. Mesmo sentindo calor ele deve ter gostado de Cabo Frio, é o que a velha acha, porque voltou das férias gordinho e com uma penugem nova e brilhante. Finalmente a pequena família descobriu que Aroldo era verde e que talvez fosse mulher.

Em algum dos fins de tarde das férias eles aproveitavam para ir à sorveteria. Os sorvetes eram caros e vinham em copos minúsculos, por isso a filha sabia que algo tão precioso e tão único só poderia ser de morango. Havia pedacinhos congelados de morango no meio da massa e quando a filha mordia esses pedacinhos ela se arrepiava inteira. Vicente escolhia o de passas ao rum e também se arrepiava ao morder as passas, levantando os ombros até as orelhas.

Nos demais dias em que não podia tomar sorvete a pequena família ia à feira e comprava melão maduro. Os pais diziam à filha que o melão maduro de Cabo Frio era especial, um melão bem amarelo e com o centro bem laranja, só em Cabo Frio os melões eram assim. Partiam a fruta em cubos e depois punham na geladeira por algumas horas. Quando voltavam da praia, se enfiavam no chuveiro e depois se sentavam perto do ventilador com os cabelos molhados para comer melão. A mãe tinha o receio de que a filha ficasse gripada por causa do melão gelado, do ventilador e da cabeça molhada, mas a verdade é que a filha nunca ficou gripada nas férias e isso foi uma sorte.

Eles se sentiam muito bem naqueles dias, se sentiam pessoas um pouco diferentes quando estavam em Cabo Frio porque ali, além da praia, havia a mesa do café da manhã posta até a hora do almoço. E quem haveria de se sentir mal em um lugar em que a mesa do café da manhã fica posta por tantas horas, sem pressa de guardar a manteiga. Também havia sempre presunto e a presença do presunto contribuía para que eles se sentissem diferentes, uma família próspera e salgada e que tinha presunto no café e nos sanduíches do lanche.

Uma vez, na volta de viagem, a filha começou a se sentir mal e caiu de cama febril e desidratada. A mãe colocou a menina no chuveiro e enfiou chumaços de algodão com álcool em suas axilas praguejando o melão por ter deixado a filha adoecida e desgostosa. Fez uma promessa de que a pequena família jamais voltaria a chupar melão gelado outra vez caso a filha ficasse boa logo, abriu mão dos melões pela saúde da filha. Levaram a menina ao médico e ele disse que na verdade a culpa não era do melão, mas sim do presunto, já que a filha tinha uma infecção alimentar. A mãe passou então a praguejar os sanduíches de presunto deixados ao sol na praia e prometeu que jamais voltariam a comer presunto, jamais.

Ela segurava a filha durante a noite, aquele corpo quente e molengo, e oferecia a alguém no céu os seus próprios dentes em troca da saúde da filha. Que essa pessoa no céu pegasse seus dentes em nome da filha, afinal alguns deles ainda eram muito bons e inteiros. Rezava junto à menina fingindo intimidade com Deus, fingindo se reaproximar de um antigo colega de turma. Se ajoelhava para oferecer de maneira solene a ele, a Ele, seus dentes, que seus dentes caíssem um a um em troca de a filha voltar a si, que caíssem primeiro os de trás, mas também os da frente se esse fosse o preço. Ela gostava mais dos dentes da frente e isso aumentava o peso da oferta.

Depois de tantas súplicas a filha finalmente acordou bem, corada e pedindo comida. A mãe preparou o café da manhã se sentindo alegre e também um pouco aflita, afinal a menina estava curada e por conta disso seus dentes começariam a cair a qualquer momento. Olhava para o alto, para o teto do apartamento e pedia para que Deus não ligasse para seu aperreio, ela estava na verdade muito satisfeita e pronta para honrar seus compromissos. Mas por fim Deus não quis os dentes dela, não naquela ocasião.

Mesmo depois de a filha ir morar longe a velha continuou oferecendo os dentes a Deus em caso de doença. Em algum momento Deus se cansou da oferta, sempre a mesma, e por fim pegou mesmo aqueles dentes para acabar com a ladainha. Por sorte a filha pagou por uma dentadura especial e moderna para a mãe, e assim ela pôde seguir oferecendo algo valioso nas promessas, quando necessário.

Essa filha que paga por dentaduras e planos de saúde, ela anda mais preocupada com a mãe agora do que em outros tempos, e por isso telefona mais vezes. Não falha em telefonar nenhum dia, embora às vezes se atrase um pouco. Quando não sabe muito bem o que falar, ela diz à mãe, um pouco abobada e incerta, que tudo isso vai passar, diz isso como se fosse mais informada que a mãe sobre o assunto da ameaça exterior. A velha mãe acha melhor não questionar essa certeza da filha distante, não agora, ou não dessa vez; apenas concorda com a filha e diz que, sim, essas coisas vão passar. A essa altura da vida de uma velha ela pode mesmo afirmar, garantir que tudo passa, porém, e talvez isso ainda seja uma novidade para a filha, cada coisa passa *a seu modo*, e algumas vezes esse modo pode ser bastante lento e grosseiro e áspero.

Duas vezes ao ano a filha que adora geleias insiste para que sua mãe ao telefone diga o que quer ganhar de presente de aniversário, e depois o que deseja de Natal. Pede que a velha faça isso com antecedência para que ela possa ter tempo de comprar os presentes lá longe onde vive e depois mandar tudo pelo correio. Essa antecedência deixa a velha confusa porque ainda não é o momento de pensar em seu aniversário quando a filha a obriga a pensar em seu aniversário. É antecipar demais esses sentimentos e então quando chega a data a velha já está cansada do assunto.

A filha fica muito satisfeita quando a mãe pede um bibelô, um livro, e fica possessa se ela diz que não precisa de nada. Prefere que sua mãe tenha demandas para ela, que tenha desejos e pedidos específicos a serem executados à distância por uma filha. Remete embrulhos que cruzam um oceano inteiro, e isso faz a filha sentir que cumpriu afinal uma missão satisfatória, complicada e intercontinental.

Os pacotes chegam ao destino e então a filha se sente autorizada a dizer aos amigos estrangeiros que sabe tudo sobre a mãe, que a distância não significa nada entre elas, que aliás as duas continuam se entendendo apenas pelo olhar, mesmo que se olhem tão pouco. É isso o que a filha conta aos amigos nessa outra língua que a velha não compreende.

Felizmente a velha inventou há alguns anos que gostaria de começar uma coleção de bibelôs, pronto, ela queria começar uma bela coleção e esses seriam os presentes que a filha deveria remeter nas datas festivas. Era Natal e por isso a velha disse que adoraria ganhar aqueles objetos em que uma paisagem natalina aparece dentro de um globo cheio de água e de neve artificial. Ainda hoje a velha prefere as paisagens em que há casinhas com chaminés, uma luz acesa em uma das janelas, cercas e pinheiros no jardim. Em alguns dos globos há também animais de inverno, animais que a velha jamais viu porque moram tão longe quanto a filha.

Essa velha gosta especialmente de objetos que fazem mais sentido quando chacoalhados, ela acha isso divertido e genial, ainda que a paisagem e os veados e a neve falsa não tenham nada a ver com o Brasil. A filha passou a remeter os globos envolvidos em plástico bolha e então, quando a remessa finalmente chegava neste país, neste apartamento, em vez de perguntar à mãe ao telefone se ela havia gostado do presente, a filha apenas se apressava em perguntar se o globo estava inteiro, *E então?*, *ele chegou inteiro?* Tudo valia a pena para a filha quando os globos aguentavam a viagem.

No meio da coleção que a velha tem hoje há também outro

globo, menor e mais selvagem, disfarçado entre os demais. Dentro desse globo selvagem há uma pequena banana ereta e parcialmente descascada que deixa à mostra uma ponta indecente e bem amarela. A banana indecente também recebe "neve" esvoaçante quando o globo é chacoalhado, embora o aspecto final seja outro. Quem olha pela janela vê muito bem quando a velha chacoalha sua banana de brinquedo, o presente ereto e festivo que recebeu de Sarah vários anos atrás.

Sarah, a amiga preferida dessa velha, é mais uma que não aparece neste apartamento há bastante tempo. Antes ela surgia constantemente na janela da sala, fumava e depois jogava a guimba do cigarro lá embaixo, na rua. Já faz alguns anos que ela não fuma na janela e isso comprova que é mais uma entre os que se apagaram, entre os que desapareceram sem que a velha pudesse dar uma opinião.

Sarah foi durante anos, não, durante décadas, a amiga mais-que-preferida dessa velha, tão preferida que achou que deveria disputar com a filha que mora longe o lugar de filha. Quando ficou sabendo que a filha remeteria globos natalinos importados de presente para a mãe, e que esses globos ficariam expostos na estante da sala, Sarah prontamente arranjou um meio de disputar a preferência da velha. Procurou durante meses um globo com uma imagem bastante nacional, com um símbolo mais apropriado para o clima do oceano inferior, e a banana cumpria isso à perfeição. Sarah deve estar satisfeita no além porque mesmo depois de morta ainda consegue fazer a velha dar umas boas chacoalhadas em alguma coisa.

É mesmo curioso e incoerente que todos esses objetos sigam existindo enquanto Vicente, Sarah e os queridos já tenham deixado de existir, todos eles evaporados. A velha amou muito essas pessoas, muito mesmo, mas não a ponto de mantê-las vivas, o que é estranho, é de fato bem estranha a qualidade desse amor. Amou, mas não a ponto de vencer a morte, de receber avisos do céu sobre o destino delas e então poder agir rapidamente para impedir que coisas extremas acontecessem. Como foi imprudente seu amor, como não tomou os devidos cuidados, assim como deveriam tomar todos os amores experientes. Talvez seja essa afinal a coisa, talvez seja isso o amor, a velha pensa, uma certeza tão tremenda que faz alguém achar que não deve tomar precauções.

Quando a filha que mora longe ainda era apenas uma criança bem pequena, certa vez ela trouxe para casa um trabalho de escola pedindo para que dissesse com as próprias palavras *o que é o amor*. Ela ainda não sabia escrever e por isso Vicente e a mulher deveriam ajudá-la anotando a reposta no caderno. Eles acharam que a filha teria dificuldades em responder, que se atrapalharia com um tema afinal tão peludo e incerto até para os adultos; mas eles estavam errados sobre isso, eles não sabiam de nada. A criança ouviu a pergunta e tornou tudo muito ligeiro e também natural, informando de maneira muito simples e muito direta aos pais, *Eu sei o que é o amor: se vocês estiverem caindo eu vou lá e ajudo.*

Se ainda estivesse viva, Sarah teria muitos problemas com a ameaça exterior, teria problemas para se esconder e para se manter escondida diante desse algo invisível. Seria um trabalho suarento ter de convencê-la a se proteger e a fechar a loja de biscoitos, a velha imagina, e quando se dá conta disso pensa que talvez seja até bom que Sarah já não exista. A amiga preferida tentaria proteger sua loja de biscoitos e por isso acharia a ameaça exterior uma perseguição pessoal, uma afronta contra ela, Sarah Assunção, e não contra todos os humanos do planeta.

Nas situações em que se sentia ameaçada ou desafiada, a amiga preferida dizia o próprio nome seguido do sobrenome para reforçar a petulância, aí está, Sarah Assunção. E empinava o peito. Mas no minuto seguinte já se tornava a criatura mais insegura e frágil e quebradiça de todos os tempos, adorada entre os queridos. Uma noite, Sarah e a velha andavam pela rua quando um cachorro imenso preso pela coleira começou a latir raivosamente para as duas, um latido rancoroso e violento. Sarah levantou o dedo para o cão e gritou, por cima dos latidos, *Eu sou Sarah*

Assunção, meu caro, não tenho medo de você. Disse isso para o animal com uma voz firme e certeira, mas encolhendo a bunda e empurrando a velha para que as duas começassem a correr.

Sarah telefonaria hoje para a velha, se ainda estivesse por aqui, e se queixaria de que justo agora que suas vendas estavam ótimas aparece uma ameaça exterior para prejudicar seus biscoitos. Diria isso sem medo de parecer egoísta ou alheia ao mundo. Sarah achava que todas as coisas se referiam a ela e à sua loja de biscoitos, e que portanto suas alegrias seriam as alegrias do mundo assim como suas tristezas deveriam pausar o giro terrestre. Se queixava de tudo, absolutamente tudo, dos impostos à temperatura da sopa, e enchia os ouvidos de todos os queridos com uma lamúria enérgica e melada. Mas daí conhecia alguém novo e então se apresentava como uma mulher otimista e positiva, sorrindo todo o tempo, especialmente se tivesse interesse em beijar esse alguém. Quando a pessoa saía de perto ela já podia voltar a se queixar de tudo e de todos, inclusive do beijo, que por fim não tinha sido tudo aquilo.

Quando finalmente inaugurou a tão sonhada loja de biscoitos, Sarah pediu que a velha e Vicente fossem para lá todos os dias para ocupar uma das mesas. Eles deviam se comportar como clientes assíduos, como figurantes. Todos eles já estavam aposentados e Sarah poderia viver bem com a aposentadoria, mas não antes de cumprir o sonho de ser uma comerciante *de drogas ou de doces*. Optou pelos doces, por fim, porque eles eram mais fáceis em termos de alvará — ela dizia, provocando.

Nas primeiras semanas da loja, Vicente e a velha se fingiam de clientes durante uma hora pela manhã e uma hora pela tarde, e de fato aqueles dois deviam se assemelhar tanto a clientes assíduos e satisfeitos que atraíam vários visitantes. Sarah dizia que eles eram pé-quente, mas que precisavam parar de bocejar. Em retribuição, e para manter Vicente acordado, Sarah deixava que eles provassem o que quisessem entre os quinze sabores de biscoitos, o amanteigado e o de goiabada, o de sementes e aquele outro com pedacinhos de chocolate. A pedido de Sarah eles comiam fazendo *humm* bem alto porque assim impressionariam outros clientes que porventura ainda estivessem na dúvida sobre a qualidade do produto.

Sarah vendeu durante muitos anos brigadeiros e fatias de bolo na escola, na hora do recreio, e fazia um bom dinheiro extra. Os alunos amavam os doces porque havia uma lenda de que os brigadeiros de Sarah eram batizados, essa história subia e descia pelos corredores como uma fofoca apetitosa demais para ser negada. Sarah não fazia força para desmentir a lenda porque afinal aquilo ajudava nas vendas, as pessoas compravam os quitutes e depois ficavam sentadas à espera de alguma reação.

Quando não iam à loja, Vicente e a velha telefonavam para Sarah de noite, mas não toda noite ou ela se queixava que eles estavam ligando demais. Fazia questão de saber o que havia para o jantar da pequena família, queria ouvir os detalhes sobre o que estava no fogão e que cheiro tinha. Se houvesse apenas um pão da tarde e algumas fatias de queijo e tomate, Sarah se revoltava, alarmada do outro lado da linha e acusando Vicente e a velha de não saberem mesmo aproveitar a vida. Amava comida e amava a hora de comer, e não resistia à curiosidade de saber como os outros preparavam o jantar em casa, queria saber absolutamente tudo, mesmo que isso demandasse um interrogatório.

De sua parte passaria longos minutos descrevendo com muita satisfação seu jantar caso alguém perguntasse, explicando que havia preparado tudo com manteiga, e não com azeite, e também com bastante alho e pouca cebola porque as cebolas lhe davam gases. Jamais, em nenhuma hipótese Sarah dividiria a comida de seu prato com outra pessoa, mesmo que essa outra pessoa fosse um dos queridos. Se alguém encostasse o dedo em sua comida ou pedisse um pedaço do que ela estava comendo, Sarah simplesmente bufava e deixava que tudo pertencesse à pessoa de vez, fosse um prato inteiro ou um sanduíche embrulhado. Nunca ficava doente e se deleitava em contar às pessoas que sua última gripe tinha sido em 1986, uma saúde de ferro graças a um método próprio de controlar os germes. Não compartilhar a comida fazia parte desse método, assim como beijar na boca somente quando extremamente necessário, como algumas vezes foi.

A boca de Bóbi foi certamente uma das exceções quanto aos germes. Os dois acabaram assumindo o namoro em uma das festas juninas da escola porque Bóbi estava comendo maçã do amor e tinha os lábios tão vermelhos e tão cheios de caramelo que Sarah não teve outra opção senão agarrar o menino em público. Os queridos ficaram contentes e ao mesmo tempo aterrorizados com aquele relacionamento, afinal amavam tanto Sarah quanto Bóbi e se eles brigassem não saberiam de que lado ficar.

Namoraram por alguns meses e então Bóbi foi enviado pelo pai para ajudar um parente que estava abrindo uma agência dos Correios em outra cidade. Era na verdade um plano do pai de Bóbi para afastar o filho daquela mulher que tinha fama de vender doces batizados na escola, e que além de tudo deixava seu filho descabelado, mais descabelado do que de costume. Sarah tinha apenas um fim de semana para se despedir de Bóbi e lhe disse para ir em paz viver sua aventura nos Correios, para viver muito tranquilo porque ela não sentiria nem um pingo de saudades. Disse tudo isso e se lançou furiosamente nos braços de Bóbi pela última vez. Assim que o carro de Bóbi virou a esquina Sarah começou a espernear e a chorar como uma louca, e assim ficou por semanas, deitada na cama e dizendo o nome de Bóbi seguidas vezes, como as atrizes costumavam fazer no cinema.

Era incrivelmente mal-humorada e ranzinza no dia a dia, mas para a sorte daquela amiga preferida todo esse azedume vinha junto de um elemento atrapalhado que fazia as pessoas acharem graça, pelo menos de vez em quando. Foi isso o que garantiu que Sarah fosse adorada por seus funcionários na loja de biscoitos, mesmo aqueles que em algum momento foram levemente xingados por ela. Ela xingava se por acidente algum biscoito caísse no chão, xingava e dizia que não estava xingando a pessoa e sim o fato de perder um biscoito tão bonito e tão redondo, não se podia perder um biscoito assim. Apanhava o caído, assoprava e logo enfiava na boca.

Como adorava bugigangas movidas à pilha, decorou toda a loja com objetos vindos do Paraguai, coisas que ela pendurava no teto e que pareciam voar. Também havia miniabajures com aspecto francês em cada mesa, além de um boneco devorador de biscoitos falsos na porta de entrada. Dizia que assim que tirasse férias pegaria o Fusca e dirigiria até o Paraguai para comprar ela mesma muitos objetos movidos à pilha. Voltaria pela estrada com o Fusca abarrotado de coisinhas para a loja e também para vender, se fosse o caso. Muitas pessoas elogiavam os miniabajures com aspecto francês e Sarah apostava que, se eles estivessem à venda, além dos biscoitos a loja lucraria também com a decoração importada. Planejava a tal viagem ao Paraguai, mas nunca a fazia porque julgava que fechar a loja por muitos dias seria um desperdício, e pensando bem o Paraguai era longe demais.

Cozinhava para si mesma todas as noites, em geral macarrão, e deixava um fio de espaguete no prato para dizer que não tinha comido tudo. Tinha sempre na bolsa um sachê de sal de frutas e algumas aspirinas. Quando eles ainda eram todos jovens, nos fins de semana de favas Sarah tomava sozinha uma garrafa inteira de Campari se não fosse bem vigiada. Depois do terceiro copo começava a contar histórias para as crianças, falando dos carnavais e de amores antigos dos pais. Se a história fosse bonita, ela mesma se surpreendia e se emocionava e então começava a chorar até soluçar, fazendo as crianças se assustarem e também começarem a chorar. Uma a uma as crianças fugiam do quarto em disparada pelo corredor, aos prantos e procurando pelo colo da mãe, e logo atrás vinha Sarah, também aos prantos, disputando com elas um espaço de acolhimento. Pedia carinho na cabeça, com o corpo enroscado para ficar mais ou menos do tamanho das crianças.

Acabava se lembrando do baile de um certo Carnaval, em 1984 ou 1985, aquele com chuva de serpentinas. Parava de chorar de repente e começava a rir à beça, deixando as crianças perplexas, que diabos era aquilo de que os adultos eram capazes. Sarah culpava os queridos por terem se tornado tão pais a ponto de se esquecerem de quase tudo o que viera antes dos filhos, por terem se esquecido do baile de 84 no Clube dos Democráticos. Depois se levantava e ia beijar as crianças e apertá-las entre os braços até esmagá-las, dizendo que aquelas eram as melhores crianças que alguém jamais poderia ter, certamente as mais gordas e lustradas e com os melhores dentes.

Depois de aposentadas, Sarah e a velha passaram a assistir juntas a alguns programas na TV, mas cada uma em sua casa, enquanto conversavam pelo telefone. Gostavam especialmente daqueles programas da tarde de sábado em que as pessoas contam problemas familiares e então brigam ao vivo. Sarah amava cada uma daquelas pessoas e suas mentiras. Ouviam em silêncio os argumentos de cada uma das famílias e então esperavam pelo intervalo para debater o caso ao telefone e tomar partido. Para a velha, não importava qual fosse a situação da família, nem qual o assunto em questão, ela sempre estaria ao lado do mais feio e desesperado. Para Sarah aquela postura da velha era simplesmente maçante, previsível, *Você sempre defende quem está usando tamancos, já reparou nisso?*

Por sua vez, Sarah preferia argumentar calorosamente a favor das pessoas que ficavam com fama de más nos episódios, em especial se isso envolvesse casos extraconjugais. Preferia mil vezes essas pessoas às que usavam tamancos. Gritou do outro lado da linha, bem no ouvido da velha, tomando partido da mulher que foi infiel no sótão de casa ao se envolver com o irmão gêmeo do marido. A traição não havia acontecido apenas uma vez, mas muitas vezes, muitas vezes!, a apresentadora do programa enfatizava. A TV exibia ambos os irmãos em close para que a audiência pudesse fazer seu julgamento, e Sarah sempre se sentia muito apta a esse papel: *O irmão é mesmo mais bonito que o marido, olha esse queixo, eu mesma levaria esse queixo para o sótão.*

Em algum momento Vicente e a velha insistiram para que Sarah comprasse um celular, diziam que se ela fosse menos teimosa e carrancuda eles poderiam se comunicar durante o dia, imagine só que interessante poder conversar no meio da praça. Sarah respondia que aquela era uma ideia de jerico porque se eles ligassem para ela na praça atrapalhariam seu momento de conversar com pessoas estranhas para saber da vida estranha que elas levavam. A preocupação dos dois era de que a amiga preferida passasse mal na rua, sozinha, Sarah e seu coração perambulando por aí como se não fossem ambos muito fracos, tanto Sarah quanto o coração. Temiam que a amiga não tivesse como ligar para eles pedindo socorro ou que nem mesmo se lembrasse do número na hora H. Deram de presente para ela uma pulseira com um telefone de emergência, uma pulseira divertida e com penduricalhos de criança. Sarah achou a pulseira infantil tão linda e especial que decidiu usá-la somente nas festas, bem longe dos assaltantes da rua, embora fosse apenas uma tira de plástico.

Aquela querida amiga tinha um apartamento muito pequeno, com quatro cômodos minúsculos apinhados de objetos. Detestava receber visitas porque as visitas ficavam perguntando o que eram os objetos, de onde eles vinham e quais seus significados. Ter de inventar tantas respostas deixava Sarah nervosa. As visitas demandavam que ela ficasse na sala ou na cozinha preparando alguma coisa para comer e beber e isso a chateava porque talvez preferisse tirar um cochilo ou comer sozinha toda a lata de biscoitos. Sarah só achava que as visitas eram chatas em sua casa, não na casa dos outros, onde elas pareciam sempre mais adoráveis e divertidas e merecedoras de todos os biscoitos. As visitas deveriam ir apenas à casa dos outros, ela dizia, e deixar suas bugigangas e biscoitos em paz.

Mesmo assim servia a quem estivesse em seu apartamento alguns quitutes em louças bonitas e antigas. Havia herdado de um tio algumas taças decoradas e toalhas de mesa e pratinhos pintados à mão, coisas descasadas e que não combinavam em nada com o apartamento. As visitas gostavam porque ali podiam beber suco de caju em taças raras, segurando por aqueles pezinhos finos de cristal e cruzando as pernas. Às vezes Sarah punha algumas pedras de gelo nas taças e quando isso acontecia havia uma sensação de que o apartamento era maior. E, bem, não se pode esquecer. Além de tudo Sarah era aquela que avisava às pessoas, não importa quem fossem, que tinham um restinho de comida preso nos dentes. Ou que precisavam tratar de uma vez por todas o mau hálito. Dizia isso e oferecia um guaraná.

Quando Vicente e a mulher disseram a Sarah que tinham uma grande notícia, que estavam esperando um bebê, a amiga ficou furiosa. Eram todos bem jovens, professores e cheios de uma vida em comum. Sarah ficou possessa que outra pessoa, ainda por cima pequena e rósea, pudesse atrapalhar o amor que aqueles dois sentiam por ela, a amiga especial. Manifestou seus ciúmes e esperneou durante todos os meses de gravidez, mas no dia do parto se sentou na porta da sala onde a amiga paria e lá ficou como o mais fiel dos animais durante todas as horas em que a mulher empurrava para fora a criança.

Por sorte aquele era um hospital com muitas enfermeiras,

uma para cada pessoa que desmaiasse ou nascesse. Na sala de parto a mulher contou com uma enfermeira específica e forte, que vestia um roupão azul e que aguardou pacientemente entre as pernas da mulher por horas até que o corpo fizesse o arremesso da bebê. Foi um arremesso para fora e para baixo, já que ela estava de pé na hora.

Essa velha ainda se lembra vagamente que desfaleceu logo que a bebê, que parecia entalada, foi cuspida perna abaixo. Provavelmente havia alguém por perto para socorrê-la com uma cadeira, porque de uma hora para outra ela percebeu que estava sentada, e não mais de pé. Seus músculos tremiam, prestes a se dissolver, uma fadiga ultracorpórea que não permitia nem mesmo que as pálpebras se abrissem. Naquele instante, a única coisa que passava pela mente da mãe recente e trêmula era que seria mais seguro não pegar a bebê no colo, não naquele momento em que lhe faltavam forças para segurar qualquer coisa, até uma caneta. A mulher ainda pensava na dor, embora a dor tivesse cessado após o arremesso da bebê. Com certeza seu cérebro ainda não havia sido avisado disso, de que o arremesso estava feito e a mulher estava viva; apesar de todo o delírio do acontecimento, da brutalidade, ela e a bebê estavam vivas.

Não me ponham essa filha no colo agora ou eu vou deixar ela cair, era mais ou menos o que a mulher achava que estava dizendo em voz alta, a plenos pulmões, na sala de parto. Custou um pouco para ela perceber que não estava nem mesmo movendo os lábios, ela não estava dizendo nada porque quando olhou para baixo viu que a bebê já estava em seu colo, ela estivera ali durante todo aquele tempo depois do arremesso, dez, vinte minutos, com a cabeça encostada no peito da mulher e o corpinho envolvido com toda a força disponível nos braços dela. Foi ela mesma quem resgatou prontamente aquela filha logo depois de cuspi-la perna abaixo, ela havia feito isso primeiro e antes de qualquer outro ser humano ao redor. Durante todos aqueles minutos a mulher trêmula já tinha a filha presa e segura nos braços, amparada, aquecida, enquanto sua mente ainda fazia estripulias sobre empurrar, sentir dor, empurrar mais etc. Elas já estavam atadas uma à outra, e com força, garantindo que nenhuma das partes se perdesse na sala.

Tiveram sorte, a bebê e a mulher, de que o corpo recente de uma mãe já soubesse o que fazer pelas duas, de que ele socorresse a filha ao ser cuspida e ainda assoprasse para dentro da pequena boca um pouco de ar, desentupindo a menina engasgada para que ela pudesse respirar por si mesma, pela primeira vez.

Naquela época, com a filha ainda tão pequena quanto uma sombrinha que vai na bolsa, os amigos faziam visitas ao apartamento para conhecer a nova bebê enquanto Vicente e a mulher aprendiam como fazer para se tornarem uma pequena família. Os queridos visitavam e levavam comida porque sabiam como era difícil cuidar de uma sombrinha e ainda ter tempo de cozinhar um macarrão ou partir maçãs. As mães dos queridos, mulheres mais velhas e mais experientes, também mandavam para o apartamento doces, bolos, frutas em calda, tudo o que era absolutamente desnecessário e supérfluo para a sobrevivência de uma pequena família, e que por isso mesmo trazia um tipo específico de prazer.

Os pais recentes engoliam os doces e por um instante se lembravam de que tinham organismo, vísceras individuais, goela e estômago, se lembravam de que mantinham algum direito sobre o próprio corpo mesmo depois de dedicar todas as horas do dia ao novo ser humano presente. Por tantas coisas, mas também pelos doces, aqueles dois amavam as mães dos queridos, a quem devolviam ainda sujos os potes de doces e também sujos os panos de prato que embalavam tudo, sem que ninguém jamais se queixasse ou deixasse de enviar mais guloseimas.

Naqueles primeiros meses da filha, foi Sarah quem passou todas as tardes com a pequena família, embora preferisse não se aproximar muito da bebê e tampouco pegá-la no colo. Ficava de um lado para o outro, aflita e atrapalhada e enérgica dizendo que aqueles dois não deviam pegar no braço da bebê daquele jeito, que deviam colocar sobre ela mais um cobertor ou quem sabe dar mais leite. Sarah vasculhava todas as entradas de ar da casa e impedia que qualquer corrente de vento alcançasse o berço, vigiando a criança como um biscoito esfarelento que jamais poderia cair no chão.

De noite, depois de ajeitar a cozinha e já na hora de ir embora, Sarah parava diante da porta e olhava para trás, para a pequena família, desejando permanecer ali, ser convidada para ficar de vez e integrar aquele grupo ocupando um colchonete cativo no quarto da filha. Quem sabe esse colchonete seria azul, dobrável, e ficaria guardado em cima do armário em conjunto com um travesseiro no qual estaria bordado, no canto esquerdo, o nome completo da amiga, Sarah Assunção, tudo providenciado como uma surpresa pela pequena família.

Se Vicente ainda estivesse no apartamento ficaria bastante contente ao descobrir que essa velha mantém sob a cama uma caixa de bombons. A caixa ficou escondida ali durante meses para não ser descoberta pela faxineira, que fazia denúncias para a filha que mora longe, tudo em nome da preocupação com a diabetes.

Antes da ameaça exterior, a faxineira aparecia semanalmente, a pedido da filha. Era uma mulher sempre muito disposta e boazinha, que também gostava do café doce, assim como eu. Depois de passar o café ela tirava de dentro da bolsa um salgado que comprava no caminho, em geral uma coisa com bastante queijo e sal; comia e só depois trocava de roupa. Se movimentava tão rápido que era difícil saber em qual cômodo estava. Com ela por perto, primeiro a casa ficava com cheiro de queijo derretido e depois de desinfetante, o que era uma pena. Por volta das onze da manhã eu cozinhava alguma coisa e então comíamos juntas conversando sobre filhos e sobre o novo namorado dela, o Claudio.

Claudio trabalhava de segurança numa firma de transporte e era um homem grande. A faxineira jamais disse: *Claudio é grande*, mas me informou que para pendurar a camisa dele no varal tinha que usar cinco pregadores, e não dois, e assim ficou clara a largura a que ela estava se referindo. Se sentia apaixonada, muito apaixonada, mas o problema era que Claudio não parecia tão apaixonado quanto ela, ela me disse. Havia um degrau na paixão, e por azar ela estava abaixo. Sua avó costumava dizer que para o amor dar certo é preciso que o homem goste um pouco mais da mulher do que ela dele, ela me disse, e não o contrário, porque só assim, com o homem olhando ligeiramente para o alto, os dias seriam ideais. O amor gostava de ter o homem olhando para cima e a mulher olhando para baixo, a avó da faxineira dizia, e portanto ela precisava descobrir como trocar de degrau com Claudio.

Quem olhasse pela janela do apartamento poderia ver a faxineira subindo em escadas para limpar os lustres. Eu achava bobo limpar os lustres, além de arriscado, mas a filha que mora longe havia feito uma lista para a faxineira de coisas a limpar e os lustres eram o terceiro item, parece. De seu oceano superior a filha julgava o que era importante manter limpo na casa da mãe, e por sorte ela jamais pensou na parte de baixo da cama, restava ali um esconderijo seguro para meus doces. Algumas vezes escondi latas de goiabada e de marrom-glacê, mas elas juntavam formigas e então foi preciso trocar para caixas de bombons.

Quando Vicente ainda existia, comprávamos uma caixa de bombons de vez em quando porque Vicente adorava bombons de frutas e para mim isso era mesmo muito conveniente, porque eu odiava os bombons de frutas e podia ficar com os de chocolate branco só para mim. A filha que mora longe não queria que o pai comesse tantos doces por causa dos problemas no sangue, e eu achava que a filha tinha razão, é claro que sim, não comer doces era o melhor a fazer para um pai como aquele. Mas a filha não estava no apartamento quando o pai pedia um docinho apenas, num tom de voz específico, para conseguir dormir melhor. Eu cedia aos apelos de Vicente e lhe dava uma lasca da goiabada ou um pequeno pedaço de pudim, afinal àquela altura deixar que o homem comesse um pedaço de doce não lhe encurtaria o destino já curto, eu julgava, mas sim lhe traria dez minutos de puro contentamento. Tanto Vicente quanto eu sabíamos que lidar com o pudim era o mesmo que lidar com um veneno, de algum modo, e naquele instante essa nos parecia uma linha válida de se cruzar, consciente, num pêndulo tranquilo entre o que dá prazer e o que mata. Ele pedia o doce e eu o oferecia, mas fazia todos esses itens sumirem da casa quando vinha a faxineira, a denunciante.

Já faz um tempo que a faxineira não aparece no apartamento e isso deixa a velha livre para se deitar no chão e se arrastar para debaixo da cama sem risco de ser pega em flagrante. Bem longe do telefone, encoberta pelo estrado e pelo colchão ela pode se entregar à caixa de bombons sem medo de ser repreendida. A velha faz uma espécie de sorteio entre os bombons dentro da caixa e aquele que sua mão apanha aleatoriamente passa a ser então um bombom privilegiado, o bombom vencedor que ganhará o prêmio de ser devorado por uma velha. Nesse lugar onde ela esteve tantas outras vezes por distintas razões, embaixo da cama, ali é seu ambiente particular, o ninho onde ela se sente em segurança quando necessário. Mais tarde, quando a temperatura do dia baixar e o céu estiver bem escuro, será possível ver a mão dessa velha saindo para alcançar a ponta do cobertor que agora cobre o colchão. Ela puxará o cobertor ali para baixo e então ele sumirá de vista junto com ela.

Talvez Vicente achasse difícil e complicado se enfiar debaixo da cama com essa velha, talvez ele não conseguisse se arrastar para ali. Nos últimos anos de vida, quando ele e a velha começaram a frequentar a clínica médica para que o homem pudesse fazer exames e se tratar, Vicente ficava de pé na recepção aguardando o atendimento sem sair de perto do vidro de balas. Comia quatro ou cinco balas mastigando ruidosamente enquanto aguardava que seu nome fosse chamado por uma enfermeira, em geral aquela bem loira e bem bonita. Ele era chamado e enquanto a enfermeira estivesse por perto mantinha a coluna ereta e o passo firme, conversando e fazendo galanteios. Mas era só a moça sair de perto e então o homem arriava de novo e pedia mais balas.

Naquela clínica Vicente fez alguns exames interessantes, envolvendo máquinas e catéteres. Em uma sala contígua, a velha acompanhava pelo monitor o percurso do catéter por dentro da veia de Vicente e uma vez até conseguiu ver, logo ali no alto, quem diria, o coração do homem, um órgão que ela jamais observara daquela perspectiva. A velha olhava pela tela e percebia que, alheia aos seus sentimentos, ali estava a ciência, a Ciência se transportando para dentro de um corpo que ela amava. De repente os exames se tornaram o único oráculo capaz de diagnosticar aquele organismo, de ter sobre ele uma ascendência e também uma razão que não se desmantelaria, ainda que a velha e Vicente discordassem dos diagnósticos e esperneassem contra as perspectivas.

Semanas depois dos exames, Vicente e a velha estavam prestes a atravessar a avenida para apanhar os resultados na clínica. Tinham horário marcado com a doutora mais novinha, aquela com um sotaque de Minas Gerais. Na porta da clínica já estava Sarah à espera deles com um pacote de biscoitos frescos nas mãos e dois copos de café bem quente, daqueles com tampa. Vicente e a velha acenaram para ela do outro lado da rua para que Sarah se certificasse de que aqueles dois ali, os esquisitos, eram mesmo os seus amigos de sempre. Talvez ela esperasse que eles vestissem outras roupas naquele dia, roupas mais adequadas para atravessar certa rua e apanhar certos exames. Mas nenhum deles saberia dizer que roupas eram essas, se elas existiam em seus armários ou em qualquer lugar, e por isso vestiram apenas seus bons moletons.

Vicente e a velha olharam para ambos os lados da rua antes de começar a travessia, e como o trânsito estava especialmente confuso pediram um ao outro que tivessem calma, calma antes de qualquer decisão, e resolveram esperar os carros passarem em seu tempo antes de dar o primeiro passo. Ainda com calma, resolveram esperar as bicicletas passarem em seu tempo, e também os pedestres, e esperaram ainda mais para que os pombos e os cachorros perdidos também fizessem o que tinham que fazer na rua, e só depois, parados com as mãos entrelaçadas e pedindo calma um ao outro, Vicente e a velha se olharam sem saber pelo que mais esperar antes de atravessar a rua.

De uma hora para outra eles estavam confusos sobre qual dos dois havia feito exames, qual dos dois esperava por um diagnóstico, por um papel, qual deles precisaria colocar um pé após o outro na faixa de pedestres e então caminhar até Sarah, até os biscoitos e o café.

Entraram no consultório da doutora mineira e foi ela mesma quem explicou, traduziu o significado das três linhas no laudo de Vicente. Ali estava previsto o futuro do corpo inteiro do homem, e não apenas de uma pequena parte problemática localizada no abdômen. Tiveram sorte, aqueles dois, realmente muita sorte naquela tarde de poderem ouvir a notícia com um sotaque mineiro, e não qualquer outro sotaque mais seco ou apressado, tiveram sorte de que as palavras tormentosas coubessem em um ritmo cantado e dócil, dando à notícia uma qualidade vagarosa.

Na saída da clínica foi Sarah quem carregou o envelope branco e enorme contendo as imagens do exame. Ele era bem grande, o envelope, mas não tão grande quanto o corpo de alguém como Vicente, o que parecia um erro, um verdadeiro erro, já que o papel sabia mais sobre o homem do que seu próprio corpo havia revelado até então pelo lado de fora.

Vicente se levantou, se despediu gentilmente da doutora mineira, andou pelo corredor, atravessou o hall, chamou o elevador e então apressou Sarah e a velha para que ambas entrassem logo no cubículo. Os três saíram pela portaria da clínica surpreendidos por um sol imenso, a pino, esquecidos de que o sol já estava ali desde antes, na chegada. Sarah soube imediatamente o que fazer, ao contrário da velha; abriu a bolsa e pegou seus óculos escuros, aqueles antigos e de gatinha para que Vicente os vestisse e não se ofuscasse. Sarah fez Vicente vestir as gatinhas por cima dos óculos de grau enquanto tentava conseguir um táxi. Foi uma sorte que Sarah estivesse lá para chamar um carro e também para empurrar as pernas de Vicente e da velha para dentro. Os três se sentaram no banco de trás e o envelope branco e gigante teve que ir sozinho no banco da frente.

Essa velha ainda se lembra de que em alguns momentos daquela viagem de táxi os três passageiros viam a cidade pela janela, a paisagem ao redor, e às vezes reconheciam as ruas nas quais já tinham vivido tantos episódios. Mas numa curva adiante eles de repente olhavam pela janela e já não sabiam onde raios estavam, sem achar nada de reconhecível do lado de fora, nada de familiar ou íntimo.

O motorista tomava as decisões sobre o trajeto, dirigindo em meio ao silêncio no banco de trás. Ele virou em uma rua incomum onde só tinha largura para passar um carro por vez. Havia uma Kombi parada bem no meio do caminho vendendo ovos e anunciando por um alto-falante que aqueles eram os ovos frescos e especiais da cidade, e excepcionalmente naquele dia ainda estavam em promoção, uma sorte. O motorista do táxi, com um dos cotovelos para fora da janela, assoviou para o vendedor e fez sinal de que queria uma bandeja com trinta ovos. Olhou pelo retrovisor para os passageiros no banco de trás e disse que sua mulher fazia quindins tão maravilhosos que se dependesse dele nenhum ovo que entrasse em casa se tornaria outra coisa que não quindins, ele disse isso e salivou um pouco. Sarah levantou as orelhas, ficou pensando nos quindins da mulher do taxista e murmurou que talvez pudesse ter esses quindins na sua loja de biscoitos, se eles fossem assim tão bons mesmo. Sarah não falou nada sobre seus pensamentos ao taxista porque naquela viagem com o grande envelope ela não queria nem podia falar de negócios, não, o assunto dos negócios sempre a deixava feliz e animada e ali não era hora para ficar animada, ela já estava prestes a ficar animada, mas voltou atrás.

O motorista encorajou os passageiros em relação aos ovos, que não deixassem de comprar uma bandeja porque os ovos daquela Kombi eram realmente muito bons e muito grandes. Vicente, sentado no meio, foi quem recebeu no colo a grande bandeja para levar para casa. O motorista pediu para que ele tomasse cuidado, por favor bastante cuidado nas curvas para não deixar cair nenhum ovo durante a viagem porque nada arruína mais o dia de trabalho de um taxista do que cheiro de ovo espatifado, nada é pior que isso, ele disse.

A mulher de Vicente precisava fazer xixi e aquela era uma hora muito ruim para isso. Ela devia ter ido ao banheiro ainda na clínica, mas ao sair do consultório da doutora ela não soube como carregar o envelope e lidar com a bexiga ao mesmo tempo, não soube como pedir para Vicente não sair correndo do prédio e por isso prendeu o xixi.

Mas no táxi o xixi deixou claro que não poderia esperar mais, que ele ainda estava ali e precisava sair o mais rápido possível. Quando a mulher deu por si já estava urinando no banco de trás do táxi, e Vicente logo sentiu o líquido se tornando presente e morno embaixo de suas pernas também. Ele soube de imediato do que se tratava, soube sim, e quis dar a mão àquela sua velha para dizer que estava tudo bem, mas não pôde fazer isso porque segurava firme a bandeja de ovos. Vicente não lhe deu a mão, mas depois usou seu moletom para secar o banco de trás antes que o motorista percebesse algo, e essa parte deu mesmo muito certo porque o táxi seguiu viagem normalmente depois que os três passageiros desceram, e nem mesmo o cheiro dava para sentir, ao menos não com as janelas abertas.

Assim que chegaram em casa, Sarah fez ovos mexidos para aqueles dois. A amiga preferida foi gentil o suficiente para fazer os ovos com bastante manteiga, recheando duas canoas de pão. Depois passou um café e serviu duas xícaras açucaradas para Vicente e a velha. Comeram em silêncio, limpando a gordura dos lábios na toalha de mesa.

Sarah continuou sendo gentil naquela tarde ao, de um minuto para o outro, se distrair com a faca de serra e abrir um lanho no dedo. O dedo desabrochado de Sarah demandou providências tremendas e rápidas por cima da toalha xadrez. Vicente agarrou o dedo desabrochado com as próprias mãos e então pressionou bem forte para tentar conter o sangue que jorrava, ele apertou e apertou usando a toalha em auxílio. Uma velha que se lembra disso debaixo da cama não saberia dizer ao certo quanto tempo levou para que o sangue estancasse nem quantos panos de prato foram usados quando a toalha xadrez ficou encharcada demais. O fato é que só depois de algum tempo foi possível tirar os panos de cima do dedo para então limpar tudo com água oxigenada e mercúrio.

Os dois amigos envolveram o dedo de Sarah com toda a gaze que tinham no apartamento, intuindo que só mesmo um curativo grande e exagerado poderia impedir que uma parte grande da amiga preferida voltasse a vazar pelo buraco. Fizeram tudo isso enquanto consolavam Sarah, que chorava todo o tempo e urrava tentando sacudir o dedo machucado. Consolavam aquele choro que não parecia pertencer apenas a uma das extremidades da amiga, mas sim a uma parte maior dela, um local interior e invisível onde não se podia tocar para pressionar ou pôr um curativo.

Sentada na cadeira da cozinha, Sarah encostava a cabeça no peito de Vicente e deixava que o dedo fosse apertado pela velha, mas não sem protesto, não sem se lamuriar e chorar por minutos inteiros inventando vogais imensas, como as aves. Aqueles dois faziam o que podiam, mas um pouco atrapalhados e preocupados de que Sarah se engasgasse com todas aquelas vogais e que, de repente, além de salvá-la do dedo aberto, ainda fosse preciso salvá-la de um engasgo severo, aquilo sim seria mais complicado, afinal qual deles seria capaz de salvar uma amiga engasgada justo naquele dia, qual deles reagiria a tempo?

Puseram Sarah para dormir na cama deles e ficaram rodeando a querida amiga enquanto ela pegava no sono. Fizeram isso e só depois tomaram um banho.

Já era noite quando acharam que era hora de telefonar para a filha para contar como havia sido o dia, com certeza despertando-a no oceano superior para dar a notícia do dedo desabrochado de Sarah, dos tantos panos de prato ensanguentados e das aves que saíram pela boca da amiga. Contaram isso e depois puderam mencionar para a filha as coisas que estavam ditas no envelope branco, tudo aquilo que estava previsto para o corpo de um certo pai, o homem que havia tantos anos era uma voz firme e doce que atravessava o telefone rumo a um par de orelhas no estrangeiro. Contaram tudo para ela e então, a pedido de Vicente, voltaram a falar das aves.

Hoje, terça-feira, a tal filha ainda não telefonou para a velha mãe no apartamento. A velha já se levantou e tomou os remédios de maneira correta, aparentemente, e fez ainda um queijo quente que não deu muito certo porque o queijo estava passado. Comeu tudo e tomou leite.

Essa velha desconhece o que a filha que mora longe possa estar fazendo de tão importante que a impeça de apanhar o telefone e chamar a mãe que já a aguarda. Essa filha que chupou dedo até os treze anos, várias vezes ela é imprevisível para essa mãe. E outras vezes é como a mão dessa velha, uma parte do seu próprio corpo que ela quase sempre sabe aonde está indo, em geral não muito longe. Por mais que a velha não queira bisbilhotar a vida da filha, por mais que essa jamais seja sua intenção, o que acontece é que todas as noites ela tem alguns sonhos específicos que contam o que a filha está fazendo lá onde mora. A velha não pede aos sonhos que façam isso, mas basta que feche os olhos para eles começarem a entregar por si mesmos o que acontece no estrangeiro.

É verdade que os sonhos podem ser um pouco nublados e povoados demais, algumas vezes, mas no meio da neblina eles avisam onde a filha está e por que se atrasa para telefonar para o Brasil. Não raro há danças de salão nesses sonhos, às vezes com música bem alta. Ser alertada sobre tudo isso é ótimo para uma velha mãe no oceano inferior, é muito conveniente porque assim ela não precisa se sentir tão ansiosa ou perdida sobre a falta de telefonemas, pelo menos ela já sabe com quem a filha anda, que tipo de companhia é predominante em seus dias.

A velha descobre que a filha sabe dançar um pouco, vê que ela dança mais ou menos bem, mais ou menos bonito, embora ainda tropece vez ou outra nas pernas de seu par na hora do giro. Esse homem, seu par, ele é sempre o mesmo, o da barba grisalha. Já apareceu tantas vezes nos sonhos dessa velha que ela logo o identifica, mesmo que ele fique o tempo todo de costas ou então apareça sem cabeça. Às vezes os sonhos da velha fazem esse tipo de coisa, poupam trabalho omitindo a cabeça das pessoas que ela já reconhece.

O problema é que ultimamente a velha tem tido algumas questões para dormir, ela se deita e logo cochila, mas desperta a cada pequeno ruído que entra pela janela. Os ruídos impedem os sonhos de acontecerem como eles gostam, sem interrupção, eles se chateiam de serem cortados e então simplesmente se apagam ou desistem do assunto. Talvez saiam à procura de outra velha com uma filha que mora longe, afinal elas são muitas e estão por toda parte. Se não dorme, se fica com os olhos arregalados para o teto, a velha passa a madrugada sem sonhos e sem nenhum aviso sobre a agenda da filha, nenhuma nesga de informação.

Em seu continente a filha tem sobre a cama de casal em que dorme uma manta de crochê que a velha comprou em Minas Gerais, uma manta realmente muito bonita e muito pesada que faz a cama parecer o melhor lugar do mundo para um humano e um cachorro se deitarem. Sobre essa manta ainda está o mesmo travesseirinho que a filha ganhou quando era apenas uma bebê e ainda dormia no Brasil. O travesseiro foi junto com a filha para outro oceano quando ela partiu. Por sorte ela não levou o álbum de bebê nem as fotografias de infância, uma velha fica aliviada por isso, porque assim pode abrir as gavetas e então se reencontrar com aquela filhinha no tempo em que ela possuía apenas dois dentes.

Por alguma razão a filha permaneceu fiel a esse travesseirinho em todas as fases de sua vida, inclusive na pré-adolescência, quando o usava para encobrir os olhos enquanto chupava o dedo. A filha já estava envergonhada de chupar dedo naquela idade, mas não podia resistir, afinal o dedo estava sempre perto demais, o dedo era uma tentação que não se afastava nunca e isso dificultava as coisas. A filha chupava o dedo com toda ânsia e delírio, mas encobria os olhos com o travesseirinho para que ninguém de casa soubesse quem era a pessoa ali embaixo, revirando os olhos.

A filha que mora no oceano superior não gosta nada de que a velha ainda se lembre desses acontecimentos e muito menos que mencione tantos detalhes. Mas a verdade é que a filha só parou de chupar o dedo e de carregar o travesseirinho para todos os cantos porque de uma hora para outra ela quis beijar a boca de um rapaz da escola, ela quis muito beijar aquela boca e então tomou providências. O tal rapaz era bem mais alto do que a filha e também dois anos mais velho. Os beijos seriam bem mais difíceis, a filha avaliou por si mesma, se além de ter que ficar na ponta dos pés ela ainda tivesse o polegar quase sempre no meio do caminho, ocupando a passagem.

A filha pesou suas vontades e também seus êxtases e decidiu que melhor seria parar de chupar o dedo para que então a língua do rapaz tivesse mais espaço de ir e vir. Fez isso e o beijou na ponta dos pés, e até gostou muito de conhecer a textura daqueles lábios, mas logo sentiu uma vertigem, uma coisa rara e desconfortável, e precisou interromper tudo para não desmaiar ou vomitar. O rapaz achou aquilo esquisito e bizarro, a menina com cara de enjoo no meio do beijo, e a filha também achou aquilo esquisito e bizarro, e por isso não quis mais saber de rapazes.

Até hoje a menina do travesseirinho e a filha que mora longe ainda cabem uma dentro da outra, embora às vezes o espaço fique um pouco apertado. Muitas vezes a filha se atrapalha um pouco, por mais que já seja uma mulher grisalha e experiente, ela se esquece de contemplar a menina do passado e age como se não precisasse mais desse tipo de companhia. Não raro a velha mãe precisa ajudar a filha a se reencaixar internamente, a arrumar as coisas de modo que a menina não fique de fora, alheia, sumida embaixo de camadas.

Ser uma velha mãe pode se resumir a isso muitas vezes, uma velha supõe, se tornar uma oferecedora profissional de lembretes. Já não há obrigações, tampouco responsabilidades e muito menos mamadeiras ou equivalentes, não, tudo isso ficou para trás e agora o papel da mãe se modifica e se redesenha. Você conhece tão bem o assunto *filha* que considera a si mesma uma especialista. Não sabe quase nada sobre a profissão dela, é verdade, sobre essas coisas que ela faz todos os dias envolvendo planilhas. Tudo isso está à parte de seus conhecimentos maternos, mas não importa, porque afinal a profissão é uma casaca que essa filha só foi vestir bem mais tarde. A profissão é uma cobertura extra, postiça, embora demande muito a atenção e o tempo dela. É ali embaixo dessa casaca que está a filha que uma velha mãe conhece perfeitamente, a humana sem camadas ou MBAs. Os MBAs mostram tantos gráficos que logo fazem as filhas se esquecerem das coisas mais simples, elas podem responder rapidamente a cálculos com x e y, mas se esqueceram de carregar junto de si a vida dos afetos. É nesse momento de esquecimento que entra a velha mãe, a profissional dos lembretes, pronta a oferecer ajuda à desmemoriada.

Já faz vinte minutos que a velha aguarda o telefone tocar. Ela estaria tranquila se não fossem essas meias ridículas e irritantes que está vestindo hoje. São as suas melhores meias, as mais novas, mas se embolam a todo momento dentro da pantufa. A velha tem vontade de ficar descalça, mas a filha insiste muito para que sua mãe esteja sempre com os pés cobertos; diz que velhas sem meias ficam mais gripadas do que velhas com meias, que isso é científico. É muito difícil confrontar a filha quando ela fica assim, científica.

Ainda não são nem dez da manhã e a velha já está com aquela sensação de novo, de que existe uma pessoa espionando o apartamento. Não é de hoje que ela tem certeza de que alguém bisbilhota sua vida de velha, ela quase pode sentir os olhos acompanhando tudo bem de perto. É como se no prédio da frente um sujeito observasse cada um dos seus passos, há muitos anos. Ela não sabe dizer por que esse alguém se interessa tanto por uma velha comum, não sabe o que tem a oferecer a um espião profissional. Bem, ao menos ela acha que se trata de um profissional. Às vezes, quando o dia está muito nublado e a janela do apartamento fica encoberta pela névoa, a velha sente que o espião aproveita para dormir um pouco ou então para fazer um lanche. Deve ser cansativa a vida de um espião, é o que a velha supõe. Ela sabe tão pouco sobre ele, na verdade não sabe nada. Pressente que seja uma grande pessoa, admirável, ela pensa, um sujeito que usa binóculos especiais comprados em dólar. Algumas vezes a velha se esconde para trocar de roupa ou para fazer outra coisa mais embaraçosa, mas logo depois faz questão de ficar bem à vista em todos os cômodos, afinal ela tem grande respeito pelo trabalho de quem bisbilhota sua vida dessa maneira, como um estudioso.

Finalmente o telefone está tocando. Ainda bem que isso aconteceu antes de o espião ir embora por falta de acontecimentos. A velha toma um susto e quase engole inteiro o pedaço de bananada que estava na boca. A filha por sua vez também leva um susto porque a velha já está na linha antes mesmo que o primeiro toque chegue ao fim.

No estrangeiro dessa filha já é de tarde e então ela explica a razão por ter se atrasado para telefonar. Diz para a mãe que deve haver alguma coisa errada com seu corpo hoje, ela só pode estar doente porque do nada está se sentindo gelatinosa e incapaz e talvez até um pouco desaparecida. A mãe está ouvindo? Pela manhã não se sentia assim, quando acordou achou que estava até um pouco bem, não totalmente bem, mas um pouco, tanto que se levantou e lavou o rosto e comeu uma torrada com geleia. Como a geleia era de morango a filha pensou naquele instante que o futuro seria bom, talvez ele pudesse ser bom sim, apesar de tudo.

A velha mãe escuta calada, sabe que é mais fácil para essa filha ser honesta quando não há interrupções. Só depois a velha pergunta se os sintomas gelatinosos estão mesmo espalhados pelo corpo inteiro, ou se por acaso eles não estariam concentrados em um lugar mais no alto e mais próximo do peito, espremidos somente ali nesse ponto central. A filha escuta atentamente e primeiro fica em silêncio, e então a mãe também fica em silêncio. Elas se comportam como se estivessem conversando na plataforma de um trem, e com a chegada do comboio precisassem se calar para encontrar em algum bolso o tíquete de embarque.

Do outro lado da linha a filha leva os segundos de que precisa para procurar pelo tíquete e então puxa o ar com força como se o trem estivesse no fundo do oceano, naufragado, e para embarcar fosse necessário um longo mergulho. Ela está prestes a afundar a cabeça quando diz à velha mãe que não sabe o que fazer com isso que está em seu corpo nesse momento, essa coisa que não é doença, dor, coceira, algo a atacar com comprimidos ou pomadas. O que a filha sente agora tem outra qualidade. *Co-*

mo eu vou fazer se eu morrer, mamãe?, ela finalmente formula, *E o pior, como eu vou fazer se sobreviver?*

A filha explica que nesta tarde seu corpo a informou pela primeira vez que de agora em diante ele se sente muito mais chegado à humanidade, ele está mais próximo do que nunca de todos os outros corpos comuns, em todas as variações, está íntimo dos demais humanos como jamais supôs ser. A filha olha para esse seu corpo que sustenta um telefone e diz que se o visse pendurado em um cabideiro, digamos, em meio a outros corpos, ela não saberia como distingui-lo de tão idêntico que é aos demais. Se ao menos houvesse um capuz ou uma fivela ou uma etiqueta singular que permitisse dizer que aquele ali *é o seu...* se algo desse tipo existisse nos cabideiros a filha ficaria menos perdida.

Ela diz que a partir de hoje pode tirar do cabideiro qualquer um desses corpos pendurados, vesti-lo pela manhã e então passar o café e comer a torrada sem que seja estranho começar o dia com o corpo de outra pessoa, por engano. A mãe segue ouvindo. Esse corpo que ela possui no oceano superior, de repente ele se descobriu colado a todos os demais corpos mundiais, e também aos seus pais e filhos, afinal estão evidentes dois sentimentos em comum atravessando as células, o medo e a esperança.

A filha está bebendo um chá ou outra coisa quente que a obriga a assoprar a borda da xícara para sugar aos golinhos, e então ela diz à velha mãe que a partir desta tarde seu corpo jamais voltará a se sentir único ou isolado ou específico, ele jamais se sentirá distinto dos demais humanos, afinal eles têm agora essa vivência em comum, eles resistiram até agora à ameaça exterior e nisso são idênticos. Ainda que a filha viaje para o limite do mundo e lá encontre línguas incompreensíveis e hábitos ímpares, ainda assim ela terá a certeza de que por trás de todas as diferenças haverá em comum aquilo que se sentiu, o medo e a esperança.

A velha mãe escuta tudo e mal se mexe no sofá, evita movimentos bruscos ou ruidosos mesmo que sua mão esteja formigando para sustentar o telefone. O assunto já é grande o suficiente para uma velha imóvel, imagine se ela precisar se ajeitar toda hora. O que a mãe no oceano inferior sabe é que sua filha está bem acostumada a coincidir com *uma parte* da humanidade, isso ela consegue fazer há algum tempo e até com certa desenvoltura. Mas não é mesmo muito fácil de repente ter que coincidir com a humanidade *inteira*, esse é um problema novo para essa filha, um problema que não cabe em sua bolsa. Ela mal teve tempo de se preparar, não passou por um curso, tampouco por aulas on-line. Ela faz essa descoberta por si mesma somando as partes e se assustando com as descobertas.

A princípio a filha com MBA pensou que aquela fosse uma questão matemática, que a descoberta da semelhança entre os humanos pudesse ser elucidada por cálculos que lhe explicariam tudo sobre a origem comum. Ela correu para apanhar uma calculadora e ficou com os dedos sobre as teclas por algum tempo, imaginando como poderia calcular a similaridade, como fazer afinal essa pergunta aos números.

Ela conta tudo isso para a velha com uma voz estranha e um jeito esquisito de pronunciar cada palavra. Parece falar com um ovo na boca, se esforçando para que ele não escorregue goela abaixo. Constatar a humanidade inteira é mesmo algo grande demais para essa filha, sem ajuda ela não conseguirá sentir tudo isso sozinha. A filha se atrapalha um bocado porque agora todas essas ideias imensas, as esperanças, as coincidências, elas precisam passar pelo pequeno funil localizado em seu peito, e há o risco de o assunto entalar uma filha. A humanidade pode se extinguir a qualquer momento, isso a filha já sabia desde antes, porém agora, estranho, isso inclui pela primeira vez *ela mesma*, ela também está no alvo e precisará sumir junto com a humanidade mesmo estando tão bem escondida em um apartamento europeu.

Em sua janela estrangeira a filha se sente reduzida, tão reduzida que é como se a vida de todos os dias, a vida comum tivesse virado uma curva em alta velocidade e a filha ainda fosse apenas uma criança que ficou para trás com seu velotrol no conserto. De uma hora para outra ela sente que só tem uma casca de adulto, uma camada bem fina de pele na qual mergulha agora buscando saber o que ainda existe de recheio confiável. Preferiria se manter distraída com a TV ou com o telefone, como sempre fez, mas agora esses entretenimentos não funcionam como antes, portanto só lhe resta coincidir de bom grado com os outros humanos do planeta, inclusive aqueles dos quais discorda.

A filha trancada em sua casa estrangeira percebe que nesses meses seu corpo tem cheiro de manteiga, não, ele tem cheiro de manteigueira, de vassoura, de bucha, cheiro de tomada, de fios, de teto e de rejunte, de rodapé, maçaneta, colchão e gaveta. A filha cheira à casa e por sua vez a casa também cheira à filha, e por isso fica mais difícil saber qual delas seria a camada exterior, o envoltório, e qual delas seria o conteúdo. Ela se sente perdida e diz que não sabe como agir de uma hora para outra como uma casa, não faz ideia de por onde começar uma empreitada tão grande e por isso esbraveja pedindo tempo, um pouco mais de tempo para se preparar. Aí está uma filha que não compreende que não há mais tempo, que ela já está em queda livre e por um erro do instinto segue preocupada justo com o que não importa, o preparo, o resultado, como se durante a queda tivesse uma sacola de limões nas mãos e sua única preocupação fosse não se afastar das frutas, não largar a sacola, ainda que arriscasse perder os dentes por cair de mau jeito. A filha que cai está prestes a se quebrar no pouso e mesmo assim pede tempo para garantir que nenhuma fruta saia rolando para longe das mãos.

Ela se atrapalha para carregar suas descobertas, precisa de tempo para compreender os assuntos e é assim desde sempre. A mãe se lembra perfeitamente de uma filha ainda mocinha morando no oceano inferior e se aproximando da vida sem desenvoltura, precisando pisar por cima das pedras que já haviam sido pisadas e testadas por outros para evitar erros muito grandes. Fez aulas de percussão, por exemplo, porque a um bom amigo fazia tão bem andar pela rua com um tamborim que não havia jeito de o instrumento não fazer o mesmo por ela; depois jogou handebol no ginásio da escola porque suas amigas suadas pareciam irresistíveis; e depois estudou astrologia porque uma vizinha do apartamento parecia fazer um bom dinheiro com aquilo. Nenhum dos temas lhe apetecia diretamente, mas mesmo assim a filha se lançava sobre eles com uma crença oculta de que algo no caminho a ajudaria a chegar mais perto de si mesma, apalpando a existência aos poucos.

Não era muito espontânea na tal tarefa de existir, ainda mais quando era preciso existir todos os dias. Mas não entrava em pânico nem saía por aí correndo aos berros, não, ela apenas controlava os braços e imitava o que os outros faziam — gestos, gostos, velocidades. Os humanos ao redor pareciam mais preparados, mais firmes e assuntados do que ela quanto à vida comum e portanto imitá-los parecia o mais certo a fazer. Foi gentil imitando os gentis e amorosa imitando os amorosos, foi esperta imitando os espertos e ágil também. Tentou imitar os temperados, mas nisso não foi tão próspera. Escolheu atentamente suas turmas, e nisso essa filha foi realmente muito astuta porque assim teria sempre bons exemplares humanos por perto, gente com recursos para serem imitados em caso de urgência.

Quando suas amigas começaram a ser mães, a velha se lembra muito bem desse caso, primeiro a filha ficou tremendamente aflita com aqueles bebês nos braços, incerta de que poderia se emocionar com eles como suas amigas se emocionavam, ou de que conseguiria se envolver, se entregar e amar aqueles pequenos como seria esperado de uma mulher como ela. Se esforçava e queria saber onde estava aquele sentimento, onde ele residia e em que parte poderia ser encontrado. Como amar *bem*? — era o que a filha se perguntava com uma criança já nos braços, tentando distinguir o bom do mau amor, enquanto oferecia a chupeta.

O amor por uma criança era uma coisa tremenda para imitar, a filha descobria, a mais árdua das imitações e ainda assim ela se dispôs a isso sem pensar muito, afinal não partia do zero. Foi esperta e usou um tipo de amor que já conhecia, um molde, para então desdobrar outro amor, um novo por extensão. Amava aquelas amigas e por isso conseguiu fingir amar de imediato também aqueles bebês, ainda que não fosse um amor espontâneo e totalmente à mão. Fez isso sem planejar e sem julgar o sentimento fingido, sem desqualificá-lo em relação ao original. Observou com atenção e então imitou os gestos maternos e femininos, atuando como se tudo aquilo não passasse de algo muito natural e fluido e pressentido também para si mesma: oferecer a chupeta, embalar o pacote junto ao peito, balançá-lo na velocidade ideal, amar com os braços para que então a mente e o coração tivessem uma parte do corpo liderando o projeto. Não deixou jamais de visitar esses bebês e de lhes dar colo, ainda que no fundo tivesse medo de não conseguir amá-los tão cedo, ou não de uma maneira simples, como se esperava.

Mas da parte das amigas também existiam alguns medos, por fim, e então quando a filha as visitava elas podiam falar sobre isso, do medo de que os bebês desaparecessem, de que sumissem de seus berços, de uma hora para outra. Aquele era um medo sem explicação e sem lógica, mas que para a filha era muito familiar; quanto ao medo do desaparecimento ela não precisou fingir nem imitar absolutamente nada, nisso ela foi espontânea e muito íntima, sabendo perfeitamente a que as amigas se referiam.

Vicente e a mulher observavam à época o procedimento adotado pela filha e não estranhavam aquilo nem um pouco. Ao contrário, achavam interessante e muitas vezes delicioso olhar para ela e de repente ver a qualidade de um terceiro que eles também amavam, e que admiravam, como se estivessem reconhecendo os resíduos de outros amores num corpo de filha. Às vezes percebiam a presença de Sarah, de uma tia ou de uma prima, todas transparecidas na maneira como a filha usava as mãos ou como dizia certas coisas. Aquele ser que a filha era no momento estava tão ciente sobre sua falta de recursos que por vezes se adiantava avisando aos envolvidos: *Vou imitar isso em você.* E então retornava para a vida com um recurso a mais nos bolsos.

Por conhecer tão bem essa filha imitadora que mora em um oceano superior, a velha mãe intui que nesse momento precisa lhe oferecer algum tipo de socorro ao telefone, algum tipo de ajuda eficiente e comprovada contra os sintomas que a afligem. Ela deve estar se perguntando por onde anda o humano a ser imitado nesse momento, aquele que tem instrumentos específicos que funcionem como um cajado na travessia. Ela não sabe por onde começar a procurá-lo e por isso age como um pêndulo, indo e vindo somente pela força do movimento.

A velha então diz à filha com uma voz bem baixa que o problema do qual ela se aproxima não deve ser apenas o medo de tropeçar, o medo de morrer, mas também o medo de não voltar a ser alegre. Isso sim é o que está apavorando essa filha, a mãe explica, o horror de não conseguir retornar à alegria de antes, aquela que de alguma maneira diz respeito a todos os humanos simples, ainda que não ao mesmo tempo.

A filha supunha que o bem-estar e a alegria fossem estacas que jamais deixariam o mundo sair rolando desgovernadamente para órbitas desconhecidas, mas agora percebe que eles são mais como gravetos que estremecem com o peso do planeta. Os humanos como essa filha, inexperientes em matéria de ameaças exteriores, eles tremem junto com o mundo e começam a duvidar se será possível fugir da melancolia em algum tempo em breve, romper com a desesperança e o desencantamento — e só de pensar nessas coisas já se sentem mais apavorados do que ao pensar na morte em si.

A velha mãe aguarda solidária em seu lado da linha, faz silêncio para ver o que acontece. Enquanto ainda equilibra o ovo dentro da boca, a filha raciocina e diz que sabe a que mãe está se referindo, acha que sabe. Quando ainda vivia no oceano inferior e ainda brincava o Carnaval, a filha ia para as ruas e pulava a folia sentindo justamente a chegada da humanidade na avenida, a grande humanidade, a maior, ela diz. Existiam os refrãos cantados juntos a plenos pulmões, a alegria geral, as serpentinas, os desconhecidos se abraçando em nome da festa. Eles eram milhares e tão diferentes entre si, mas como sabiam sentir juntos a mesma alegria, os mesmos sentimentos descomplicados e por vezes sem nome, era como se finalmente tivessem chegado ao lugar pelo qual procuraram por tanto tempo, um lugar em comum.

É a isso que a velha mãe está se referindo?, a filha quer saber, ao medo de que esse tipo de alegria falte aos humanos?

Essa minha filha estrangeira, às vezes ela chora ao telefone, embora disfarce para que eu não perceba. Ela já ensaiou inúmeras vezes em sua mente o momento em que telefonará para o oceano inferior sem que ninguém atenda do outro lado, e assim ela fica sabendo que, pronto, agora a velha morreu. Só de fazer esses ensaios mentais a filha chora, e o choro também é um pouco como um ensaio, de como será por fim o choro de uma pessoa sem mãe.

O que eu queria mesmo era que essa filha pudesse surgir hoje no apartamento trazendo consigo o seu amor, aquele com quem ela teve que fugir anos atrás para ter uma vida plena, sem mentiras ou subterfúgios. O amor da filha é o mesmo há muitos anos, há mais de quatro décadas, um sentimento que precisou aprender a falar duas línguas. Aí está um amor que mora bem longe da família, uma sorte. Alguns amores precisam que os parentes fiquem longe para que possam esticar os braços e se sentir à vontade, realmente à vontade. É mais fácil para eles existirem quando os parentes não estão por perto.

Eu sei quase tudo sobre esse amor porque o vi nascer e mesmo depois que ele foi para longe a filha seguiu informando sobre ele ao telefone. Às vezes ela diz, *Hoje a menina está mal, tem dor de cabeça*, e então eu sei que *a menina* é o seu amor e que ela precisa de uma Novalgina. A filha não chama a menina pelo nome, nunca chamou, ela apenas diz, *A menina está te mandando um beijo*, ou então, *Hoje a menina comprou tomates enormes*, e então eu já imagino uma menina de cabelos grisalhos carregando muitos tomates na bolsa de feira que eu dei de presente.

É claro que a menina tem um nome, um nome composto, inclusive, que herdou da bisavó ou da avó, algo assim. Mas por escolha da filha esse é um nome que fica sempre guardado, talvez porque ela sinta que toda vez que disser em voz alta *Maria de Lurdes* uma coisa muito importante estará exposta e desprotegida no mundo.

De vez em quando a menina também fala comigo. E eu sempre gosto de conversar com ela, mesmo que pouco, porque ela surpreende e me trata de igual para igual, e não como se eu não entendesse mais das coisas, ou como se eu fosse um pouco boba, ou como se precisasse de ajuda para olhar o mundo de agora. A menina considera que o mundo de agora também é meu mundo, tanto quanto dela ou de qualquer outra pessoa, e isso é interessante. Algumas vezes isso significa que ela fala comigo sobre assuntos sobre os quais eu não entendo ou dos quais nunca ouvi falar, e eu gosto assim, deixo por isso mesmo e finjo que entendi e então nós duas ficamos satisfeitas por termos conversado tão francamente uma com a outra.

Desde quando as duas ainda viviam perto de nós, a menina tomava Novalgina porque sua cabeça latejava o tempo inteiro, mesmo que estivesse no meio de uma festa de aniversário com bolas e doces. Sua cabeça não distinguia onde ela estava e perdia a chance de relaxar um pouco. A menina perguntava aos donos da festa se eles tinham um comprimido, e se por acaso fossem nossos parentes eles logo faziam um bico porque achavam ruim ter que parar de servir fatias de bolo para procurar por Novalgina.

Uma vez um parente me perguntou se a filha e sua menina eram namoradas e se elas faziam sexo, disse isso e me mostrou a língua quando fez a pergunta. Talvez ele tivesse receio de que eu não compreendesse a palavra sexo sem a presença da língua. Eu respondi que sim, que por sorte elas faziam sexo, e mostrei a língua para ele também. Como a minha língua era bem maior ele ficou estupefato.

Às vezes, quando estamos ao telefone, digo coisas para essa filha e peço que ela conte imediatamente tudo para a menina também, que conte da mesma maneira que eu contei, sem alterar os fatos ou emitir opiniões, porque de nós três a menina é a única que tem uma memória lisa, sem escamas. Eu e a filha não sabemos como fazer isso, muitas vezes nós só conseguimos nos lembrar dos acontecimentos enganchados em nossas emoções e vereditos, e então se a menina está lá ela escuta o que estamos conversando e nos chama de loucas, diz que não foi nada disso que aconteceu e em seguida apenas relata a coisa pura, como uma sequência simples de eventos. É para isso que a filha e eu precisamos da menina, entre outras coisas, para termos quem consultar no futuro para saber a verdade.

Desde quando essas duas ainda eram novas, elas saíam da escola juntas e vinham direto para o apartamento para comerem meu macarrão no almoço. Elas escutavam com toda atenção as histórias que Vicente e eu contávamos, entre uma garfada e outra de espaguete. Contávamos detalhes para que elas soubessem exatamente em que país viviam, do que ele já tinha sido capaz de fazer aos seus habitantes. Era estranho para elas que aquele país cheio de dias de sol e de pessoas alegres e com muitas frutas fosse o mesmo do qual estávamos falando, era estranho que o mesmo país pudesse se contradizer tanto. Falávamos sobre o que tínhamos vivido, nós e os companheiros queridos, sobre os perigos, aquilo que sempre pode se repetir e voltar a acontecer quando não estamos atentos ou quando achamos que tudo está garantido. Alertávamos às duas para que não cometessem o erro de achar que resistir era uma tarefa esporádica, ou algo do passado. Dizíamos tudo isso antes que a comida acabasse, com um pouco de pressa, como se alguém fosse entrar pela porta a qualquer instante para impedir a clareza do assunto.

Fomos nós quem relatamos à filha e àquela menina que então era apenas sua amiga de escola que naquele passado de apertos alguns de nós desaparecemos pelo caminho, assim como o tempo também desapareceu enquanto brigávamos para poder desfrutá-lo. De início achávamos que o tempo não morreria jamais, que ele nos recompensaria logo adiante, elástico e caudaloso, porque afinal a briga havia sido nobre e necessária, inevitável e legítima. Éramos jovens e como jovens costumávamos pensar que estavam garantidas as parcerias com o tempo. Mas por fim o próprio tempo desconhecia o que todas essas coisas significavam, a necessidade, a nobreza, a legitimidade, a juventude, essas palavras não lhe diziam respeito.

Servíamos um refrigerante para as duas e contávamos que alguns de nós havíamos morrido, assim como também haviam morrido estudantes, políticos, toda sorte de gente, e até a luta já havia morrido um pouco também, a seu modo. E de todas essas mortes, àquela altura a que mais nos preocupava era a morte dos fatos, dos acontecimentos concretos pertencentes à história. Temíamos que nós e nossas memórias fôssemos algo tido como incerto, duvidoso, registros em que não se podia confiar. Sabíamos que o perigo era de que, com a partida de nosso corpo, estivesse partindo também o cenário onde tudo se deu, os figurinos, as falas, a plateia, as testemunhas, todas as provas de que aquilo aconteceu de uma maneira específica e terrível.

Nosso corpo tinha vontade de esquecer o terrível, é claro que tinha, e vontade de viver livremente, isso ainda mais, se lançando em parques de diversão e na feitura de crianças, nos festivais de música, na praia, nas férias, nas eleições, no ano-novo, nas coisas novas e simples. E portanto já estava evidente que a memória não precisaria sobreviver apenas aos mortos, mas também ao esquecimento dos vivos, dos entretidos. Era preciso recordar a todo momento do que a tirania era capaz, pôr as coisas por escrito e entregar esses escritos como herança para as gerações futuras, mesmo que depois disso comprássemos tíquetes para a roda-gigante e nos fartássemos de pipoca.

Dizíamos isso às meninas e lhes entregávamos uma corresponsabilidade tardia: ainda que elas não tivessem vivido o passado, e que não tivessem posto seu corpo à prova, ainda assim elas herdavam de nós, ali mesmo, as resistências que atravessam o lapso do tempo. Precisávamos de garantias de que nossas filhas e netas e bisnetas saberiam se lembrar de todos aqueles ocorridos, e também narrá-los, mesmo que depois elas fossem morar longe e jamais precisassem fugir ou se esconder em um subsolo. Elas ouviam e confirmavam o recebimento da herança, e por isso Vicente e eu já podíamos morrer tranquilos, se quiséssemos, ou então sair um pouco para encontrar divertimento na rua ou no cinema. Havíamos arranjado quem portasse nossa memória sem perdoar nenhuma vírgula, com conhecimento inclusive do nome dos envolvidos, e tudo isso nos dava o direito de morrer com tranquilidade ou então de ir à praia.

Antes de ir para o quarto estudar, a filha e sua menina pediam que contássemos mais uma vez *aquela história*, e então já sabíamos muito bem a que se referiam. Pegávamos na cozinha uma sobremesa, uma goiabada cascão cortada em pedaços, porque sabíamos que era importante ter algo nas mãos enquanto falávamos do assunto. Na presença da goiabada teríamos que fazer pequenas pausas para lamber os dedos, e justo esse ruído daria ao momento uma qualidade mais úmida e informal.

Aquela história se referia a Lili & Édina. A filha queria saber qual delas era mesmo a loira de cabelo curtinho, como se esse fosse o detalhe importante, e então dizíamos que era a Lili, a Lili era a que tinha os cabelos curtos, embora no fim ambas tivessem.

Lili era aluna do supletivo da escola e trabalhava em um salão de manicure varrendo o chão e passando café e pondo água quente nos potinhos em que as clientes mergulhavam os dedos. Na aula ela se sentava sempre perto da porta, logo na primeira cadeira, não porque fosse boa aluna e sim porque queria se escafeder da sala na primeira oportunidade. De uma hora para outra olhávamos para a cadeira e Lili já havia sumido sem que tivéssemos nos dado conta. Ia para a igreja que ficava no mesmo terreno da escola. A escola era católica e o padre, um homem rechonchudo e vindo da Bahia, logo fez amizade com todos os alunos e por isso lotava a igreja a cada missa. Todo mundo gostava de ouvir aquele padre falando em ritmo baiano, *Cordeiro de deus que tirais os pecados do mundo*, eram pecados diferentes e cordeiros diferentes daquele jeito.

Lili se mandava para a igreja porque lá dentro podia namorar escondida, e em paz, podia dar uns beijos em Édina sem que ninguém ficasse chocado ou curioso ou inclinado a fazer uma denúncia. Ela cruzava o pátio interno da escola e entrava pela porta lateral da sacristia graças a um truque que o padre havia lhe ensinado para abrir a fechadura sem alarde. Não havia missa durante a semana e por isso qualquer ruído dentro da nave da igreja criaria um eco tremendo, era importante andar na ponta dos pés e não deixar nada cair no chão, o padre pedia a Lili, especialmente moedas, porque moedas costumam ficar escandalosas em igrejas. Ela entrava em silêncio pela porta e ia para um dos bancos lá dos fundos onde já estava Édina à sua espera, também em silêncio, também orientada pelo padre e sem moedas no bolso.

Antes de tudo elas se ajoelhavam e faziam o sinal da cruz, faziam por educação e por simpatia, já que não sabiam muito bem como cumprimentar os santos, achavam que o sinal da cruz era um alô geral. Depois disso já podiam dar as mãos uma para a outra e se acariciar um pouco nos braços, e então se beijavam cuidando de não estalar as línguas.

Era a mesma coisa todas as noites, menos aos sábados e domingos porque nesses dias o padre rezava a missa. Lili & Édina iam à missa porque o padre baiano lhes dizia que não tinha problema nenhum *alguém* pecar, desde que esse mesmo *alguém* pedisse um pouco de desculpas logo depois. Ouvir o sermão durante a missa era como pedir desculpas a Deus, era um meio de a pessoa dizer a Ele que sentia muito. A pessoa sentia muito e por isso ficava acordada o sermão inteiro.

Lili & Édina não estavam preocupadas com os pecados, mas iam à missa porque o pai de Lili proibia a filha de ir a qualquer parte, ela não podia se encontrar com amigos ou ir a lugares com música e muito menos dançar ou sair à noite, mas ir à igreja ela podia e então era lá que ela e Édina aproveitavam para passar mais tempo juntas. Se sentavam lado a lado sem suspeita, tocando os dedos uma da outra em cima do banco. Édina vestia sempre uma jaqueta jeans sobre o vestido, encobrindo dois peitos recém-brotados e alimoados. Aquela era a única maneira de Lili se sentir mais perto desse corpo que brotava e se desenvolvia, e por isso as duas meninas jamais pareceram tão religiosas quanto naquele tempo.

Ninguém entendia muito bem por que o padre baiano lotava as missas enquanto nenhum outro padre conseguia coisa parecida. Era estranho que as pessoas precisassem rezar juntas de uma hora para outra, ainda mais adolescentes. Isso chamou a atenção e o padre baiano foi convocado para uma entrevista com o diretor da escola. Ele quis parecer à vontade com o diretor, enturmado, e por isso perguntou se já tinham lhe contado a história do professor Wallace com a Brigitte Bardot. Aquela era uma ótima história, pitoresca, o padre disse, e comprovava que os professores eram tão bons naquela escola que até amizades internacionais eles tinham. A entrevista não durou nem dez minutos e depois disso a igreja foi fechada por suspeita de proteção a delinquentes.

Para Lili & Édina o problema não era a igreja fechada, e sim que de repente elas não tivessem mais um lugar onde namorar e se acariciar nos braços. Foi então que Lili pediu ajuda à professora de redação para ter aulas particulares, aulas de reforço, afinal ela sempre teve dificuldades para escrever, foi o que ela disse ao pai, e também para ler mapas. O pai não se importava nem um pouco que a filha escrevesse mal, mas sim que ela ao menos soubesse ler os mapas para que um dia fosse aceita no colégio militar. Autorizou as aulas de reforço com Vicente e deixou que Lili usasse o carro da família, assim ela não teria desculpas para se encontrar com outras pessoas no ponto do ônibus.

Lili apareceu para a primeira aula no apartamento já trazendo a tiracolo Édina e também o padre. Ainda bem que naquele dia tínhamos bastante comida em casa. O padre comeu dois pratos cheios e depois teve que soltar um pouco a fivela do cinto para conseguir respirar melhor. Ele fingia não saber nada sobre Lili & Édina e nós também fingíamos mais ou menos a mesma coisa, e ainda assim acabaríamos todos presos caso alguém descobrisse a verdade.

Todas as terças-feiras as meninas vinham juntas ao apartamento. Lili não tinha carteira de motorista ainda, mas como só havia arranhado o carro uma ou duas vezes na marcha a ré, seu pai disse que ela podia dirigir desde que só andasse para a frente. Ela buscava Édina no caminho, estacionava na nossa garagem, bem ao lado do Chevette de Vicente, e então as duas ficavam lá dentro por cinco ou dez minutos aproveitando para dar uns beijos.

Vicente e eu fazíamos uma jarra de limonada e fingíamos não ouvir os ruídos de beijos na sala, fingíamos não ouvir as confidências e agíamos como se não estivéssemos dando conselhos, tampouco ideias de como elas poderiam namorar escondido. O assunto saía misturado às regras da gramática e aos mapas da Amazônia, confundindo assim um possível espião que estivesse por perto. Seria muito difícil para ele distinguir o que fazia parte da aula ou não, o que era geografia ou não, seria mesmo difícil apontar onde estava o crime.

Mas então um dia as duas chegaram trêmulas e esbaforidas ao apartamento porque algumas amigas parecidas com elas haviam sido flagradas e capturadas e deixadas por horas em um lugar subterrâneo, um lugar que nenhuma delas sabia dizer direito onde era. Quando reapareceram, essas meninas semelhantes a elas tinham a cabeça raspada e falavam alguma coisa sobre passar adiante um recado. O mesmo aconteceria com todas aquelas garotas, especialmente com as que achassem que poderiam andar na rua assim, de mãos dadas.

As meninas disseram que o tal subsolo parecia um cartório repleto de papéis e arquivos e carimbos e bolos de dinheiro, e disseram também que havia outras meninas lá dentro e que todas tremiam enquanto tinham a cabeça raspada. Lili disse que o chão do tal subsolo era uma montanha de cabelo, uma verdadeira montanha de meninas anteriores — era isso que elas haviam escutado. Contaram o acontecido a Vicente e à mulher e puseram as mãos na cabeça, por intuição, checando o que ainda estava lá.

A filha e sua amiga escolar ouviram a história de Lili & Édina dezenas de vezes e sempre ficavam espantadas com os detalhes, e mais ainda com o fato de que pessoas do nosso passado pudessem ser tão parecidas com as pessoas que elas mesmas eram, jovens, apaixonadas e ainda por cima frequentando a mesma mesa de jantar no apartamento. Ficavam espantadas de que nós, seus pais, já conhecêssemos o que elas estavam sentindo, o amor entre duas meninas, e que para nós nada daquilo fosse novidade.

Elas nos perguntavam onde estavam Lili & Édina àquela altura, para onde teriam ido, coisa que nós não sabíamos muito bem. Em algum momento Lili arranjou um Fusca, um pouco antes de Vicente ir para seu subsolo petropolitano, e então ela e Édina colocaram dentro do carro água e cobertores e alguns sanduíches e se mandaram por estradas em que pudessem dirigir apenas para a frente, sempre para a frente. Pelos nossos cálculos, os sanduíches durariam mais ou menos cinco dias, talvez dez se elas conseguissem comer pouco e devagar. Aqueles eram os únicos pães que tínhamos no apartamento no dia da fuga, aqueles eram todos os nossos pães.

A velha pensa em todas essas meninas e, na janela do apartamento, ainda se espanta de que garotas e gaivotas saibam desde sempre como fugir em bando, elas sabem muito bem como fazer isso, com ou sem Fuscas. Elas se levantam e partem como missionárias coordenadas, num rompante, levando no abdômen um rádio que sintoniza os chamados que vêm de longe. A velha espiona com atenção esses bandos pela janela e logo vai à cozinha para buscar alguns pães, para esmigalhá-los e oferecê-los a quem está de partida. Ela gosta muito de alimentar quem está de partida, essa velha, de ajudar com provisões sempre à mão. Seu coração se acelera pelo que está por vir, pelo que há no futuro das gaivotas e das meninas e dos bandos, ele se acelera com o que pode existir adiante.

A filha e sua menina terminavam o copo de refrigerante

com ânsia, engolindo sem pausa, e então se esforçavam para prender dentro da boca o gás que voltava do estômago. Se levantavam da mesa de almoço num arroubo, em sincronia, catando a mochila e se mandando para o quarto. Passariam a tarde estudando para uma prova inexistente de ciências, e no meio dos estudos aproveitavam para se beijar um pouco, ainda desajeitadas, sem saber o que era preciso fazer com a língua para que os beijos parecessem crescidos, propositais. As línguas não apareciam tanto nos beijos dos filmes e elas só tinham os filmes para imitar na ocasião, ou os filmes ou os pais, e quem acharia uma boa ideia imitar os pais nesse assunto? Diferente de quando havia beijado aquele outro rapaz, o alto, com essa amiga a filha não se sentia enjoada. A amiga poderia enfiar a língua na boca da filha logo após o almoço, se quisesse, que ela não se incomodaria nem um pouco com isso, pelo contrário, ela se sentiria muito bem e muito confortável com aquela presença.

Foi em companhia da língua da amiga que a filha começou a ouvir pela primeira vez suas vozes interiores, às vezes em frases inteiras e bem explicadas. A mãe daquela filha não ouvia as mesmas vozes do lado de fora, mas percebia que algo estava acontecendo, porque de repente a menina parava de se mover, abaixava a cabeça e tentava se concentrar em alguma coisa que chegava do lado de dentro. A filha precisava colar o ouvido na entrada dessa gruta interior e esperar pelo que vinha. A voz interna soava tão frágil e tão pequena ainda, era uma voz iniciante e o menor movimento poderia espantá-la ou adiá-la, duas coisas que a filha não queria que acontecessem.

Por sorte ela não foi boba quanto à sua voz interior, nem mesmo quando a voz falou tão perto de seu ouvido que pareceu até mesmo ser o próprio ouvido precisando de um cotonete para ajustar o volume. A mãe bem que a avisou que depois de um tempo as vozes poderiam começar a falar alto demais, agitadas e com pressa, precisando de calma por parte de uma filha para entender afinal qual seria o assunto em questão.

A voz interior confirmava os sentimentos da filha pela amiga escolar, confirmava a chegada de uma amiga especial e íntima, alguém com acesso a uma porção nova da menina, uma porção única. A filha concordava com essa voz e por isso já não sabia o que fazer para não desejar aquela companhia para além das provas de ciências, para além do uniforme e das matérias, a filha não sabia como não desejar a amiga o tempo todo. Desejava a amiga como uma humana deseja uma humana, ou como um bicho deseja um bicho, ou uma fruta deseja uma fruta, e agora só precisava se ambientar com essa simplicidade.

Que sorte de uma velha poder escapar a essa altura para o lugar remoto onde a filha ainda é uma garota, é delicioso estar *lá* no passado onde elas estiveram juntas, onde seus corpos de mãe e filha estiveram próximos e isso muda o aspecto da lembrança. A velha se sente animada e até sua um pouco. Às vezes mente para si mesma e requalifica os acontecimentos, mesmo que não planeje isso, a princípio. O que foi um drama pode deixar de sê-lo se a velha estiver bem-humorada e suada o suficiente, é interessante ver como isso acontece. Ela até perdoa algumas pessoas, especialmente se essas pessoas já estiverem mortas. É mais fácil perdoar os mortos do que os vivos nessas lembranças, afinal os mortos despertam muita benevolência, já os vivos nem sempre.

Se o espião que mora do outro lado da janela tivesse afinado os binóculos alguns anos antes, teria chegado a tempo de bisbilhotar um casal neste apartamento, Vicente e Natalia juntos, e não apenas uma velha. Ele teria gostado muito disso, afinal quem não gosta de bisbilhotar casais fazendo as coisas que eles fazem, quem não gosta de ver a vida acontecendo pela janela em tempo real. A velha desconfia que para ser um bom espião alguém precisa mesmo ter um espírito um pouco fofoqueiro, por isso tem esperanças de que seu observador particular seja alguém desse tipo, com uma curiosidade inconveniente e peculiar.

É bem verdade que depois de alguns meses observando o casal haveria o risco de o espião supor que já sabia o bastante sobre aqueles dois, trabalhando com a previsibilidade e a rotina que se repetia. Talvez ele achasse que poderia até mesmo voltar para casa, se quisesse, e inventar de lá mesmo o resto do relatório, à distância, tamanho o domínio sobre os gestos possíveis dentro do apartamento.

Mas o que ele não conseguiria prever é que Vicente e aque-

169

la mulher, eles eram rebeldes, não apenas professores e pais, mas uns rebeldes, e por isso não admitiriam a condescendência de um espião. Quando ele menos esperasse, lá estariam os dois produzindo acontecimentos novos e luminosos, impensáveis e quem sabe perigosos também.

Naquele tempo o espião poderia observar, por exemplo, como ali estavam pessoas capazes de equilibrar uma à outra, mas também de desequilibrar uma à outra, sendo as duas coisas, o equilíbrio e o desequilíbrio, sempre íntimas. Por sorte eram muito bons em fazer pactos, aqueles dois, sempre foram especialmente bons nisso, mesmo que por vezes não soubessem com clareza com o que estavam lidando. Se faziam boa companhia, Vicente e a mulher, e quando por algum motivo deixavam de fazê-lo esperavam apenas que os dias se passassem para então checarem mais adiante o saldo de uma distância. Davam um voto de confiança para o afastamento, ainda que não saíssem do mesmo quarto. Podia ser estranho para quem olhasse de fora, era mesmo estranho e incômodo que dois humanos pudessem ser íntimos e cúmplices e que dentro de tudo isso ainda ficasse resguardada essa coisa tão louca, o amor junto ao cansaço do amor.

Aqueles professores espiados pela janela, eles já estavam maduros e davam então menos aulas do que antes. Sentiam *a coisa* se aproximando pé ante pé, uma diminuição de seus espaços na escola, uma queda de sua força e de sua presença. Jamais acharam que isso pudesse acontecer a eles, o envelhecimento, jamais pensaram que isso era algo que atingiria a todos, e não apenas *aos outros*. Se tornaram os professores mais velhos e praticavam o salvo-conduto de tratar os alunos um pouco como filhos, ainda mais se sua própria filha tivesse se mudado para longe em algum momento. Certo dia perceberam algo raro e novo começando, esquisito e novo, um tratamento por parte dos colegas mais novos como se eles, os velhos, fossem a partir de então café com leite, crianças, humanos enrugados e graciosos que não deviam ser levados tão a sério, apesar das honrarias nos eventos de fim de ano.

No apartamento de Vicente e da velha já não havia àquela altura uma filha, essa filha existia, é claro, mas em outra parte do mundo, talvez já no oceano superior ou em outra paragem intermediária. É difícil se lembrar de todos os detalhes quando ninguém ajuda. Aquele homem e aquela mulher estavam então quase aposentados, sozinhos em todos os cômodos e já não precisavam mais se assemelhar a um pai e uma mãe, já não se exigia deles esse papel a não ser por telefone e raramente. Não tinham mais de se esforçar para manter a filha viva e saudável e educada e limpa, não, essa parte atarefada e suorenta do trabalho já estava feita.

Além de não precisarem mais se parecer com os pais de uma filha, agora não precisavam nem mesmo se parecer com professores, trabalhadores, assalariados, ativos, aparentemente o mundo decidia não solicitar mais nada deles e, portanto, eles estavam livres para serem outras coisas sem credenciais, e isso deveria ser uma boa notícia.

De repente a velha ficou irritada porque Vicente envelhecia bem diante de seus olhos e Vicente também ficou irritado porque a velha envelhecia bem diante de seus olhos, não havia um acordo sobre qual deles havia começado a envelhecer primeiro e ambos aproveitavam para ter o direito de culpar alguém. De uma hora para outra surgia entre os dois um espírito competitivo, um espírito estranho e silencioso para medir quem ainda tinha vigor ou astúcia, quem teria mais razão sobre o envelhecimento súbito e irritante do outro. Sem que debatessem ou combinassem nada, decidiram de parte a parte tomar medidas extremas, inesperadas até mesmo para um espião que perdia a oportunidade de estar de binóculos do outro lado da janela.

Sem alarde, Vicente passou a dar suas poucas aulas diárias na escola pela manhã, e ao sair de lá ia direto para um lugar específico que não o apartamento da pequena família. Alguém atento começaria a perceber a ausência incomum do homem para o almoço, mesmo nos dias em que havia comida fresca e sobremesa. Ele passava algumas boas horas no tal lugar indeterminado e depois, voltando à casa, parecia a um só tempo alheio e entusiasmado, revigorado e sorridente para quem o observasse de fora, com um sorriso do tipo privado. Entrava pela porta da cozinha e espiava se havia alguém na sala, e então, sem fazer muito barulho, ia direto tomar um banho e se esfregar com bucha.

Uma velha não pode dar mais detalhes sobre o que de fato estava acontecendo com Vicente naquelas tardes porque o curioso é que ela mesma tampouco estaria em casa para o almoço ou para ver o homem entrando de fininho.

A mulher, ela também partiria para outro canto depois de dar suas aulas na escola. Vicente e ela se trancavam cada um a seu modo em lugares em que pudessem fazer coisas que não fossem anotadas por ninguém, coisas inesperadas e até arriscadas para a idade que tinham, e por isso mesmo urgentes.

Fechavam a porta de um quarto alugado, cada um em uma parte da cidade, o velho na companhia de uma velha amiga, e a velha com o pai de um ex-aluno, o César, aquele que era médico, e assim suavam aos pares em novos casais, contentes em desfrutar de boas amizades em quartos de aluguel. Não se pode dizer que tenham planejado aquilo como uma fuga ou uma vingança, nem mesmo que medissem bem os riscos. Se sentiam como as pessoas que não podem comer açúcar, e que sabem muito bem disso, mas um belo dia vão a uma festa e nessa festa, pronto, de maneira abrupta e casual e fria enfiam brigadeiros na boca.

Era tudo bem simples. Não precisavam de muito mais do que algumas paredes eficientes, sólidas, esconderijos que os vedassem do mundo e que ofertassem uma cama mais ou menos confortável, um sofá (opcional) e de tempo para poderem exercitar os beijos que costumam ser chamados de *clandestinos*. A velha não gostava dessa palavra e tampouco Vicente, teriam escolhido outra caso tivessem debatido o assunto.

Foi mesmo curioso e enternecedor para os quatro envolvidos, para os novos e provisórios pares, poderem fingir desenvoltura e tranquilidade ao viverem tardes tão livres, simulando com algum esforço a naturalidade dos gestos, da dança afinal muito conhecida, mas dessa vez adicionada de alguma insegurança, de tremor e nervosismo.

Alguns deles preferiram a princípio fazer tudo aquilo sem despir a camisa, mantendo o pano como margem de segurança para o caso de mudarem de ideia e precisarem sair correndo de uma hora para outra.

Aquele velho e aquela velha saíam da escola e sumiam por algumas horas ficando bem longe do radar um do outro, e depois, tão logo ressurgiam no apartamento, tratavam de ir direto tomar um banho, cada um em seu tempo, recuperando o cheiro do sabonete de sempre. Esquentavam o macarrão e comiam como de costume e depois liam na cama como de costume, sem mencionar nada quanto ao novo assunto. Apenas uma vez foi preciso mentir para a filha que ligou perguntando pela mãe, onde estaria afinal sua mãe que não em casa àquela hora?, e por isso foi preciso dizer que a mãe estava no médico, ela estava em uma consulta de rotina com um especialista, o que não foi de todo mentira.

Graças às tardes suadas e privativas, Vicente e a velha de repente dispunham de um espírito juvenil em casa, uma juventude curvada, porém notável. Passavam o café ouvindo Chico Buarque e eram pegos em flagrante satisfeitos com o nada, envolvidos pelo aspecto do amor nas letras, animados com coisas incomuns, como a chegada das segundas-feiras. Evitavam comentar sobre os novos elementos presentes na casa e no armário e no banheiro, a colônia almiscarada, o bigode aparado, o sutiã de renda, a nova camisa polo, o lápis de olho, o hidratante para as mãos, ou teriam que se reapresentar um para o outro como estranhos, como novos amigos repletos de vivências e energias individuais, retornados de uma longa viagem.

Talvez os encontros tenham durado um par de meses, talvez um pouco mais do que isso. Foi tempo suficiente para que o verão chegasse e para que o período letivo terminasse, e então Vicente e aquela professora aventureira estavam aposentados de vez, mais presentes do que nunca dentro do apartamento.

Como era verão, disso uma velha ainda se lembra muito bem, não deveria ser tormentoso manejar o tempo que sobrava, eles pensavam, a falta completa de afazeres, o fim das aulas, o fim dos encontros a portas fechadas. Era o primeiro verão dos aposentados e tudo parecia um bocado com as férias, ou um grande feriado, o calor, o descanso, o ânimo. A estação quente concorria para que tudo parecesse estranhamente próspero e esperançoso à frente, tudo poderia acontecer, eles sentiam, surpresas, acontecimentos em toda esquina estimulados pelo tempo livre.

Os dias amanheciam quentes e ensolarados, e as duas coisas deixavam Vicente e Natalia absortos e animados a um só tempo, animados por dentro, ainda que do lado de fora estivessem suados e rastejando à procura de qualquer frescor. Levantavam a blusa até o peito para que o ventilador refrescasse a barriga, e depois se deitavam no chão da cozinha, no piso frio, como cachorros. Tomavam cerveja em lata durante a tarde, suco de caju, limonada, evitando a todo custo o suco de maracujá, embora fosse o preferido de Vicente. Se sucumbissem ao preferido, semimorreriam durante as horas seguintes, cochilando perto de dois ventiladores e deixando a filha preocupada ao telefone com a saúde e a pressão baixa de dois aposentados no verão.

Passaram o primeiro mês sem pensar em nada, sem fazer planos, gozando da largura do tempo como se de fato estivessem de folga no bojo da aposentadoria. Mas o primeiro mês se passou e o segundo mês se passou e nenhum deles desejava mais estar de folga, não era necessário descansar tanto assim. Parecia estranho não se aprontar de manhã, não olhar no relógio, não reger a tomada das horas pelo sinal de começo e fim das aulas. Parecia estranho e até errado compreender a vida a partir de outra coisa que não o trabalho.

A mulher se apressou em agir como alguém aposentado e cheio de afazeres domésticos, e Vicente por sua vez seguiu adiante como alguém aposentado e tateando a parede e a TV, sem encontrar uma vontade específica pelos dias. O homem se distraía subitamente, numa hora estava conversando sobre algo que implicava toda a pequena família, e no segundo seguinte se ausentava, embarcado em si mesmo ou em um espaço impreciso ao qual ninguém tinha acesso. Entrava em um mundo próprio, enigmático e impenetrável, e enquanto isso a mulher ao seu lado poderia escolher entre seguir falando com ele como se ainda fosse ouvida, ou apenas se calar à espera de que o homem retornasse de dentro dos pensamentos. De qualquer maneira se mantinha ali, perto de Vicente, para ouvir o homem dizer sempre a mesma frase ao voltar a si minutos depois, *Que bonito isso, que bonito*, sem que ela pudesse saber exatamente a qual beleza ele estava se referindo.

Ao fim dos dias anotavam uma ou duas páginas no diário, embora não houvesse muito para anotar, nenhum grande acontecimento. Em hipótese nenhuma um leria o diário do outro, aqueles dois respeitavam desde sempre suas fantasias íntimas e não apenas as sensuais, mas todas as outras. Poderiam, por exemplo, mentir às páginas do diário, se quisessem, mudando ou exagerando uma parte da memória. Quem visse os dois com a caneta na mão anotando coisas poderia reparar, se usasse binóculos, que de repente eles paravam de respirar no meio de uma anotação fantasiosa, prendiam a respiração por alguns segundos e então, se essa fantasia sobrevivesse àquele tempo, o da próxima inspiração, eles a respeitariam ainda mais.

Nos momentos duros ou estranhos ou pontiagudos da vida dos dois, talvez eles preferissem não conversar muito, não dizer muitas palavras e em vez disso apenas transar. Transar um pouco tristes, endurecidos, pensando no que havia acabado de acontecer, naquelas perdas, naqueles sumiços, nos fins, usando a transa e o gozo como um remo no lugar das angústias. Transavam quando não tinham ideia de qual seria o próximo passo, ou de como fariam para lidar com aquilo que mudava e que ficava para trás, chorando se fosse preciso e transando desse lugar mesmo, de choro e tristeza. Começavam a se acariciar e apertar e a se esfregar ainda que os corpos não estivessem sintonizados com os pensamentos, faziam como um gesto de fé. Se pusessem os músculos à disposição por alguns minutos, agindo como trabalhadores, em breve a mente seria obrigada a acompanhar os acontecimentos.

Acordavam pela manhã com o lençol cobrindo metade do rosto, apenas os olhos de fora, e por alguns segundos tinham a esperança de que a solução e a misericórdia pudessem chegar de outro alguém, um terceiro mais hábil, mais interessante e pronto para apontar o caminho. Pensavam em seus ídolos, no que eles fariam se estivessem em seu lugar naquele momento, como reagiriam aos assuntos e circunstâncias que exigiam mudança e desprendimento e adaptação. Acreditavam ingenuamente que esses ídolos, claro, eles saberiam reagir de maneira impetuosa e energética e criativa, transformando de pronto o assunto em uma pesquisa, quem sabe, em uma obra de arte, quem sabe, uma bengala ou um bastão de beisebol. Tinham vontade de arranjar papel e caneta e então escrever a esses sujeitos fabulosos pedindo aconselhamento e opinião urgentes para dois humanos, iniciando uma correspondência em fascículos.

Nem consideravam que, naquele mesmo tempo, uma velha avalia, os próprios ídolos também pudessem enfrentar algo semelhante, cheios de dúvidas e paralisados na própria aposentadoria ou na rara produtividade, esperando que de outra parte do mundo, quem sabe dos mosteiros, surgisse a instrução definitiva. Talvez nem eles estivessem a salvo desse tipo de suspensão — a do envelhecer, esmaecer, pausar, mas quem poderia supor, quem?, que nem mesmo os ídolos soubessem muito bem o que fazer nesse instante, que nem mesmo os gênios dispusessem de uma resposta?

Há uma pequena parte do organismo dessa velha que é sustentada por sua aposentadoria de professora, talvez as pernas, os pés e as unhas; mas todas as demais partes, do tronco para cima, são sustentadas pelo dinheiro que a filha manda do estrangeiro. Não fosse esse dinheiro a velha estaria, vejamos, dando aulas de redação ou fazendo doces ou lavando roupa para fora, talvez todas essas coisas juntas.

O dinheiro da filha a poupa de fazer isso e a velha por sua vez guarda tudo o que pode para conseguir repassar uns bons trocados às suas conhecidas que não têm filhas como a dela, com salários valiosos, e por isso ainda precisam dar aulas de redação e lavar roupa para fora. Elas se arriscam a ser devoradas pela ameaça exterior enquanto carregam trouxas de roupa pela cidade, dentro dos ônibus. A velha pretende perguntar à filha o que poderia ser feito para tornar seu dinheiro estrangeiro multiplicável, muito multiplicável, volumoso o suficiente para que elas pudessem socorrer algumas de suas conhecidas, quem sabe todas elas e também as desconhecidas, mulheres com rosto tão semelhante ao delas e penduradas em ônibus por toda parte. Essas mulheres semelhantes usam roupas com capuz para proteger suas orelhas do frio pela manhã, e é muito estranho que isso aconteça nas primeiras horas do dia, justamente quando mãe e filha ainda podem estar de camisola, é estranho que essas camisolas não precisem ter capuz e ainda assim as suas orelhas permaneçam quentes.

A filha tem dinheiro o bastante para comprar geleias todo mês e por isso não se importa de ajudar a velha mãe. A velha mãe tampouco se importa em ser ajudada, mas muitas vezes ela se deita para dormir e não consegue pregar os olhos, acaba pensando, pensando no que deve passar pela cabeça da filha quando ela por sua vez perde o sono no oceano superior. Ela deve imaginar que a velha pode morrer a qualquer momento, sim, e ela pode; já a filha não pode, ela não pode morrer de repente ou sem dar um aviso prévio ou então o que seria de sua mãe no Brasil sem o dinheiro importado.

Deve ser isso que a filha contempla quando perde o sono na madrugada, ela deve arregalar os olhos na cama e perceber essa falta de direito que ela tem, a falta do direito de morrer espontaneamente e sem se planejar antes.

A filha ao telefone diz que precisa desligar mais rápido esta tarde porque em seu oceano superior já passa muito da meia-noite. Ela toma a bênção da mãe e a mãe também lhe toma a bênção, assim como faziam desde que a filha morava perto. Aquela mãe do passado tomava a bênção da criança e a criança achava engraçado e divertido ter que abençoar uma pessoa tão maior do que ela. Trocavam beijos à beira da cama e aquilo era o mesmo que dizer *Eu amei você hoje*, ou então o mesmo que dizer *Eu existi com você hoje*, e depois dessas confirmações elas estavam liberadas para dormir tranquilas. Hoje se sentem liberadas para desligar o telefone.

Essa filha que ouvia vozes na adolescência tinha pressentimentos desde bem pequena e naquele tempo esses pressentimentos eram chamados por ela de *fantasmas*. Os fantasmas continuam fazendo companhia à filha lá em seu oceano superior e a velha fica agradecida por eles terem ido junto com ela para o estrangeiro, eles foram generosos em deixar o Brasil mesmo tendo de viver longe de seus parentes, os demais fantasmas nacionais.

A filha empacotou quase tudo quando partiu de mudança, menos a língua portuguesa, achou que não precisaria mais dessa língua lá longe, naquele estrangeiro, e sobre isso ela estava errada desde sempre. Ela levou seu próprio tempo até descobrir que o mundo poderia oferecer milhares de verbos e ainda assim alguns assuntos só poderiam existir na língua natal de alguém; você poderia se afastar o quanto quisesse, mas ao esbarrar em um desses assuntos logo perceberia que, veja só, só recorrendo ao português para sentir algum alívio.

Os fantasmas se adaptaram ao estrangeiro, mas continuam falando em português com a filha, pelo menos é isso o que a velha acha. Como essa filha já é bem experiente na presença dos fantasmas, ela sabe identificá-los e distingui-los e tem até mesmo preferências entre eles. Gosta mais dos azuis e dos violáceos, aqueles que andam devagar e não derrubam as coisas enquanto se movem. Em geral eles são muito educados, a não ser os intrometidos, esses são os únicos que deixam a filha irritada. Ficam gagos de ansiedade e isso é ruim porque então a filha também acaba se tornando um pouco gaga por influência.

Ela jamais gostou de fofocas, ao menos é o que diz, e por isso nunca conta a ninguém o que ouve de seus fantasmas. Só conta se eles pedirem que faça isso, eles dizem *Conte isso à fulana*, e então ela conta.

Alguns anos depois de se mudar de mala e cuia para o oceano superior, a filha recebeu um aviso direcionado à velha mãe e então telefonou para casa com a mensagem do fantasma róseo, foi assim que ela o identificou, como o *róseo*. Esse fantasma disse que aquela mãe deveria ficar de olho em seu peito, bem de olho no peito esquerdo. Devia mesmo levar aquele peito ao hospital e colocá-lo nas mãos de um médico. A velha mãe ficou muito brava ao telefone quando recebeu o recado do tal róseo, quem era ele para saber de um peito que não era seu. Ela disse para a filha ao telefone que aquele fantasma não devia ter checado direito seus papéis, caso contrário teria lido que uma mãe como aquela, com uma filha recém-mudada para longe, devia estar poupada por um bom tempo de qualquer tipo de desagrado, ainda mais ali no peito. Isso com certeza estaria escrito nos papéis que o fantasma não leu. A mãe disse tudo isso para a filha e desligou o telefone muito brava para ir até o espelho apalpar os dois peitos com atenção.

De fato, o que aconteceu foi que aquela mãe encontrou uma coisinha do lado esquerdo, uma coisinha que nem sempre esteve ali. O fantasma da filha tinha mesmo razão, havia alguma coisinha esquisita e então ela e Vicente debateram juntos o que fazer, como abordar um peito avariado. Decidiram levar os peitos ao consultório de César, do dr. César, afinal não havia motivo para não recorrer a alguém que eles já conheciam, e que saberia como dizer coisas sobre aqueles peitos aos poucos, sem pressa.

César era famoso à época por fazer o que nenhum outro velho fazia, ele corria e nadava e subia montanhas, coisas que deixavam os demais velhos espantados e um pouco aflitos. Sendo um humano tão saudável ele devia saber das coisas, foi o que Vicente e a velha pensaram, e então permitiram que aquele saudável César apalpasse e analisasse os peitos da maneira necessária, com as próprias mãos.

Na ocasião, o saudável dr. César manuseou os peitos de uma maneira específica e profissional, e não como alguém que já havia apalpado tudo aquilo algumas décadas antes em quartos privados. Ele fez tudo isso muito bem e se comportou como se aqueles quartos do passado jamais tivessem existido, e ainda acendeu uma luz branca e feia para que ninguém tivesse dúvidas de que aquilo que funcionava ali era um consultório médico.

Debaixo da luz branca ele tratou os dois peitos como se agora eles tivessem adquirido outra qualidade, sendo partes avulsas e independentes do corpo da mulher, passíveis de serem desatarraxadas e enviadas a uma oficina, se necessário. O saudável dr. César estava tendendo a concordar com o fantasma róseo, ele ajeitava o lençol na maca fazendo que sim com a cabeça, levando aquela velha a se distrair um pouco ao ver aquele homem ajeitando o lençol embaixo dela. Ela ficou confusa porque até então aqueles peitos tinham sido inofensivos e agradáveis, era a primeira vez que se tornavam um elemento perigoso e arriscado para ao menos uma das pessoas naquele consultório.

O dr. César disse que a velha já podia se vestir e enquanto isso mudou um pouco de assunto e perguntou como estava a filha do casal, por onde andava a garota, e ao saber que ela havia se mudado para longe disse que aquilo era uma coisa magnífica, e falou de maneira tão entusiasmada que Vicente e a velha não tiveram opção senão concordar com ele. Contou então que seu filho, Eduardo, ex-aluno da velha, havia se envolvido com negócios que incluíam caminhões e ônibus e carros de transporte, coisas assim, com rodas e prósperas, e Vicente e a velha o felicitaram por isso.

Foi César quem operou aquela mãe algumas semanas depois, e tentou salvar seu mamilo, sem sucesso, e também tentou de tudo para salvar ao menos uma parte do peito esquerdo, mas quando abriu e olhou lá dentro achou que era melhor jogar tudo fora, tudo mesmo, até os cantos. Quando a velha acordou da anestesia, Vicente e César estavam esperando por ela, no quarto, ambos aos pés da cama, e a visão dos dois homens juntos foi tão alucinógena para a velha quanto a ausência de um dos peitos.

Ainda no hospital ela começou a sentir umas dores bem fortes, bem fortes mesmo no corte da cirurgia, e as enfermeiras disseram que tudo aquilo ia passar em alguns dias, era preciso ter paciência, e então ela teve paciência. Mas os dias se passaram e ela continuou sentindo as mesmas dores fortes, e dessa vez as enfermeiras disseram que tudo ia passar assim que ela tivesse alta, era preciso um pouco mais de paciência, mas por fim ela teve alta e foi para casa e as dores não passaram. Não era exatamente uma dor no corte, na costura, mas sim uma dor espalhada ali por trás do peito ausente, em direção às costelas. Às vezes aquela mãe precisava chorar por uns minutos para aliviar a dor chata, ela era realmente tão chata que não deixava a velha dormir nem ver a novela em paz.

O dr. César prescreveu comprimidos e mais comprimidos e além disso sugeriu àquela mãe sem peito que usasse a partir de agora uma almofadinha de silicone dentro do sutiã, uma espécie de peito almofadado, para que o buraco embaixo da roupa ficasse menos visível olhando de fora. Com o peito almofadado a velha não precisaria mais trincar os dentes de nervoso ao olhar para baixo e perceber o vazio, isso ajudaria a dor a passar mais rápido, o doutor considerou.

A paciente avaliou o peito almofadado nas mãos, apertou, cheirou, apertou de novo e achou esquisito o cheiro de tutti frutti, era a primeira vez que ela e Vicente viam um peito com cheiro de bala. O doutor também apertou a almofadinha para demonstrar sua consistência, defendendo o peito tutti frutti como um peito profissional e com a melhor consistência do mercado, muito similar à consistência de um peito médio e real. Ele garantiu a durabilidade da peça, afinal era o maior especialista em peitos entre os presentes.

Para aquela mãe a tal almofadinha parecia mais estranha do que o peito verdadeiro e ausente, mas o doutor defendeu que aquele volume ajudaria a velha a retomar a vida sem sentir vergonha de nada, sem constrangimento, usando todas as roupas assim como fazia *antes*. Mas a mãe não compreendeu muito bem essa parte, a da vergonha, afinal por que ela se envergonharia de ter tido um peito recolhido para análise, não havia motivo para se embaraçar quanto a essa natureza de alguns peitos. A mãe sem peito estava com muitas drogas analgésicas na cabeça e ainda tinha uma faixa bem apertada em volta do tronco, mas achava que não mudaria de ideia sobre a tal almofada tutti frutti, e não mudou mesmo, o efeito das drogas passou e ela seguiu concordando consigo mesma.

A velha havia se tornado uma mulher com apenas um peito, ela ficou capenga de uma mama ao mesmo tempo que ficou capenga de uma filha, a que havia se mudado para longe, e desde o começo essas duas coisas se ligaram na sua cabeça, a mama faltante e a filha faltante. Ela teve durante uma grande parte da vida duas mamas por perto e uma filha também por perto, e por alguma razão não pensou que essas coisas mudariam de ideia a respeito de sua companhia, muito menos as duas ao mesmo tempo. Tampouco imaginara que um mamilo pudesse um dia se tornar um traço longo e costurado, assim como uma filha pudesse se tornar um telefone na sala. As coisas sempre podem surpreender uma mãe.

Aquela mãe levou uns bons meses para reaprender o equilíbrio do corpo, para fazer curvas sem esbarrar nos móveis e andar na rua sem pender para um dos lados. Muitas vezes ela custava a sair da casa porque tinha a sensação de que estava esquecendo alguma coisa bem importante, algo fundamental como a sombrinha ou o documento de identidade, mas por fim não era nada disso e sim o peito faltante que confundia a velha, e então ela tinha que sair para a rua mesmo sem ele para se acostumar a isso.

Aquela velha não sabia muito bem com quem se aconselhar sobre o assunto, alguém que compreendesse o que era viver sem uma parte do corpo, e então decidiu que seria uma boa hora para começar a imitar os gatos sem rabo da rua, seus velhos conhecidos, ou os gatos com rabo curto demais. A velha já havia observado que esses gatos andavam apenas pelos cantos, e nunca no meio da rua, porque assim podiam se encostar na parede caso perdessem o equilíbrio de uma hora para outra. Eles se encostavam e assim evitavam capotar.

Não era a primeira vez que ela se sentia semelhante a um gato e também não era a primeira vez que Vicente se sentia íntimo desse gato dentro de casa. Eles não se estranharam e por isso foi fácil quando precisaram se despir um diante do outro com algumas coisas faltando aqui ou ali, um peito, uma filha. Fizeram isso sem nenhum embaraço, afinal aquelas ausências pertenciam a ambos os corpos, de alguma maneira, embora a cicatriz fosse mais visível somente em um.

Às vezes as pessoas dizem que os velhos dormem muito, que eles vivem dormindo pelos cantos, mas depois elas mudam de ideia e afirmam o oposto, que os velhos não pregam os olhos e por isso precisam da ajuda de comprimidos de vez em quando. A velha não pode falar em nome de todos os velhos, mas de sua parte ela dorme muito bem de manhã ou então à tarde, dorme até sentada, mas à noite ela se vê em apuros, com os olhos esbugalhados, no breu. Ela fica um pouco confusa quanto às horas, cochila e ao despertar já não sabe ao certo onde está nem a quem pertence esse corpo que vê do pescoço para baixo. Fica em dúvida se esta é mesmo sua vida e se é verdade o boato de que tem uma filha morando logo ali, embaixo da cama, ou então no estrangeiro.

Nessas noites em que acorda esfarelada a velha não se lembra direito se Vicente desapareceu de verdade ou se essa é uma mentira criada pelo medo, o medo constante de que o homem desapareça. Algumas vezes ela está dentro desse delírio quando percebe que está delirando, e ao perceber isso fica aliviada, ufa, a velha está apenas delirando, ela está a salvo.

Uma velha que rói as unhas e junta as aparas sobre o braço do sofá não sabe mais dizer quando foi que as pessoas ao seu redor, os queridos, resolveram que era hora de desaparecer de vez por já se sentirem satisfeitos com a estadia nesta vida, a seu modo eles já estavam prontos para a próxima. Ela não sabe se esses companheiros foram sumindo aos poucos, morrendo por motivos bobos, ou se eles se apagaram todos juntos em apenas algumas horas graças ao efeito de um cometa ou de uma cratera.

Um a um os queridos começaram a telefonar para o apartamento para anunciar que, pronto, depois de uma boa e longa vida haviam percebido a chegada de sintomas estranhos, coloridos, pastosos, o organismo estava anunciando uma espécie de retirada e de abandono final. Já era possível ver aquilo acontecendo a olho nu, embora os minutos ainda passassem no relógio com a mesma duração de sempre — era o que eles anunciavam ao telefone. E então alguns milhares desses minutos se passavam e o telefone do apartamento tocava mais uma vez, mas já não eram os queridos que diziam alô e sim algum de seus parentes confirmando a previsão, era oficial, do outro lado da linha havia desaparecido de vez um querido e depois o outro e mais outro, alguns deixando abraços.

Vicente e aquela velha faziam uma lista com o nome dos amigos e riscavam cada um deles conforme iam desaparecendo, mas depois pararam de riscar porque perceberam que em algum ponto a tal lista chegaria em seus próprios nomes e no de Sarah, e quem teria coragem de fazer esses riscos específicos?

Quando o envelope branco se apresentou entre eles, essa velha achou esquisito e raro que não precisasse telefonar para nenhum dos queridos para avisar sobre os sintomas de Vicente, para avisar sobre o diagnóstico, não havia com quem partilhar aquilo além de Sarah e da filha. A velha suspendia o homem deitado na cama, primeiro como quem suspende uma árvore, depois como quem levanta um graveto comprido, e por fim como quem ergue alguns metros de seda, um tecido mole que precisava de ajuda no banho para não se esgarçar em contato com a água.

Queriam ter podido transar naqueles dias, os dois, chorar e transar como faziam no passado, mas àquela altura conseguiram apenas ir para a cama e se deitar juntos para que a velha abraças-se Vicente bem forte pelas costas e então manuseasse o homem com a mesma paciência e insistência de sempre, mas agora já não como uma humana que possui desejos, e sim como alguém que acaricia por capricho o casco de um velho e querido barco.

Uma velha que nunca teve intimidade com o mar, que mal compreendia a leitura das marés, era ela quem agora estava res-ponsável por aquele barco atracado no apartamento. Nem ela nem o espião nem a filha que mora longe poderiam imaginar que um barco coubesse ali dentro, ou que barcos pudessem viver den-tro de apartamentos, mas por fim eles podem e inclusive podem tomar banho no boxe, desde que sentados em cadeiras de plástico.

Os dois velhos se sentavam em cadeiras dentro do boxe e então a velha esfregava o homem vigorosamente com bucha e sabão como se ele tivesse recém-chegado do trabalho, da obra, da lavoura, da plataforma do trem. Fazia isso para mostrar o quanto levava aquele corpo a sério, o quanto não seria condes-cendente com sua finura e sua falta de quilos. *Já esfreguei os seus braços, querido?*, a velha perguntava a Vicente, e o homem erguia ambos os braços como quem ergue um cesto, sem saber direito se aqueles ainda eram seus braços, se estavam ou não lavados ou onde teria ido parar o tal cesto.

Depois a velha aparava a barba dele com uma tesoura es-colar, de frente para o espelho do banheiro, sempre respeitando a altura que ele desejava para o bigode. Não importava quantas vezes fizessem juntos o procedimento, mais de uma centena, o homem sempre alertaria a velha para o lado direito do queixo, para a verruga que havia ali escondida sob os pelos e que demandava cuidado para não ser decepada.

De banho tomado e pele fresca, Vicente se sentava em sua cadeira preferida, essa com o estofado vermelho que está bem na frente da velha, às vezes mudando o objeto de lugar para sentir alguma novidade. Cruzava as pernas cada vez mais magras e frágeis, cruzava os braços apoiados sobre a barriga, e só de vez em quando movia um pouco as mãos para ajeitar a parte de trás do cabelo. No mais, permanecia imóvel, o homem, olhando pela janela para um ponto fixo que talvez acreditasse ser o espião, os olhos do espião que também o olhava de volta.

A velha observava o homem chamado Vicente sentado em uma cadeira na sala do apartamento, o pai de uma filha que morava longe, o marido de uma velha, um bom amigo de companheiros desaparecidos, um professor, olhava aquele conjunto de acontecimentos como uma pintura em primeiro plano, *Homem sentado na cadeira vermelha*, 2012, como um quadro que mimetizava cada vez mais o fundo, transparente diante das paredes. A velha, assim como qualquer visitante de museu, circulava pelo ambiente com cuidado e atenção para não trombar desavisadamente com a obra, ou para não a atravessar por completo, precisando contornar o homem para descobrir o que afinal existiria atrás dele, para além dele, na continuidade da exposição.

Vicente se mesclava com a cena e mantinha os olhos fechados por boa parte das horas — o relatório do espião deve mencionar esse detalhe. Dentro daqueles olhos o homem provisoriamente terrestre existia em um lugar anterior à saúde ou à doença, anterior à dor e ao bem-estar, abrindo mão das comparações ou das caretas para engolir os comprimidos amargos que a velha lhe trazia a todo momento. Vicente ensaiava um apagamento antes mesmo de se apagar, e assim dava à velha a oportunidade de ser sua testemunha, sua cúmplice em finalmente alcançar aquele íntegro e sonhado mundo que não distingue o homem e o planeta, o homem e o continente, o país, a floresta, a cidade, e que nem mesmo distingue o homem do seu próprio corpo de homem provisório, sentado e engolindo remédios.

Aquela velha testemunha, em todos os dias futuros ela poderia olhar para a cama ou para o corredor, para o parque ou para as margens do rio, para a cadeira ou para o telefone, para um caju ou para um gato de rua, e, embora não encontrasse mais Vicente em nenhum desses lugares, ainda assim ela saberia que era exatamente ali, nesses olhares, que sempre resistiria a lembrança de um homem, de um nativo.

Era com esse Vicente em franco trabalho de desaparecimento que a velha se deitava todas as noites, e com ele dormia embolada, tão embolada quanto possível, a ponto de um espião não ser mais capaz de distinguir a quem pertencia cada uma das pernas. Acordavam de madrugada apalpando um ao outro, braços, tronco e cabeça, sem saber muito bem qual deles tocava e qual era tocado, sem saber se ainda estavam em casa, sobre o colchão, ou em alguma outra dimensão vivível, na mesma vida ou já na próxima.

Agarrada ao corpo adormecido desse Vicente ainda terrestre, a velha se apressava em pôr a mão sobre o peito do homem para avaliar se logo ali embaixo ainda estavam o mesmo coração e o estômago e o fígado nos quais ela pôde confiar durante tanto tempo, ou se então eles já haviam partido em viagem deixando um corpo vazio por dentro e livre de cargos, convertido apenas em um ancestral da velha, seu antepassado, irmão, filho, o humano que a um só tempo ela herdava e carregava no punho. Ela acarinhava seu ancestral até tocar no umbigo, e ali apertava um pouco a mão contra a pele porque, sim, já estava bem perto do homem, tão perto quanto possível, mas ainda assim parecia haver ali uma lacuna entre os dois, um espaço vago que impedia uma velha de eventualmente abrir a boca e devorar Vicente, se fundindo com ele de dentro para fora. A velha observava a pausa entre sua pele e a pele do homem e tudo aquilo parecia apenas um detalhe, uma maneira de a existência descansar para logo então continuar a mesma empreitada humana do outro lado, como uma narrativa em duas partes.

Ela se abraçava como uma humana qualquer poderia se abraçar ao corpo do seu país, com braços de abraçar países, compreendendo que dentro desse amor tão grande estavam contidas tanto a esperança quanto a ruptura, tanto a luta quanto a rendição, sendo todas essas coisas um único fluxo de ambiguidade e ternura. Trocava os lençóis todos os dias porque queria que seu país se deitasse em uma cama limpa, cheirando a amaciante, queria que ele sentisse ao menos aquele prazer de um pano macio sob os ossos.

Por fim foi bem naquela cama, foi ali que Vicente morreu deitado nos lençóis de flores amarelas que a filha enviara de presente do estrangeiro. A velha telefonou para a filha que mora longe e avisou que tudo tinha acabado de acontecer, naquele exato minuto tudo tinha acontecido, e a filha ficou triste, muito triste, mas aliviada que o pai distante e morto estivesse ao menos deitado em um lençol que foi presente dela, um bom lençol. Depois a velha tomou um banho e pegou o caderninho de telefone e ligou para outras pessoas, para os poucos parentes de Vicente. E só então telefonou para a funerária. Fez tudo isso sentada ao lado do homem.

Enquanto isso Vicente aguardou morto e muito paciente pela chegada dos dois rapazes fortes da funerária, ficou esperando em companhia da velha. Quando chegaram, os rapazes quiseram saber se podiam levar o homem ali mesmo, embalado nos panos em que ele já estava. Se a velha preferisse ficar com os lençóis eles podiam levar o homem dentro de um saco plástico com zíper, ali estava o saco plástico, mas a velha decidiu que não, que o lençol de flores se sairia melhor em termos de embalagem.

Esses rapazes fortes enrolaram Vicente nos panos floridos como um bombom, fizeram aquilo com tremenda desenvoltura, como se já tivessem embalado mil bombons antes de Vicente, torcendo as extremidades da embalagem logo acima da cabeça e logo abaixo dos pés. Daquele jeito ele estava bem vedado e não escaparia ou escorregaria, ele estava justo e guardado. Os dois rapazes eram bem fortes e bem mudos, eles faziam todos os gestos sem dizer nada a não ser algumas palavras de comando um para o outro: *Pega por ali, Aperta mais desse lado.* Terminaram de embalar tudo em menos de dez minutos, tão rápido que a velha mal teve tempo de ajeitar as sobrancelhas de Vicente.

Eles estavam com pressa, os rapazes, estavam prontos para ir embora e então ergueram a embalagem segurando pelas extremidades do lençol, agindo como dois mastros nos quais estava amarrada uma rede florida, uma daquelas redes em que se deita para tirar férias proveitosas. Vicente ficou pendurado nessa rede e então os homens pediram que a velha mostrasse a saída, que ela fosse abrindo passagem pelas portas para facilitar o percurso até o elevador de serviço. A velha percebeu que não havia alternativa a não ser obedecer aos rapazes, e então abriu as portas com a presteza de quem ajuda em um trabalho difícil, sem atrapalhar quem vem atrás sustentando o peso.

No momento em que Vicente saía pela porta carregado naquela espécie de rede, uma querida vizinha do apartamento, ela mesma já mais velha do que Vicente, trazia um pote com doce de banana feito em casa. Ela entregou o pote a Natalia dizendo que aquilo era para que ela tivesse com o que se distrair. Foi a vizinha quem ficou ao lado da velha quando os rapazes tiveram que sentar Vicente no chão do elevador, dentro de sua embalagem, para que os três coubessem no cubículo.

A vizinha mostrou as bananas caramelizadas e disse que havia feito o doce conforme Vicente gostava, com cravos. E também disse que era muito importante que aquela nova viúva comesse o doce no lugar do marido, *Você sabe, para agradá-lo no Paraíso*. Aquela viúva recente não havia pensado nisso ainda, no Paraíso, e se perguntou se naquele instante Vicente já teria tido tempo de chegar por lá, ou se o Paraíso seria um pouco mais longe.

A vizinha ainda segurava o doce quando ficou de frente para a cama onde Vicente havia desaparecido, a cama já então sem lençol, e perguntou para a viúva se ela tinha a intenção de enterrar o homem ali mesmo, na cidade onde ele havia morrido. A vizinha sabia que Vicente era de Petrópolis e que lá ainda estavam todos os seus poucos parentes vivos. Natalia disse que enterraria o homem ali, sim, na cidade, mas não porque ele tivesse *morrido* ali e sim porque tinha *vivido* ali, e ao ouvir isso a vizinha suspirou e ficou muito satisfeita, realmente muito satisfeita de que o homem não precisasse viajar depois de morto. Ao contrário dela, disse, que teria de ser transportada para terminar de morrer em outra cidade, onde havia uma tumba reservada para a família; ela teria de morrer e depois ainda pegar a BR, ela disse. Se despediu e perguntou se haveria tempo de esperar pela filha importada, se a filha importada viria lá de longe para o enterro do pai. Natalia ainda não havia pensado na filha como uma filha importada, mas bem, era isso mesmo o que ela era, não estava errado considerá-la assim.

A vizinha parou à porta e recomendou com muita seriedade que a partir daquele dia a velha não deixasse jamais de tomar banho, que não ficasse um dia sequer sem banho porque se isso acontecesse ela poderia sempre ficar também um segundo dia sem banho, e então o terceiro dia, e quando se desse conta semanas teriam se passado sem chegar perto de um sabonete. Ela mesma tinha feito isso quando seu marido desapareceu, mais de trinta anos antes, e não recomendava a ninguém. A velha agradeceu àquela mulher pelo doce de banana e também pelo conselho, e agradeceu ainda mais por ela ainda estar viva e de banho tomado mesmo depois de trinta anos sozinha, aquela sim era uma informação, um acontecimento.

Sentada na sala do apartamento, a velha que hoje se acostumou a ser uma viúva, que talvez já possa até mesmo se dizer experiente, hoje ela se sente mais à vontade para fazer em voz alta algumas perguntas a Vicente, perguntas de toda sorte, por exemplo se o homem ainda tem fé lá onde vive nesse instante, não fé em Deus, a velha não se refere a isso, mas sim nos gatos, nas aves, ou até mesmo fé na humanidade. A velha se interessaria em saber se a essa altura o homem tem uma fé invertida, terráquea, emitida desde um lugar mais alto para este lugar aqui, mais embaixo. Ela gostaria de saber se a fé é uma coisa que acontece em todas as direções, com os mortos tendo fé nos vivos, e também gostaria de saber se os mortos ficam mesmo na parte de cima, lá onde nos acostumamos a imaginá-los, ou se ela vem olhando para o lugar errado desde sempre.

Nos primeiros dias sem Vicente aquela velha só dormia, emendava um sono no outro e despertava apenas para fazer xixi ou para comer um pouco de doce. Por sorte, mal ela fechava os olhos e começava logo a sonhar, e isso foi um alívio. Parecia até que os sonhos tinham sido contratados por alguém, talvez pela filha, não se sabe, para ocupar a mente da velha com coisas fantásticas, coloridas e moles. Ela despertava entusiasmada no meio da noite e procurava imediatamente pelo interruptor do abajur e pelos óculos para tomar nota dos sonhos, escrevia a sequência das cenas mesmo que nada tivesse sentido ou cronologia. Punha os sonhos no papel disposta a usar as narrativas como uma caixa de ferramentas à qual poderia recorrer quando não soubesse por onde começar para colocar os pés no quarto, pela manhã. Nas anotações noturnas, ela supunha, estaria contida uma dica interna, alguma façanha capaz de fazer avançar a tarde.

Alguns desses sonhos eram repetidos, a velha já os conhecia de cabo a rabo, como aquele no qual precisava fugir bem rápido. A velha ficava cansada e suada porque o sonho a obrigava a correr, a sair às pressas para escapar de uma ameaça que já estava bem perto. O sonho nunca esclarecia a natureza da ameaça, não deixava que a velha conhecesse sua cara ou seu tamanho. Ela era obrigada a arrumar algumas malas, sempre com pressa e sem tempo para recolher tudo o que era preciso. Catava o que conseguia achar pela frente e jogava tudo em uma mala com zíper, que por sorte sempre estava em cima da cama. Essa era uma garantia que o sonho dava, ter a mala sempre à mão.

De um sonho para o outro a velha se aprimorava. Se em um deles ela se esquecesse de apanhar algo fundamental, um documento ou um porta-retratos, no sonho seguinte agia para dar prioridade a esses objetos enquanto enchia a mala às pressas. Caso se esquecesse de um cachecol, no próximo sonho o apanharia antes de tudo, porque nessas histórias sempre havia muito medo de sentir frio, de passar frio *lá* onde a velha iria se esconder. Esse lugar de destino nunca se apresentava, mas devia ser mesmo muito frio, porque em nenhuma das reprises a temperatura deixava de ser uma grande preocupação.

Foram tantas as noites sonhando a mesma coisa que a velha começou a achar que estava sendo treinada para uma fuga maior, talvez para a grande fuga que só seria apresentada quando ela conseguisse finalmente arrumar a mala à perfeição. A velha se aperreava com aquela correria todas as noites e tentava ficar acordada de vez em quando, com os olhos bem abertos para fazer pirraça e não entrar no treinamento. Mas, para sua surpresa, mesmo acordada ela acabava planejando fugas, arrumando esconderijos, revisitando aquela angústia em busca do rosto do sonho, de sua feição reveladora que seria reconhecida pela velha como a feição da própria vida finalmente esclarecida. Se ela olhasse direito, a vida estaria inconfundível ali dentro, ainda que envolta por um véu.

Ficava sentada na cama com todas as luzes apagadas, e dentro desses planejamentos mentais a velha se solidificava como uma fugitiva em potencial, uma fugitiva em estado de disparo, prestes a eclodir. Talvez ela soubesse desde sempre como se *preparar* para fugir, como se crispar inteira em estado de alerta para reagir ao que viria logo depois. Mas a verdade é que jamais havia concretizado a coisa, jamais havia realizado a fuga e por isso, na prática, ela não passava de uma iniciante.

Nas primeiras semanas sem Vicente, a velha foi obrigada a se perguntar o que poderia ser considerada afinal uma boa sobrevivência de sua parte. Começou a se perguntar se haveria *sobreviver bem* ou *sobreviver mal*, como duas categorias distintas no afazer de seguir existindo. Ela não sabia se seria capaz de distinguir uma coisa da outra no meio do percurso, o bom do ruim, e tinha medo de estar prestes a escolher as tangerinas azedas no meio das tangerinas doces, e só depois de enfiar um gomo na boca percebesse que teria de lidar até o fim com o efeito da fruta errada. Aquela velha que ainda mal sabia como ser uma viúva teria adorado pegar emprestada na ocasião a neta de alguém, uma criança fêmea para quem pudesse funcionar como uma avó atarefada por alguns dias. Ali estava uma velha prestes a não tomar banho mais um dia, prestes a se olhar no espelho e se chatear mais uma vez de que aquele reflexo não dissesse a verdade, não a mostrasse partida ou rachada, e sim inteira, com a pele no lugar.

Ela precisava buscar outra saída bem rápido, uma força estranha, um meio de voltar a se familiarizar consigo mesma. Seu corpo de velha ainda estava muito perto, afinal ele era um ponto de partida e estava bem ali, como um carro disponível para serviço. Era preciso encontrar o que havia de disponível do lado de dentro desse veículo e que não parecesse quebrado, tampouco dolorido, algo que ainda fosse confortável e até ereto.

Pensou em começar apresentando as partes, aproximando

pela primeira vez aquela viúva recente à outra mulher, a que talvez já esperasse por ela no futuro. Não um futuro distante, mas um futuro bem, bem próximo. Se sentou na sala de frente para a janela, um pouco perto do porta-retratos de Vicente, mas não perto demais, e então disse de maneira formal e em voz alta enquanto olhava para cada um dos seus lados: *Natalia, te apresento aqui deste lado a Natalia,* foi o que a velha disse, deixando claro que reconhecia a presença daquelas duas mulheres sentadas no sofá junto dela. Fez as apresentações e então saiu de perto para que ambas tivessem um tempo em privacidade, para se estranharem e então se apalparem, se quisessem, até tocar uma alça ou um puxador em comum, algo que diminuísse as distâncias.

A velha fez que iria para a cozinha, mas ficou atrás da estante espiando e ouvindo a conversa daquelas duas assim como faria uma boa aluna iniciante, interessada em aprender tudo o que pudesse com as Natalias, a do passado e a do futuro. Ambas pareciam satisfeitas em sair em socorro da velha, tinham muitas ideias à mão e nenhuma pressa. A velha se reaproximou e então se deitou no chão do apartamento e, de frente para as duas mulheres, suas companheiras, se enroscou como uma serpente ou como um feto, coisas que ela já havia sido em outros momentos, mas das quais precisava se relembrar. As três ficaram juntas ali, deitadas no chão umas sobre as outras, em camadas, e só depois de muitas horas de sedimentação puderam finalmente se levantar outra vez, agora um pouco mais fundidas.

A velha achou a paisagem do apartamento um tanto mudada, escorregadia, e pensou na trabalheira que ia dar limpar todo aquele azeite sob os pés, um azeite que estava por toda parte e sem o qual uma velha jamais teria conseguido escorregar vida adentro outra vez. Esse corpo besuntado de azeite agia de repente como uma água rasa, sem nenhuma ânsia por alívio, como se para uma velha aqueles fossem os dias que precediam os primeiros dias, as luas que precediam as primeiras luas, contando os giros terrestres a partir do zero outra vez.

Ela ajeitou os ombros e firmou as pernas e, como não tombou para nenhum lado, se sentiu confiante de novo para ir atrás de um balde com água e sabão para limpar os resquícios de óleo, de pele trocada, antes que a filha telefonasse perguntando, afinal, como ela estava se sentindo hoje.

A filha que mora longe ficou sabendo de tudo por telefone quando a velha precisou contar sobre a dor nas costas, uma dor daquelas por causa do azeite, mas pelo menos o chão estava limpíssimo e desengordurado de novo. A filha tentava perguntar coisas comuns àquela velha ao telefone para testar sua lucidez para além da faxina, já desconfiada de que havia chegado o momento tão temido, o momento de ter uma mãe velha e também maluca.

É bem verdade que aquela mãe não estava se comportando como uma simples mãe ao telefone, tampouco como uma parente ou uma mulher. Para a filha ela parecia mais com o som de uma baleia distante, uma voz solta, e por isso era preciso colar o ouvido no fone para poder distinguir, desde o oceano superior, os ruídos submarinos que surgiam do outro lado da linha. A mãe ainda respirava ao telefone e assim a filha sabia que, sim, viva ela estava. Aparentemente havia se tornado de vez um tipo de raridade, alguém que poderia tanto estar no telefone do apartamento brasileiro quanto transmitindo aquelas palavras a partir de uma estrela, uma supernova, sem que a filha pudesse confirmar qual seria a real diferença entre as duas coisas.

Com dificuldade a filha compreendeu a velha dizendo que ontem, durante o cochilo da tarde, ela visitara um lugar onde pôde se encontrar com Vicente, ele mesmo, o pai da filha. E nesse lugar o homem abriu um livro e leu para ela um poema que falava de ruínas. Apesar de as coisas estarem ruindo no poema, a mãe disse, havia um verso que indicava como era possível recomeçar, e aquilo envolvia especificamente tesouras e papéis e algum tipo de cola. A mãe relatou que os versos do poema eram narrados por Vicente em amarelo, naquele contexto isso era possível, narrar escolhendo as cores. A filha ouviu com atenção, deduzindo as partes incompreensíveis, e então perguntou à mãe o que dizia o tal verso, aquele que indicava como recomeçar depois que as coisas se arruínam. A mãe fez um esforço bem grande, ela quis corresponder ao pedido da filha se lembrando das palavras exatas, mas é sempre muito difícil repetir o que os sonhos dizem na língua deles, é difícil traduzir essa língua depois que se está acordado.

Ela contou à filha que no sonho seu corpo de velha estava livre para voar, era um corpo que voava com destreza e tudo aquilo parecia muito natural e até esperado. Acordou se sentindo bem, mas não tão bem quanto se sentia no sonho e por isso quis pedir para voltar para lá de vez, *lá* onde ela estava logo antes, mas não sabia a quem fazer esse pedido. A velha disse que teve a chance de tocar nos cabelos de Vicente, mas que por algum motivo eles não tinham a mesma textura, estavam um pouco mais espessos do que antes e isso pareceu estranho. Se não fosse o cheiro do couro cabeludo, aquele mesmo cheiro de sempre, a velha teria achado que estava sendo enganada pelo sonho, que haviam mandado um figurante no lugar do homem para se encontrar com ela.

A filha pareceu alarmada com o assunto paterno, mas a mãe emendou informando que, de vez em quando, na cozinha do apartamento, bem na hora do lusco-fusco ela costuma fechar os olhos e se abraçar às costas de Vicente quando o homem aparece por ali, apoiado na pia, preocupado com a montanha de louças e com a falta de copos limpos. A velha se abraça às costas do homem e por isso pode garantir que o diâmetro de seu tronco não mudou depois do desaparecimento, ela disse à filha, essas coisas seguem iguais, o diâmetro, as costelas.

A filha interrompeu o assunto e disse que aquele era um bom momento para a velha mãe respirar um pouco, era o momento oportuno para ela se levantar do sofá e lavar o rosto, ou melhor, para se meter inteira debaixo do chuveiro gelado. A filha queria que ela tomasse um bom banho para esfregar e despertar algumas de suas partes. Desde sempre essa menina teve grande confiança na água fria, confiança de que com o rosto gelado a mãe seria impedida de ficar maluca de vez; ela lavaria o rosto e então a água interromperia o processo.

Se pudesse, se estivesse por perto, a própria a filha teria esfregado o rosto da velha até revelar por baixo dele aquele outro rosto mais familiar, o antigo rosto da mãe. Quanto mais a filha esfregasse, mais a mãe seria revelada por baixo da espuma do sabão e então a filha poderia dizer com alívio, aí está você de volta.

Como não estava perto para dar esse banho, aquela filha resolveu que era hora de obrigar a mãe a entrar em um avião para ir visitá-la no estrangeiro, para poder ficar mais perto dela por uns dias. Tomou essa decisão e comprou a passagem e mandou tudo dentro de um envelope para o apartamento. Ficou finalmente comprovado para uma mãe que aquela filha morava mesmo no mesmo planeta em que ficava o Brasil, afinal a passagem dizia que era preciso embarcar em apenas dois aviões, e não em algo mais complicado e poluente.

A princípio essa mãe não queria ir para longe, não queria mesmo, porque tinha medo de aviões e porque achava que se afastando de casa naquele momento poderia perder a viuvez de vista. A velha partiria e a pobre da viuvez ficaria para trás, confusa e sem companhia. Mas a filha estava obstinada e quando a mãe deu por si já estava tomando alguns comprimidos que a ajudariam a ficar sentada dentro de um avião para cumprir o desejo da garota.

Por fim a tal viagem de avião não foi tão ruim quanto a velha esperava. Havia uma aeromoça atenciosa, uma espécie de santa com *cap*, santa de tailleur a quem a velha rogava por um remédio para dor de cabeça ou para dor de barriga, qualquer remédio desde que uma passageira aflita pudesse ficar alguns minutos de mãos dadas com a santa. A moça tinha uma voz realmente muito calma e muito treinada para garantir a uma velha que o avião era uma invenção muito segura, tão segura que poucas vezes ele caía, só mesmo uma vez ou outra.

Se o país da filha fosse um lugar menos longe, a ponto de ser possível chegar de ônibus-leito, a mãe já teria ido visitá-la mais vezes. Por mais que ela minta para seu cérebro dizendo que o avião é praticamente um ônibus-leito, porém com comida e mais banheiros, há sempre aquela hora da madrugada em que ele, o cérebro, percebe que o *ônibus* está há horas sem fazer uma curva sequer e isso só pode estar errado. O cérebro já viu mapas e sabe muito bem que não é possível cruzar a Amazônia em linha reta, com todas aquelas árvores e rios no caminho. Ele se dá conta disso bem de madrugada, quando todos os outros humanos dentro do avião estão dormindo. Eles não se incomodam com a linha reta eterna e dormem como se o avião não corresse o risco de ir parar lá do lado de fora da Terra, toda vida no embalo.

Embora fosse mesmo muito longe aquele lugar, por fim a viuvez também conseguiu chegar lá, ela deu seu jeito e chegou quase junto com a mala da velha. Ela e a filha pensaram que iam chorar e sofrer e doer juntas ao se encontrarem, ao se abraçarem depois dos acontecimentos, mas não foi isso o que aconteceu. Quer dizer, elas choraram, sim, se abraçaram demorado e choraram bastante, mas foi justamente naquele momento que a viuvez surpreendeu e se instalou entre elas, ela pôde pertencer a um só tempo à mãe e à filha, e essa descoberta foi um alívio, a de que a viuvez não pertence somente às viúvas.

A velha mal podia acreditar que aquele era o famoso oceano superior, mal podia crer que era lá que ela de fato chegara. Mas para seu absoluto espanto não era possível ver esse oceano, pelo contrário, segundo a filha ele estava a quilômetros de distância da cidade e isso deixou a mãe muito, muito confusa.

A língua portuguesa era bem pouco compreendida por lá, mas isso a velha já esperava. Ela falava bem devagar e apontava para tudo o que queria, e isso resolvia a maioria das coisas, a velha acabava se fazendo entender mais ou menos bem por meio das mãos.

Durante a semana, a filha e sua menina trabalhavam até as quatro da tarde e depois aproveitavam para caminhar com a velha pelas ruas quentes do bairro, caminhavam sem nenhuma pressa e então passavam no mercado para comprar verduras e tomates. Existiam muitos tomates diferentes naquele estrangeiro, mais tomates do que a velha jamais conhecera em sua vida. Cada um deles servia para uma coisa diferente, saladas, molhos, sucos, sopas, doces, e havia também um bem pequeno e suculento que servia para ser passado no pão. Ninguém parecia ter dificuldades em distinguir os tomates, todos agiam como pessoas que convivem com seis ou sete tipos de tomate desde sempre e isso era tão bonito de ver quanto alguns pontos turísticos.

A filha por sua vez também agia como uma estrangeira, falando a mesma língua e adorando tomates. A mãe observava a filha conversando com seus vizinhos e se perguntava se aquela garota era a mesma que um dia havia morado no apartamento do oceano inferior. Uma mãe não tinha mais certeza sobre isso e continuava cheirando a filha em busca de pistas. Não se podia descartar a hipótese de aquela filha grisalha já ter nascido lá no país dos tomates, nascido longe de sua mãe, e então ter sido criada por outra mulher, uma estrangeira grande e generosa a quem a velha deveria agradecer assim que pudesse. A filha estava gordinha e bem-criada e uma mãe precisava agradecer a alguém por isso.

O vendedor de tomates chamava a filha de *a brasileira*, separava os tomates para a brasileira, cumprimentava a mãe da brasileira, perguntava à brasileira como ia o trabalho. Era mesmo curioso que para os amigos da filha ela fosse *a brasileira*, enquanto para a vizinha do doce de banana a filha fosse *a importada*, e isso no fundo deixava a filha um pouco sem país, em nenhum dos oceanos ela era nacional.

Enquanto ela e sua menina estavam no trabalho aquela mãe tinha muitas horas livres para caminhar e conhecer lugares. A filha comprou um mapa da cidade e riscou com canetinha os percursos que a mãe poderia fazer a pé, sem se perder ou se confundir muito. Aquela filha sabia muito bem que ali estava uma mãe sem nenhum senso de direção, uma mãe que em um momento sabia muito bem para qual lado ficava o norte, mas então virava uma esquina e já não sabia mais se ele continuava no mesmo ponto ou se havia se movido junto.

As três se despediam pela manhã na porta de casa com muitos beijinhos e então a filha e sua menina entravam no carro para partir para o trabalho, enquanto a mãe saía para passear com seu mapa. A filha estava confiante de que o mapa dentro da bolsa era tudo o que uma mãe precisava para se virar bem no estrangeiro, o mapa e uma garrafa d'água. A mãe concordava com a filha para tranquilizá-la, para que ela fosse trabalhar despreocupada e tivesse um bom dia.

Aquela filha morava mesmo longe demais do Brasil e foi esquisito para uma velha mãe pensar que naqueles dias ela mesma também estava *longe*, justo ela, que durante toda a vida sempre esteve *perto* para o caso de alguém bater na porta precisando de alguma coisa. A velha caminhava tanto quanto podia porque caminhar era igualzinho no Brasil e no estrangeiro, as pernas e os joelhos da velha não percebiam nenhuma diferença e se comportavam como se estivessem em uma calçada em Guarapari ou na Tijuca, vivendo exatamente como as pernas que falam português.

A cinco ou seis quadras de distância do apartamento da filha havia uma livraria amarela, a filha havia mesmo avisado que bastava andar em linha reta toda vida para encontrá-la, e estava certa. Depois de andar toda vida lá estava a livraria amarela plantada ao sol, um sobrado de dois andares com um jardim e uma pérgola.

Naquela livraria amarela e adorável a velha se sentava em uma das mesas coletivas que ficavam no mezanino. Ali ela aproveitava para anotar os sonhos da noite anterior e depois folheava por algumas horas os livros escritos na língua estrangeira. Ela podia folhear quantos livros quisesse e ninguém a cobraria por isso, ninguém se zangava com ela por tirar os livros da estante e depois deixá-los soltos na mesa. Isso ajudava a velha a fingir que se sentia mais confortável ali, ela conseguia fingir muito bem que aquilo de folhear livros em uma livraria estrangeira era natural e corriqueiro, e que uma velha estava segura naquele lugar e podia até não sentir medo de nada.

Os vidros das janelas eram coloridos e assim o ambiente mudava de tom conforme a luz do dia. Houve muitos dias azuis dentro da livraria, mas a velha se lembra especialmente dos dias laranja, esses eram tão preciosos que a deixavam com fome. Ela escutava discretamente as conversas alheias e não conseguia entender quase nada dos assuntos, a não ser em uma tarde em que um casal mais ou menos jovem tomou a decisão de se separar, de terminar o relacionamento ali mesmo, e aquilo ela entendeu perfeitamente, algumas coisas se descortinam da mesma maneira em qualquer idioma.

No final das manhãs ela precisava esvaziar a bexiga antes que acidentes acontecessem. Descia do mezanino com o máximo cuidado para não cair nas escadas, apertando os panos da saia entre as pernas para que os degraus, feitos de uma grade vazada, não revelassem lá embaixo coisas demais sobre os fundos de uma brasileira. Ia ao banheiro e depois almoçava um sanduíche ali mesmo, na entrada da livraria, tomando a limonada com pimenta que a fazia tossir como uma louca. O garçom era um rapazinho que se parecia muito com um antigo aluno da velha, e ela tossia e gesticulava para que ele a socorresse com água, mas o rapaz não compreendia e ficava aflito trazendo mais e mais limonada. Com o passar dos dias a velha acabou se acostumando à limonada e à pimenta e parou de tossir, e isso deixou o rapazinho aliviado.

Nos fins de semana, a filha e sua menina acordavam cedo e preparavam um belo café da manhã para a velha, com muitos sabores de geleia. Elas besuntavam os pães com tomates e punham a geleia por cima. Quando terminavam, a menina vestia um maiô e uma touca e ia para o ginásio praticar natação.

Enquanto isso a filha e a velha aproveitavam para ir caminhar num parque que ficava mais ou menos perto do apartamento. Aquele era um parque em aclive com muitas trilhas espalhadas por toda parte, além de escadas. Naquele lugar os visitantes suavam e paravam no meio do caminho para respirar um pouco, e também para se arrepender um pouco. Era um lugar muito *desafiador* para velhos, crianças e carrinhos de bebê, essa foi a palavra que a filha usou. Disse que mesmo assim naquele estrangeiro os velhos e as crianças não se poupavam de subir aclives, eles não tinham medo disso, nem pensavam no assunto. A velha mãe não teve opção senão imitar aquelas pessoas para conseguir provar para a filha que poderia ser uma velha idêntica às velhas do estrangeiro, ou ainda uma velha idêntica às crianças do estrangeiro, o tempo diria.

Aparentemente, para ser uma estrangeira era preciso ter boas panturrilhas e a filha se preocupava que as canelas da mãe não fossem páreo para as subidas. Achou melhor entrar por uma das trilhas sombreadas e leves para poupar a mãe, aflita de que a velha pudesse passar mal e cair dura, algo assim. Mas a verdade é que a velha estava se sentindo muito aventureira e muito livre no estrangeiro, e assim preferiu sugerir outra trilha.

A velha foi caminhando à frente da filha para impor seu novo ritmo infantil-estrangeiro, cuidando de não tropeçar e de não cair, era preciso manter a confiança de quem vinha logo atrás. Para disfarçar tantas preocupações, a velha achou que seria uma boa ideia cantar músicas brasileiras, então começou a cantar Gilberto Gil e quando se deram conta ela e a filha já estavam em coro no refrão, esbaforidas. Ainda bem que estavam ao ar livre, assim seus corpos puderam se expandir à vontade para lidar com aquela alegria no estômago, era difícil acreditar, mas elas estavam juntas no estrangeiro e Gil estava lá com elas fazendo um passeio.

Em dado momento as duas desceram uma imensa escadaria de pedras que obrigava os visitantes a se apoiarem em apenas um degrau por vez, cuidando de não capotar para a frente. Foi bem ali que elas se deram conta de que a trilha terminava em lugar nenhum, em uma placa onde se lia *ponto de retorno*. A filha até que tentou achar graça, mas teve vontade de chorar quando olhou para o caminho de volta com todos aqueles degraus enormes que precisariam ser escalados sabe Deus como.

A velha espiou atrás da placa e viu que elas poderiam pular daquele ponto, se fosse o caso, para outra trilha que ficava dois metros mais abaixo. Combinaram de contar até três para saltarem juntas, dando as mãos e fechando os olhos. Fizeram a contagem sem pensar muito, sem medir os riscos, saltaram e segundos depois já estavam caídas no chão. Tiveram que cuspir um pouco de terra, é muito difícil se lembrar de fechar a boca quando se está caindo. Riram um bocado, afinal ainda estavam vivas depois do salto, vivas graças ao salto, e então aceitaram de bom grado a carona do carrinho de golfe que as levaria à enfermaria em busca de bandeides.

No caminho de volta para o apartamento elas passaram na farmácia e compraram um mertiolate importado que deixava a pele roxa, além de bolsas de gelo que revezaram noite adentro entre a bunda e os joelhos. A menina já estava de volta da piscina e o apartamento inteiro cheirava a cloro junto com seu cabelo. Ela mal pôde acreditar quando viu aqueles joelhos e cotovelos ralados, olhou para as mulheres como duas irresponsáveis. Nenhuma delas soube explicar direito, mas naquele momento a velha e a filha se sentiam mesmo como duas mulheres comuns e imprudentes, cúmplices, mas de uma cumplicidade nascida do divertimento e da amizade, e não dos laços de família, e isso sim era algo novo e inesperado, algo de que nenhuma delas quis abrir mão naquele momento, mesmo que por dentro das dores.

Quando voltou da visita à filha no oceano superior, dois dias depois do previsto porque o avião quebrou e teve de ir para a oficina de aviões, a velha finalmente chegou ao apartamento e encontrou na secretária eletrônica três mensagens furiosas de Sarah. A amiga não sabia que o avião estava na oficina e por isso achou que ele tivesse caído no meio do oceano, bem lá no meio onde não há nenhuma ilha por perto na qual a velha pudesse se refugiar. Àquela altura a velha já devia estar cansada de boiar e de esperar molhada pelo resgate, Sarah pensava, e por isso tinha deixado recados aflitos e impacientes na secretária eletrônica, *Se você estiver mesmo boiando no oceano, pelo menos diga mais ou menos onde está, Natalia!*, ela vociferava, possessa, e esperava por uma resposta.

A velha logo telefonou para a amiga, que ficou tão brava e tão aliviada ao ouvir aquela voz que deixou escapulir o xixi, *Estou molhada, te ligo depois*. A velha queria que Sarah viesse para o jantar, faria macarrão e gelatina colorida, mas a amiga disse que não podia sair de casa porque estava com uma dor esquisita no peito, tinha comido biscoitos demais e agora precisava ficar deitada até que os biscoitos descessem.

Alguns dias depois ela já estava um pouco melhor e pronta para jantar com a velha. Comeram macarrão bebericando Campari e depois comeram a gelatina colorida, e quando já estavam com as barrigas estufadas Sarah informou que havia matriculado as duas para aulas de dança no parque, aquelas aulas gratuitas às seis da manhã. A velha achou a ideia uma loucura, não queria ir de jeito nenhum, mas Sarah ameaçou um escândalo e para variar conseguiu o que queria.

Chegou ao apartamento da velha às cinco da manhã para que elas não perdessem a hora no primeiro dia. Os outros velhos no parque também não queriam perder a hora e já estavam a postos no gramado às seis em ponto. A professora de dança dava comandos para que eles ficassem em círculo e então punha músicas agitadas em seu rádio portátil. Ela se balançava ao som das batidas e gritava com uma voz enérgica, *E agora vamos liberar a pelve*. O dia mal havia raiado e parecia ainda muito cedo para alguém dizer aquela palavra, e mais cedo ainda para quem devia descobrir onde ficava a pelve.

A professora era rechonchuda e adorável, e seu único defeito era não se compadecer dos membros dos velhos e em todas as aulas pedir que eles levantassem os braços e também as pernas. Aquilo fazia tudo arder e suar e causava arrependimentos.

As primeiras duas semanas de aula foram as piores, as velhas iam para casa e tomavam banho sem lavar o cabelo, afinal quem teria forças para erguer o frasco de xampu e depois ainda esfregar a cabeça. Na terceira semana precisaram encontrar alguma solução para o banho e então Sarah sugeriu que lavassem uma à outra, sentadas no chão no boxe. Esfregariam os cabelos e usariam o chuveirinho de criança, pronto.

As aulas até que duraram bastante, dois ou três meses em que a velha e Sarah basicamente procuravam pela pelve, tomavam relaxantes musculares para as dores e lavavam a cabeça sentadas no boxe. Durante todo o tempo desejaram secretamente desistir daquilo o mais rápido possível, daquela ideia terrível, mas escondiam o desejo para não interromper o esforço da outra em busca da pelve escondida. Ficaram à espera de um bom pretexto para largar tudo, e logo encontraram esse pretexto durante uma das aulas, quando Sarah foi fazer um pequeno giro, um giro minúsculo, e caiu de joelhos em cima de uma pedrinha pontiaguda.

Aquela pedrinha não pestanejou, ela se infiltrou no joelho de Sarah, abriu a pele e logo deixou uma bica de sangue escorrendo canela abaixo. Ao ver o sangue e o machucado, Sarah cumpriu as expectativas e abriu o berreiro, começou a gritar como aquela ave repleta de *ás* e *ês* que já havia surgido outras vezes em sua vida, com a língua esticada para fora. A velha conhecia muito bem aquele choro da querida amiga, o choro incontrolável, salivado e destemperado, que saía pela boca como se aquela fosse a última chance de uma velha chorar e se esgoelar diante de tantas testemunhas. Sarah gostava de chorar de todos os jeitos, mas chorar com testemunhas era muito melhor.

Os demais velhos que ainda não conheciam a ave ficaram apavorados e confusos, eles comparavam de perto o tamanho do corte e o tamanho da bocarra de Sarah e tinham dificuldade em compreender as proporções. Por via das dúvidas correram por toda parte pedindo socorro, afinal havia muito sangue e era difícil não pedir socorro na presença do sangue.

A ave fervorosa berrava sentada na grama, balançando as mãos para tentar socorrer a ardência. A professora de dança fez o que pôde e correu até o carro para apanhar a caixinha de primeiros socorros com mertiolate e gaze, e começou a fazer uma limpeza do joelho, um curativo simples para solucionar tudo. Com isso a ave de Sarah percebeu que podia chorar ainda mais à vontade, tendo outra pessoa responsável pelos cuidados e providências.

A velha abraçava a querida ave tentando acalmá-la, *Eu estou aqui, eu estou aqui com você, Sarah*, mas como o sangue continuava escorrendo a amiga preferiu se manter fiel aos berros, deixando sua ave interior imperar diante daquela oportunidade tão boa. Sarah enfiou o rosto nas dobras da barriga da velha tentando entrar em um lugar onde pudesse desaparecer um pouco, se esconder e fingir que o machucado e o sangue não lhe pertenciam. Mergulhou nas dobras da barriga amiga empurrando com a testa o umbigo da velha, fazendo pressão para dentro como alguém que desejava furar aquela barreira rumo a outro plano, mais seguro e escondido.

Não houve tempo nem mesmo de uma velha dar tchau para a querida amiga, acenar um adeus, nem tempo de dizer obrigada ou então espere um pouco. Não houve tempo de uma velha perceber que se tratava de uma despedida, isso não ficou claro para ninguém, afinal Sarah ainda estava ali, sólida, e a pedrinha no joelho era tão pouco.

A amiga foi para o hospital com cara de quem estava dormindo e só lá dentro terminou de desaparecer por completo. A velha primeiro teve vontade de matar Sarah por morrer logo naquele momento, por morrer tão perto de Vicente, ela teve mesmo vontade de matar uma querida amiga morta. Ela deveria no mínimo ter debatido com a velha o assunto, negociando os termos com alguma antecedência. Aquela mulher tinha biscoitos que dependiam dela e portanto havia o compromisso de ficar viva por eles, alguém deveria ter pensado nisso.

Sarah não fez nenhuma negociação com essa velha e apenas morreu, e então de uma hora para outra a loja de biscoitos ficou com um estoque enorme de todos os sabores já assados e embalados, centenas de pacotinhos à espera de alguém que pudesse definir seu destino. Alguns tinham passas, as preciosas passas de Sarah, e até com isso a velha teve de se preocupar depois de tudo, em não deixar que as passas fossem desperdiçadas para não desagradar Sarah no além.

A amiga estava vestindo um conjunto com estampa de frutas na hora H, bermuda e blusa com pitangas e cajus — é dessa maneira que uma velha ainda se lembra. Se Sarah soubesse que estava para morrer, talvez tivesse escolhido outra roupa para ir ao parque de manhã, quem sabe a camisa branca de botões perolados, aquela que ela usava nos réveillons. É mesmo uma pena que tão poucos humanos saibam de antemão que estão morrendo e consigam voltar para casa para se trocar, para tomar um banho ou quem sabe comer uma última paçoca. São realmente bem poucos os que têm tempo de fazer isso.

A velha achou uma sorte que pitangas e cajus estivessem presentes naquele momento em que ela olhou para baixo e viu a amiga preferida com a cabeça enfiada em seu umbigo, prestes a sumir para sempre. Ela se lembra da cena e se lembra de Sarah, e em meio a tudo lá estão as frutas tropicais dando um aspecto de veraneio à imagem.

Vicente havia sumido e agora Sarah também, e então lá estava uma velha largada para trás, em apuros. Não havia nem mesmo um querido espião por perto ainda, ninguém interessado em bisbilhotar sua vida. A filha que mora longe telefonava para saber como aquela mãe estava se sentindo, e primeiro a mãe dizia que estava com raiva de ter ficado para trás e depois que estava com medo de ter ficado para trás. De todo modo havia aquele sentimento de atraso de sua parte e agora ela já não sabia o que fazer para voltar a estar em dia com o tempo, ela não sabia como se haver com as horas.

A filha que mora longe foi mais esperta que a mãe e sugeriu que ela vivesse os dias não como uma mulher, e sim como uma professora, estudando os objetos e olhando para cada um deles como se ali houvesse algo oculto a ser descoberto, algo novo. A filha dizia que, mesmo que uma velha não soubesse o que fazer, uma professora possivelmente saberia e era preciso dar algum crédito a essa profissional. A velha mãe precisava sair do caminho e deixar que a professora passasse na frente, que ela imperasse sobre as atividades, e foi isso mesmo o que ela fez, a professora tirou da estante os livros e os dicionários e começou a procurar nas páginas por uma explicação qualquer para o presente, uma justificativa que pudesse ser aceita. Trabalhou nos livros preparando aulas para si mesma, e frequentando essas aulas como uma aluna interessada em uma nova língua muito difícil e cheia de consoantes.

Era um espanto ver aquela professora trabalhando todos os dias, consultando dicionários e também limpando os rodapés e lavando as louças, fazendo a casa continuar inteira e o corpo velho continuar inteiro, tudo isso sem chamar a atenção de quase ninguém a não ser dos vizinhos de baixo, quando arrastava os móveis para varrer os cantos. Se o espião particular estivesse por ali, do outro lado da janela, para onde quer que olhasse lá estaria uma professora com um varal na mão, manobrando roupas, ou com um caderno na mão, tomando notas, e em meio a tudo isso a música brasileira tocando alto.

A velha cuidava de não ficar quieta demais e por fim percebia que, estranhamente, a solidão é cheia de acontecimentos, se você reparar, ela é recheada de cadernos, lápis, pano de chão, lustra-móveis, Tom Jobim, dicionários, porta-retratos. Primeiro aquela velha havia pensado que estar só era como viver num lugar onde nada acontece, mas ela estava errada, muito errada, afinal sempre é possível assar um bolo de tarde e levar um pedaço para os vizinhos como pedido de desculpas pelo barulho dos móveis. Se uma velha tivesse sorte de os vizinhos gostarem de música, eles poderiam passar um café e conversar sobre Gonzaguinha, e então pronto, uma parte da solidão do dia estaria resolvida, ao menos uma pequena parte.

A princípio a filha que mora longe achou boa a ideia da professora de assar muitos bolos e ir visitar os vizinhos, mas depois de algumas semanas esses vizinhos telefonaram para a filha um pouco preocupados, eles não tinham como comer tantos bolos assim. A filha ao telefone percebia aquela mãe voltando a ser pouco a pouco uma voz subaquática, mandando notícias confusas de seu escafandro no oceano inferior. Era preciso agir antes que uma mãe se afogasse de vez, a filha sentiu, era preciso socorrer bem rápido aquela mãe e foi por isso que ela decidiu que era hora de enviar ajuda, uma espécie de filha profissional contratada à distância para vigiar bem de perto uma mãe.

A velha não devia ter contado à filha que de vez em quando tomava os remédios mesmo depois de vencidos, batendo os comprimidos com vitamina de banana, sentia que era uma pena desperdiçar remédios, ainda mais os redondos e caros. A filha ficou doida do outro lado da linha dizendo que a mãe estava caduca de vez, mas a velha não se sentiu ofendida por isso, não mesmo, não havia motivos para desdenhar da caduquice.

A gota d'água foi a mãe ter mencionado as máscaras, a preocupação que ela tem com o direito dos mortos de receberem suas máscaras ao desaparecerem. Desde sempre os mortos precisam receber uma máscara perpétua, um adorno específico feito com lantejoulas, fitilhos, um penacho no topo. Essa é a cobertura final que ajuda os mortos a não tomarem susto caso passem por um espelho — eles podem dar de cara consigo mesmos e apenas se alegrar com as semelhanças, já sem apego ao significado da imagem, muito menos ao sentido de uma *pessoa*. Uma vez que o morto cubra seu rosto com a máscara perpétua, ela disse à filha, ele estará curado, pronto, bem-vindo ao fim. Mas com tanta gente se apagando ao mesmo tempo por culpa da ameaça exterior, a velha teme que não haja máscaras suficientes e alguns mortos terminem desfalcados, sem o adorno derradeiro e perdidos com a cara de sempre.

A velha já produziu tantas máscaras ao longo da vida, já encobriu tantos rostos queridos que tem até uma boa mão para decoração e acabamento. A mãe e a irmã da velha foram as primeiras contempladas, ela teve que produzir máscaras para as parentes quando não passava de uma criança. Apesar de tão nova, quando fez as máscaras ela cuidou para que os acessórios não ficassem parecidos demais, para que cada uma tivesse seus próprios detalhes e assim fosse possível saber, de madrugada, quando era a mãe e quando era a irmã surgindo ali no corredor do apartamento para visitar a velha.

A filha ouviu o que a mãe estava dizendo e ficou estupefata, conhecia a imaginação daquela velha fazia muito tempo, mas sempre era possível se surpreender. A profissional de emergência contratada pela filha chegou certa manhã sem avisar, talvez ela tenha recebido a chave do apartamento em um envelope remetido do estrangeiro, uma velha não saberia dizer ao certo. A filha tinha duas exigências, ou melhor, três: que a mãe tivesse bastante comida, bastante banho e que seus remédios estivessem sempre dentro da validade. A velha ainda estava dormindo quando a ajuda entrou na ponta dos pés, trocou de roupa e foi logo para a cozinha preparar um café da manhã reforçado.

Quando a velha chegou à cozinha tomou um susto com a presença da grande ajuda logo ali, em frente ao fogão, e pensou em gritar, mas então viu o café da manhã em cima da mesa e achou que antes de gritar poderia aproveitar aquelas delícias ainda quentes. A grande ajuda havia feito um mingau de aveia bem doce e bem grosso, um mingau que se comia aos pedaços. Aparentemente era uma iguaria especial para velhos, capaz de deixar as pernas bem fortes, foi o que a ajuda anunciou para a velha, antecipando que aquele era apenas um de seus talentos.

A ajuda disse que ela e a velha seriam grandes amigas, disse isso com uma voz de criança, porque em tese a velha compreenderia melhor dessa maneira. A velha achou que talvez elas já se conhecessem de outros tempos porque a ajuda mexia nas panelas e na geladeira como alguém autorizado, alguém espontâneo e livre e que não precisava pedir licença a ninguém antes de passar.

A grande ajuda estava determinada a deixar sua chefe, a filha estrangeira, satisfeita e contente com a contratação, e por isso se esforçava em dar conta de todas as necessidades da velha, mantendo a porta da sala sempre trancada para evitar intercorrências. Ao que tudo indica, a filha temia que aquela mãe pudesse sair correndo a qualquer momento, fugida para o parque ou sabe Deus para onde, e por isso a ajuda profissional se antecipava aos seus passos tirando a chave da fechadura. A grande ajuda se sentia mais esperta e mais rápida do que a velha, e a princípio a velha deixou que as coisas ficassem assim mesmo, sem resistência, afinal quem não gosta de se sentir bem no trabalho, acolhido, ainda mais no começo.

A filha que mora longe ligava duas vezes ao dia e recebia de sua contratada relatórios chatíssimos sobre o quanto de comida a velha havia comido, a que horas tinha tomado banho, com que roupa estava vestida, se estava penteada e cheirosa, calma e tranquila. Para aquela mulher tudo em relação à velha parecia preocupante, *Sua mãe tem uma micose preocupante na unha do pé*, e do outro lado da linha a filha se alarmava como se a micose não estivesse no mesmo lugar desde 1967.

A velha tentava manter ao menos parte de suas atividades preferidas, e por isso se levantava de madrugada para molhar os cabelos na pia do banheiro, como sempre, ou acordaria pela manhã mais descabelada que o ideal. Mas quando a grande ajuda flagrou aquilo foi um valha-me deus, a menina ficou vermelha e nervosa dizendo que se a velha gripasse por causa da cabeça molhada algo muito grave poderia acontecer, e se algo grave acontecesse a culpa seria toda da grande ajuda que não impediu tais acontecimentos. Ela fora contratada para impedir aquilo a qualquer custo e a partir daquele dia a menina passou a dormir com um dos olhos bem abertos para correr para a pia ao menor ruído.

Por fim a grande ajuda era mesmo tão preocupada com resfriados que dali em diante nada de banho muito quente para aquela velha, o banho precisava ser morno, sempre morno para evitar choques térmicos. A velha deveria vestir mangas compridas e meias e ficar o máximo de tempo possível com uma mantinha cobrindo o colo. Tudo isso deixava a velha encalorada e suarenta e precisando tomar outro banho no meio da tarde, o que dava à ajuda a chance de reportar à filha, *Sua mãe está com um suor diurno preocupante.*

Na presença daquela grande ajuda uma velha não podia mais ter seus próprios segredos, não podia ter bombons escondidos nem guloseimas embaixo da cama. Não haveria bilhete guardado no bolso de uma antiga camisa que não fosse devassado pela mulher, em tese para proteger a velha de perigos. A princípio a filha que mora longe havia imaginado apenas uma ajuda para manter a velha mãe asseada, mas aparentemente a situação do apartamento era crítica e exigia medidas mais fortes. A contratada tomou a frente de todas as necessidades, não saindo de perto da velha nem mesmo no momento em que ela se sentava na privada.

Durante o dia, limpava todos os objetos da moradora e então lhes dava uma nova organização, guardando as coisas em lugares trocados. Aquilo fazia a velha parecer confusa, perdida ao procurar pela escova de cabelos e não a encontrar no lugar de sempre, embaixo do travesseiro. Do nada a escova havia se mudado para a gaveta da cômoda, longe das mãos da velha, obrigando-a a perguntar à grande ajuda onde tinham ido parar seus fios, aqueles que ficavam grudados na escova e que a velha contava todas as manhãs.

A ajuda cuidadora de repente dava às gavetas e às prateleiras uma nova lógica doméstica, descompunha a casa e mudava até mesmo o cheiro do ambiente, dando a todos os cômodos uma predominância de álcool e éter. Distinguia os objetos entre seguros e inseguros, e ainda bem que aquela velha deu uns gritos a tempo senão alguns bibelôs tidos como inúteis teriam ido parar no lixo sem que ela fosse consultada sobre seus significados.

A grande ajuda delatava para a filha que mora longe os gritos e a busca da velha pela escova de cabelo no lugar errado, e ao ouvir isso a filha se arrepiava inteira no estrangeiro. A amável cuidadora conversava pelo telefone todos os dias com ela e ambas agiam como se a velha tivesse se tornado de repente alguém que não compreendia mais o português, como se ela, apesar de ainda ser uma velha que estava bem ali, na cama, tivesse perdido as orelhas e os olhos, algo assim, ou pior, perdido o horário da barca onde haviam colocado seu destino. Lá ia a barca, e a velha havia ficado na rampa de embarque.

Uma velha de banho tomado e cheia de casaquinhos se integrou de repente a um teatro familiar onde atuavam uma filha que mora longe e uma cuidadora profissional, ambas aliviadas por fazerem o melhor de si, o melhor para uma velha. Por sua vez, ela olhava ao redor e media a distância até a porta, buscando calcular quantos passos com o andador seriam necessários para fugir na hora do cochilo da grande ajuda.

E a velha tentou mesmo fugir algumas vezes, talvez mais de três — é difícil precisar as coisas para quem só acompanha pela janela do apartamento. A filha telefonava do estrangeiro agindo como uma contratante, uma administradora, uma mulher sem imaginação nenhuma diante das tentativas de sua velha mãe. Aquela velha boazinha, ela estava cansada de ser boazinha e achou que era hora de oferecer algo novo à filha e à cuidadora, algo equivalente a um banho frio para fazer as meninas despertarem lá do alto onde estavam.

Com sua mantinha de lã uma velha resolveu jogar cartas altas. Por sorte ainda tinha em sua cabeceira um objeto de companhia guardado à chave dentro de uma caixinha, aquele objeto roliço e tremedor que lhe custou muito caro e que veio do Paraguai com pilhas alcalinas. Ele e a velha já se conheciam fazia um par de anos, ele era um bom companheiro, um bom trabalhador íntimo. A velha comprara o companheiro por catálogo, escolhendo especialmente aquele por ser azul, de um azul inesperado entre outros roliços que tinham tom pastel. Eles eram caros, muito caros para uma velha, mas por sorte o fabricante oferecia parcelamento. Fechado à chave dentro da gaveta, o querido objeto de companhia da velha estava a salvo até então da grande ajuda, muito bem cuidado, e só precisava mesmo de um pouco de óleo para voltar a tremer.

A velha tirou proveito do fato de se deitar cedo todos os dias, conforme imposto pela grande ajuda, e de que não podia fechar a porta do quarto ou a moça ficaria nervosa do lado de fora. A velha deveria manter a porta entreaberta de modo que a ajuda pudesse ouvir caso ela tivesse a péssima ideia de morrer de noite. De sua parte a velha não tinha planos de morrer, não naqueles dias, antes o contrário, ela só queria voltar a usar seu objeto de companhia para dar uma cambalhota nas circunstâncias, gerando provas irrefutáveis de que ainda tinha muito a oferecer, vigor, criatividade, alongamento. A filha e a cuidadora esperavam tudo de uma velha, até que ela caísse sozinha no corredor ou cuspisse os comprimidos, mas nunca que ela gozasse, ah, por isso elas não esperariam jamais. Se gozasse a olhos vistos, se gozasse eloquentemente e sem nenhum pudor, quem poderia ter dúvidas de que ali estava uma humana ainda muito viva — era o efeito que a velha desejava causar com as manobras embaixo do cobertor.

Aquele seu objeto de companhia revestido de silicone especial, foi ele que em noites longas e tenebrosas do passado havia oferecido relaxamento à velha, tanto para que ela dormisse como para que se mantivesse acordada. Ela confiava em seu precioso companheiro movido a pilha e estava pronta para utilizá-lo, ajustando o botãozinho na potência máxima.

Em um dia programado, ela se deitou na cama, deu boa-noite à grande ajuda e assim que as luzes se apagaram apanhou seu objeto de companhia na cabeceira para começar a caçada. Quanto mais impetuosa e eloquente ela fosse, menos espaço a cuidadora e a filha teriam para duvidar do que estava acontecendo ali, no corpo de uma velha. Elas ficariam confusas e atarantadas sem saber para quem ligar, para qual tipo de médico.

A velha se perguntava por onde andaria seu gozo àquela altura, e regulava o companheiro, confiante de que ele saberia como funcionar como uma espécie de cachorro ou de porco treinado para farejar coisas delicadas e raras. Que o gozo de uma velha viesse logo ao encontro da boca desse farejador profissional — era o que ela determinava. Aumentou um pouco a potência do querido objeto e então fechou os olhos para deixá-lo à vontade em seu serviço, tateando sem pressa e trabalhando no escuro. Esperou um pouco, seguiu esperando um pouco mais, e por fim vislumbrou o gozo chegando, lá estava ele, afinal não era o caso de um gozo fugir ou se esconder de uma velha para sempre. Ela sentiu aquela espécie de onda, de onda imensa a caminho, uma antiga conhecida se enchendo e se enchendo e por fim estourando bem em cima de sua cabeça como uma grande inundação. Mal conseguiu fechar a boca, esbaforida e resfolegante, sentindo as juntas se lubrificarem de imediato e os olhos girarem na órbita. Sentiu um pouco de dor no punho nesse momento, mas poderia cuidar disso depois.

Do lado de fora do quarto, assistindo ao seu programa noturno na TV e chupando laranja, primeiro a grande ajuda não soube como interpretar aquele som que vinha do quarto, os gemidos caudalosos, ruídos que não estavam catalogados em seu repertório de doença e morte. Se a velha estivesse morrendo logo ali, a moça mordia os gomos de laranja e pensava, estaria morrendo de quê, afinal?

A profissional nem se mexeu no sofá, contabilizando a duração dos gemidos para depois ter algo concreto a relatar para a filha que mora longe — a duração do acontecimento. Aquela filha mal acreditaria no relato, mas a verdade é que a cuidadora achou ter ouvido até mesmo o clique que desligava o objeto de companhia da velha, pronto, ela tinha mesmo ouvido o clique.

Se alguma coisa estava clara naquela noite, naquele apartamento, era que uma velha não morreria tão cedo, não como se supunha. A grande ajuda cuspiu no prato as sementes de laranja que ficaram paradas na boca, e depois ficou sem saber o que fazer, como reagir de maneira competente, e talvez a única saída fosse chupar mais uma laranja, o que de fato ela fez, descascou mais uma fruta e chupou gomo a gomo, aumentando bastante o volume da televisão.

Na manhã seguinte já não havia mingau de aveia para o café, apenas um pão dormido com manteiga. Enquanto a velha tomou banho sozinha, com a porta do banheiro trancada, a grande ajuda teve tempo de telefonar para a contratante, a filha no estrangeiro, e nessa ligação informar que algo inesperado acontecera: havia surgido um novo velho, um velho emergencial não muito longe dali, ela inventou, e como ele não poderia esperar para morrer mais tarde, ao contrário daquela mãe no apartamento, a ajuda especializada estava de partida. A moça tinha pressa, ela anunciava ao telefone, enquanto assistia à velha mergulhando o pão dormido no café, cheio de manteiga, antes de enfiá-lo na boca.

A velha dá uma mordida na maçã verde que a vizinha lhe deixou de presente na soleira da porta e põe mais um prato à mesa para o caso de alguém aparecer sem aviso pedindo para dividir com ela a fruta. Rumina o dia inteiro, murmura pra lá e pra cá palavras que seu espião deve ter dificuldade para anotar no relatório. Ela se preocupa com a saúde do espião, espera que ele esteja agasalhado e se alimentando bem porque afinal é ele quem precisa morrer por último, bem depois da velha e até da filha que mora longe. Só ele pode garantir o relatório da pequena família até o fim, e para isso precisará se mudar para uma janela no estrangeiro em breve, uma janela que ofereça boa visibilidade para a vida da filha.

Se não fosse a ameaça exterior, a esta altura do ano a filha estaria fazendo uma visita para essa velha brasileira, tanto a filha como a menina dela. Elas costumavam aparecer uma vez ao ano para matar as saudades da velha, sempre trazendo sabonetes estrangeiros de presente e prontas para conversar bastante sobre as dores e os remédios de uma velha mãe, assim como para ir à praia.

A filha e sua menina chegavam com duas malas bem grandes e então ficavam hospedadas no mesmo quarto que pertenceu à filha quando ela morava aqui. A cama daquele quarto ainda é de solteiro, mas a filha e sua menina nunca se importaram com isso, elas se apertavam um pouco e dormiam muito bem, tão bem que até roncavam.

Quando elas estavam aqui nós três tomávamos café da manhã juntas todos os dias e eu comprava rosquinhas e pães doces e fazia suco de laranja espremido na hora. Sempre dizíamos que não tínhamos muita fome pela manhã, era educado e elegante dizer essas coisas, mas então nos sentávamos à mesa e a fome parecia impetuosa e antiga. Às vezes era preciso que a filha coasse mais uma garrafa de café, porque uma garrafa apenas não era suficiente para nós três, ainda mais quando estávamos bem-humoradas. Comíamos os pães e as guloseimas como se tudo isso fosse normal e corriqueiro, quer dizer, as guloseimas e a filha juntas nessa casa. As três mulheres conversavam alegremente e se tinham vontade faziam um brinde com as canecas de café. Em geral era a velha que tinha essa vontade e então a filha e sua menina a acompanhavam.

Durante essa estadia a velha fazia um esforço bem grande para agir com naturalidade e leveza, como se fosse uma bailarina, embora para ela não fosse nada natural ser uma bailarina. Não era comum para essa mãe olhar para o lado e encontrar a filha trocando o canal da tv, desligando o ventilador, isso era tão pitoresco que deixava a velha eufórica, como se fosse dia de ano-novo ou de desinsetização.

A filha tampouco conseguia agir com normalidade por muito tempo. Começava muito bem e levava os primeiros dias como uma filha exemplar, mas logo se sentia tão perto dos hábitos de uma velha que se irritava com algumas coisas e acabava fazendo alguma malcriação. Era bem mais fácil para a filha ser exemplar ao telefone, era mais simples para ela não se irritar quando estava longe. Apesar de a filha ser ela mesma uma mulher semivelha, ela muitas vezes se atrapalha e se comporta como uma filhinha, uma filha infantil que faz pirraças tentando controlar a mãe. Durante essas birras a velha se perguntava o que será da filha quando estiver órfã. Ela será obrigada a parar de malcriação, ou a arranjar novos escapes, afinal qual a graça de ser malcriada para outras pessoas que não a mãe?

Depois do almoço a velha respirava fundo e perguntava à filha bem tranquilamente, *E então, onde vocês duas vão passear esta tarde?*, e a filha respondia que elas iam ao parque ou à casa de parentes da menina. A velha dizia muito bem, ficava contente por isso já que o dia estava mesmo uma maravilha para uma caminhada, ela dizia isso e se comportava como se estivesse convidada para o passeio, ou como se o convite oficial fosse surgir a qualquer momento. Mas a filha e a menina se aprontavam, davam beijos na mãe e diziam até logo, prometendo voltar antes do jantar. A velha ficava um pouco triste e depois um pouco raivosa e depois triste de novo, mas quando as duas voltavam para o apartamento cheias de fome e abriam um vinho, nesse caso a velha sentia que não valia a pena continuar chateada. Ela bebia o vinho e comia o jantar e tentava participar alegremente de todos os assuntos que a filha e sua menina conversavam. É bem verdade que em muitos momentos elas falavam rápido demais e usavam algumas palavras na língua estrangeira que eram incompreensíveis para a velha. Nesse caso ela se perdia um pouco, ficava para trás e continuava quieta. Já estava acostumada a ser apenas uma velha quieta, mas nessas ocasiões era mais interessante, era diferente, afinal ela estava quieta mas tinha um copo de vinho na mão.

Em algum momento a filha começava a falar sobre o Brasil de uma maneira aborrecida e crítica, como se o país não lhe pertencesse mais. Falava dele como de um terceiro, alguém de quem se está tão longe que se pode inclusive desdenhar e debochar um pouco. Ela já era crescida e estrangeira o suficiente para estranhar o próprio país com tranquilidade, afinal não precisava mais dele, nem tinha que gostar ou lutar pelo seu presente. Quando morava no Brasil, vivia chafurdada nos sentimentos nacionais, todos eles também lhe pertenciam um bocado quando vistos de dentro. Mas, uma vez que passara a vê-los de fora, a filha agia como alguém que tomou um banho internacional, um banho que a despiu e limpou dos sentimentos internos, e por isso podia olhar para os brasileiros como objetos de estudo, usando luvas nas mãos para não se sujar de novo. A mãe ouvia as palavras da filha sobre o país e de algum modo se sentia atingida, como se ela mesma fosse o Brasil morando no apartamento. Os países e as mães tinham desde sempre a mesma natureza, a velha sentia, a mesma intimidade e a mesma origem, e por isso uma vez que a filha estranhasse o Brasil com tanta desenvoltura não havia como não estranhar a mãe também, a reboque do sentimento.

A mãe dava golinhos na taça de vinho e ficava ali como alguém que olha do alto: ainda era uma velha que amava essencialmente aquelas duas mulheres, amava como se ainda as conhecesse tão bem quanto já conhecera um dia, mas a verdade é que ela não sabia mais detalhes sobre quem elas eram ou sobre como inventaram a si mesmas depois de ir para longe de seus olhos. De sua parte, as mulheres também fingiam um pouco, fingiam e nem se davam conta, agindo como pessoas que não perderam nenhum capítulo da velha, dos acontecimentos de sua vida, como se a distância não implicasse nada em uma relação de amor.

Duas semanas depois elas partiam de volta para o oceano superior, e sempre partiam com o coração quente por terem vivido ao lado daquela mãe por um tempo. A filha ficava chorosa pela manhã, enquanto ajeitava as roupas de volta na mala, e então se despedia da velha como se estivesse se despedindo pela última vez, abraçando pela última vez a mulher à porta. A filha se certificava de que o abraço fosse bem dado para que seu peito pudesse então voar para o estrangeiro sem nenhum tipo de falha ou de arrependimento em termos de adeus.

Deve ser por isso que, apesar de não ter visitado a mãe esse ano, hoje de manhã a filha telefonou pontualmente, pronta para se despedir como todos os anos, como se elas estivessem à porta, porém de longe. Ela não disse isso à velha, que estava se despedindo por precaução, como sempre, mas agiu desse modo, ainda que sem o abraço. Disse que hoje plantara um bulbo de tulipa em um pequeno vaso, e que enquanto plantava pensou que, talvez, se cavasse a terra com bastante cuidado, e bem fundo a ponto de romper o vaso e vazar solo abaixo, com sorte correria o risco de encontrar pelo caminho outra mão, aquela que pertence a uma mulher que mora na parte oposta do planeta e que também enfia a mão na terra para se despedir de uma filha.

A filha disse que transpirou bastante sobre a terra porque cavar tanto assim a ponto de atravessar o planeta é muito trabalhoso, e com tanto atrito a terra ficou com cheiro de filha e a filha ficou com cheiro de terra, por fim dificultando saber qual delas havia começado a cavar a outra primeiro.

A mãe perguntou em quanto tempo aquele bulbo plantado pela filha se tornaria uma tulipa de verdade, e também de que cor ela seria. Vermelha, a filha disse, em um ano deveria nascer uma flor vermelha no oceano superior e então a filha pretendia trazer o vaso de presente para a mãe no Brasil, quem sabe para colocar ao lado do porta-retratos de Vicente.

A filha faz planos de longo prazo envolvendo a mãe e a mãe deixa que as coisas fiquem desse jeito, deixa que a filha desligue o telefone com o sentimento garantido de que haverá uma mãe no futuro. É natural que ela aja dessa forma, afinal ainda lhe é possível olhar para o futuro de frente, como um animal amigo. Daqui a alguns anos a filha será tão velha quanto a mãe e então descobrirá que nesse ponto da existência o passado é o único futuro, o único lugar onde alguns encontros ainda acontecem.

Às vezes a velha se senta no sofá depois do almoço e em vez de tirar um cochilo põe o dedo no umbigo, aparentemente à espera de algum tipo de mensagem. A velha dá a entender que no umbigo funciona uma espécie de interfone ou de rádio transmissor, uma passagem por onde pode se comunicar com aqueles que a antecederam. Ela mesma não sabe dizer como isso acontece, mas é com essa antena sintonizada que reprisa a voz dos desaparecidos, os queridos ausentes, ela se reencontra com eles a seu modo e fica contente de que ainda estejam morando dentro dela mesmo depois de tanto tempo. A vida da velha passou, uma vida *inteira* e ainda assim eles não se mudaram, eles permanecem ali.

É assim que acontece até mesmo com as mais antigas ausências, aquelas que a velha viu desaparecer quando era apenas uma menina. A mãe e a irmã da velha, elas são desaparecidas tão antigas que mal puderam ver no que a velha se transformou, numa mulher e numa professora e também numa mãe.

Quando a mãe e a irmã ainda existiam, a velha era apenas uma filhinha, ela só existia como filha e esse era seu único cargo. Estava tão longe de ser qualquer outra coisa, tão longe que não precisava nem mesmo ser uma mulher. Naquele tempo o corpo dessa filha costumava ser denso e firme e seus pés eram voltados para fora, como as hastes de um leque aberto. Ela era pequena e mesmo assim teve de se acostumar muito cedo com o fato de que as pessoas caem no chão apagadas, mesmo as pessoas amadas, algumas delas bem diante dos nossos olhos, por causa de um coração rompido por dentro. Muitas vezes só se tem tempo de amparar com a mão para que a queda não machuque o rosto desse amor, isso é tudo que se pode fazer.

Quando uma mãe e uma irmã no passado desaparecem pelo mesmo motivo, o coração rompido, é claro que a menina que fica para trás tem certeza de que ela mesma também se apagará em breve, isso deve acontecer a qualquer momento, e não cem anos depois. Uma menina sobrevive e sente como se tivesse o coração errado sob as costelas, um coração competente e forte, ao contrário do esperado. É mesmo muito estranho quando o destino deixa uma menina de fora do apagamento familiar, é estranho quando ele não a contempla como fez com as demais.

Aquela mãe e suas duas filhas moravam juntas em uma casa pequena onde a porta era pequena e a cama também era pequena, e havia uma grande preocupação de que ninguém ali crescesse demais ou então não seria possível se locomover direito. A filha entendeu muito bem o que estava acontecendo com a mãe na sala de casa, ela soube no mesmo momento em que viu aquela mãe caída no chão porque alguns meses antes a mesma coisa tinha acontecido com o cachorro Monza. O cachorro havia se apagado e a filha viu de perto assim que ele endureceu, esticando as patas. O cachorro Monza era preto e adorava arroz. Ele exalava um cheiro específico sempre que se deitava ao sol e tanto a mãe como as filhas adoravam aquele cheiro de cachorro-quente, elas adoravam tanto que punham Monza ao sol só para poderem cheirar depois.

Monza desapareceu porque era velho e mesmo assim a mãe, a irmã e a filha choraram muito quando o viram duro no chão. Estava mesmo tão duro que quando a mãe o pegou no colo ele parecia uma bandeja, e não um cachorro. Foi essa bandeja que ajudou as irmãs a entenderem o que havia acontecido com a mãe quando ela mesma caiu no chão, ela também havia se tornado uma bandeja, só que bem maior e mais pesada.

A pequena casa em que elas moravam ficava em uma rua sem saída, bem perto da encosta. No verão, ano após ano elas sentiriam calor e medo, nunca apenas calor como era previsto para quem morasse em outras ruas. As chuvas vinham forte e derretiam a encosta, e então podia ser que um dia tudo deslizasse montanha abaixo até engolir completamente o que houvesse pelo caminho. Os adultos falavam sobre isso e as crianças falavam sobre isso e para todo lado que se olhasse na rua haveria gente pensando em como sair correndo, gente pensando para qual lado fugir quando um estrondo ou um estalo fosse ouvido ao longe. Quem olhasse para aquela rua numa tarde de março poderia até encontrar alguém soltando pipa ou vendendo verduras como se a vida fosse comum, mas por trás desses acontecimentos ainda estariam todos pensando sobre o mesmo assunto de sempre, para onde correr caso fosse necessário, para onde fugir, como prender o fôlego em caso de barreira.

Todos os anos os vizinhos planejavam proteções e subiam muros entre as casas e a encosta, e a cada ano esses muros se tornavam mais fortes e mais preparados do que os muros do passado, como se também as contenções aprendessem alguma coisa de um ano para o outro. Havia mutirões, tijolos, massa de cimento, e havia também cerveja e churrasqueira ao fim do dia, música, e tudo aquilo embutia uma qualidade festiva no medo. Mas então era só chover de novo para que o medo vencesse todos os demais sentimentos, um medo real de que os tijolos, as casas, as pessoas, os cachorros, as churrasqueiras, tudo pudesse se tornar um único e indistinto volume de lama a qualquer momento.

A filha ouviria desde cedo que fugir significava ir para bem longe de casa, o mais longe que suas pernas pudessem chegar em disparada. Outras crianças podiam correr para dentro de casa sempre que sentissem medo, crianças que não moravam naquela rua ou naquele bairro. Ali, quando chovesse, a casa era o lugar do qual era preciso se afastar o mais rápido possível, do qual era preciso se proteger e quanto a isso havia consenso, quanto a isso não havia discussão. À beira da encosta, a casa era uma ameaça com telhados, uma ameaça com paredes amarelas, cortinas leves e um degrau na porta onde uma vez a mãe, a irmã e a filhinha se sentaram para fazer um retrato.

Nas noites de chuva a mãe se apressava em fazer as malas das filhas para deixar tudo preparado perto da porta. As três dormiam em colchonetes bem ali, ao lado das malas, e assim já estariam coladas à saída caso a necessidade aparecesse. A mãe alertava às filhas que elas precisariam aprender a nadar, isso devia acontecer o mais breve possível para aumentar as chances de escapar caso a contenção desabasse. Elas não se perguntavam se seria mesmo possível para um humano nadar na lama, não pensavam sobre coisas específicas.

Dormiam à porta e sonhavam com piscinas e com pessoas nadando de costas nessas piscinas. Acordavam espantadas de não ter sido preciso sair correndo durante a noite, não naquela noite. Tiravam o uniforme da escola de dentro da mala e então iam para mais um dia comum no colégio, assistiam às aulas, enchiam folhas e mais folhas de caderno, conversavam com amigas sobre o cheiro do Monza deitado ao sol. Só de noite voltavam a pensar em barreiras e deslizamentos, quando voltasse a chover, senão não pensariam mais naquilo até que um sonho, uma piscina, alguém nadando de costas as fizesse lembrar de algo semelhante.

A mãe esperava as filhas na volta do colégio com uma comida gostosa no fogão e tudo parecia normal e pacífico e bom. As meninas comiam e repetiam mais um pouco de feijão porque aquela mãe ficaria especialmente satisfeita durante a tarde se suas meninas comessem mais de um prato.

No inverno aconteciam coisas distintas do verão. A mãe não permitia que a casa ficasse com as janelas fechadas porque com as janelas fechadas ela se sentia sufocada e apertada e restrita demais. O frio entrava branco pelos basculantes e deixava as filhas um pouco roxas e batendo o queixo. A mãe andava pela casa em meio à neblina e conversava consigo mesma, falava coisas em voz alta dialogando com alguém que as filhas não conheciam e não sabiam onde estava. A mãe conversava e conversava e depois dizia às filhas que faria bem a elas se ficassem nuas, as três juntas, se deixassem para trás as camadas que encobriam e asfixiavam a pele, a verdadeira. A mãe separava as peles entre verdadeiras e falsas, embora as filhas não soubessem como fazer a distinção. Elas ficariam bem mais felizes quando estivessem finalmente despidas, a mãe dizia, e se despia para dar o exemplo. Faltava entre aquela mãe e suas filhas, naqueles momentos, algo semelhante a um muro de segurança, algo mais alto e que eventualmente impedisse que as coisas de uma mãe deslizassem sobre as filhas. Elas faziam o que podiam e ajudavam a mãe a se deitar na cama, e então colocavam um cobertor em cima dela.

A mãe dormia e roncava e só abria os olhos na manhã seguinte, descansada e alegre, precisando passar o café e arrumar as lancheiras e então o assunto da nudez respeitava isso, ele respeitava os afazeres domésticos de uma mãe. As filhas acordavam com o barulho da máquina de lavar, do rádio ligado no programa de notícias, ruídos que informavam que tudo estava bem e que naquele dia haveria lençóis limpos e cheirosos na cama. Esses momentos eram mesmo tão bons que as filhas podiam ver ali diante delas apenas uma mãe, elas podiam ser as filhas de uma mãe sem precisar ter receio ou dúvida junto disso. Tudo parecia simples e possível porque afinal a mãe penteava o cabelo das filhas e ainda por cima assava um bolo.

Quando precisavam sair para comprar comida, a mãe experimentava todos os vestidos que tinha, punha um a um e então elegia um preferido, deixando todos os rejeitados em pilhas pelo chão. As filhas reconheciam os vestidos da mãe como gatos, pelo rabo, puxavam o rabo celeste do meio da pilha e entregavam à mãe a peça que aplacaria sua angústia por não conseguir encontrar o vestido azul, o que tinha um bordado na gola.

Precisavam ir à feira e também ao mercado, mas antes a mãe aproveitava que as três estavam na rua para ensinar às filhas mais uma coisa importante e específica, algo que ela precisava garantir que as meninas soubessem: a diferença entre fugir e se esconder. Elas deviam aprender com os bichos como distinguir muito bem as duas coisas, porque assim estariam preparadas quando uma ameaça se apresentasse.

A mãe tomava suas meninas pela mão e entrava com elas em banheiros públicos, em todos os banheiros que elas encontrassem pelo caminho, os de lanchonete, de rodoviária, para poderem planejar juntas como transformar aqueles cubículos em esconderijos perfeitos para pessoas como elas. As meninas deviam ser capazes de criar o refúgio ideal ali mesmo, nos banheiros, caso algo do lado de fora subitamente explodisse ou as apavorasse. Se mudariam para os cubículos e arrumariam aquele metro quadrado para acomodar as três pelo tempo que fosse necessário até que a ameaça se dissipasse do lado de fora.

A mãe media o espaço para saber como encaixar um colchonete ao lado da privada e também como colocar alguns cobertores aqui e ali, e depois analisava a chance de trazer um fogareiro para cozinhar o macarrão, pensando onde ele seria colocado para evitar queimaduras. Se preocupava em treinar as filhas para situações alarmantes. Se por acaso um desses cubículos fosse ridiculamente pequeno, a única saída seria deixar algo grande para trás de modo a aumentar as chances de sobrevivência de pelo menos algumas delas. A mãe olhava as filhas e então elegia apenas uma, a irmã, para entrar no cubículo. A filha sobressalente ficava do lado de fora e ouvia os planos da mãe e da irmã do lado de dentro, o que elas fariam para sobreviver juntas daquela vez.

Fossem duas ou três as fugitivas, a mãe demandava que ficassem sempre em absoluto silêncio no abrigo para que a ameaça não conseguisse sentir o cheiro delas. Aquela mãe abraçava as filhas e as comprimia contra a barriga dizendo que *a coisa* já estava quase passando, que *aquilo* já ia acabar e quando isso acontecesse elas poderiam sair de novo em liberdade, sair do cubículo e voltar para casa. As filhas apertavam os olhos e escondiam as mãos no meio das pernas da mãe, incertas do que fazer com as extremidades à espera do apocalipse.

A filha percebia as baratas nos cantos dos banheiros, igualmente imóveis e petrificadas, como elas. Talvez também estivessem à espera da explosão, talvez precisassem, assim como aquelas mulheres, se proteger de alguma coisa. A filha notava uma das baratas tão espantada quanto ela e cedia ao impulso de pegá-la com a mão para aproximá-la dos olhos e checar se o bicho também teria o instinto de esconder o rosto. A filha imaginava se, no momento em que tudo começasse a explodir ao redor, as arquiteturas, os prédios, os carros, os humanos, os parentes, os cachorros, os pães, tudo convertido subitamente em poeira e depois em nada, um monte de nada ao redor, se por baixo de tudo isso estaria uma barata como aquela, se encolhendo e buscando proteger a face.

Como nada explodia nem desmoronava, minutos depois a mãe relaxava os ombros e soltava as filhas de seus braços anunciando que agora elas já podiam ficar tranquilas, agora podiam sair porque aparentemente a tal ameaça não estava interessada nelas naquele momento. A mãe dizia isso e então as filhinhas deviam se sentir imediatamente aliviadas, se sentir crianças outra vez ou algo bem parecido.

A mãe ficava alegre por ensinar às filhas assuntos tão importantes e as filhas por sua vez se sentiam alegres pela mãe, e apavoradas, sentadas na margem entre o amor e o horror. A mãe achava que estava fazendo uma gentileza ao preparar as filhas para o futuro, e elas por sua vez sentiam algo estranho no peito, porque então uma gentileza podia ser mesmo muito violenta.

Voltavam para casa e a filha se perguntava *quando* seria o acontecimento esperado, o fim do mundo, se antes ou depois de seu aniversário. O mundo e aquela mãe se comportavam como lugares gêmeos, os dois únicos onde uma filha poderia viver, embora ambos pudessem deixar de existir a qualquer momento. Ela fechava os olhos de noite e imaginava seu corpo miúdo vagando sozinho pelo universo após a tal explosão ou o eclipse final, restando apenas uma filha perdida em uma existência sem mundo — e mais, em uma existência sem mãe.

Para aquela filha insone o mundo poderia até acabar se assim desejasse, desde que a mãe pudesse continuar existindo de alguma maneira dentro desse mundo em falta. A filha não sabia se isso seria negociável, nem a quem deveria pedir ajuda para que o fim do mundo poupasse a mãe, quem sabe colocando todas as mães em um lugar mais alto, a salvo do derretimento ou da explosão do planeta. A filha custou a se dar conta de que, bem, ela também teria de sumir com o planeta explodido, ela e todos os demais seres, a filha custou a se dar conta de que absolutamente nada, nem mesmo as crianças restariam de pé e isso a tranquilizou demais. Se ela não estivesse ali para sentir a falta do mundo, e pior, a falta do ar, e pior, a falta de uma mãe, então por ela tudo bem.

Naquelas noites de pânico o mundo demorava tanto a acabar que por fim a filha pegava no sono. Só depois de muitas madrugadas ela compreendeu como a coisa aconteceria de fato, quando conheceu o rosto desaparecido da mãe e então o fim do mundo se revelou e se esclareceu para ela. Era dessa maneira que o mundo acabava, afinal, a filha percebia, com o fim da mãe e não com um meteoro.

A filha cobriu a cabeça esperando que o mundo acompanhasse os acontecimentos e também morresse, ele morreria em poucos minutos, era o que se esperava. Mas o mundo não morreu, curiosamente ele sobreviveu à mãe e decidiu ficar ao redor daquela filha oferecendo chão, ar, céu, água e outros elementos importantes para a vida de uma menina. A filha viu o rosto materno apagado, definitivamente apagado e então vomitou no chão da sala porque agora havia um compromisso firmado entre ela e o planeta. Em retribuição à permanência dele, a filha também deveria permanecer, essa era sua função, ser alguém que permanecia e que continuava existindo. Deveria se erguer e viver e caminhar e inclusive se tornar, em algum ponto do trajeto, uma mulher inteira e total para além do desaparecimento materno.

Por sorte, antes de desaparecer, aquela mãe teve a chance de ser algumas vezes uma mulher simples, tão simples que desse às filhas a chance de voltar da escola e encontrar uma mãe que tomava um banho longo e agradável, uma mãe cheirosa e cheia de espuma, e era confuso àquela altura pensar que o amor ainda poderia saber como se perfumar para viver dias comuns. Era surpreendente que em alguns momentos o amor tivesse essa qualidade, essa desenvoltura com a vida. A mãe se esforçava nos gestos simples, ainda que esses gestos muitas vezes parecessem estar longe de seu corpo, mas não longe como a quilômetros, e sim longe como *dentro*. Ela se aproximava de ser uma mãe e uma mulher que poderiam até mesmo carregar vida afora um grão perene de medo, de solidão ou de fuga no peito, mas junto a ele haveria também outro grão, tão duro quanto, o do amor extraordinário, ainda que embaraçado.

Naqueles primeiros dias sem mãe, a filha ia até o espelho do banheiro e encarava a própria imagem para ver com quem ela poderia se parecer agora que precisava seguir assim, sozinha e tão próxima de si. Colava o nariz no espelho e ficava um bocado por ali até que surgisse do outro lado outra garota, uma que se parecia muito com ela, morando no lado oposto. As duas meninas espelhadas, elas eram tão semelhantes que em algum momento tinham a impressão de serem a mesma pessoa; se uma risse, a outra riria também, se uma mostrasse a língua, a outra mostraria também, em uma brincadeira de imitação em que nenhuma jamais sairia perdendo. Talvez uma delas habitasse o polo oposto do planeta e de tanto olhar no espelho tivesse encontrado ali uma semelhante que também fazia a mesma busca, como se por trás do reflexo houvesse um buraco cavado com os olhos de quem procura por si mesma e acaba encontrando algum tipo de coincidência pelo caminho.

A filha encarava a garota por alguns minutos tentando descobrir quem era ela, afinal, íntegra e de pé diante do espelho, isso era tudo o que a filha queria saber, algo que parecia importante e justo para uma menina, a pergunta que soava curta e até simples ao ser formulada por alguém que estava tão próxima da própria imagem — *Quem sou eu?*

A velha que ainda se lembra com intimidade dessa menina que encarava o espelho percebe que ela é mesmo antiga e remota, tão distante no passado, e ainda assim poucas presenças são tão solidárias para uma velha de apartamento cem anos depois. Ela está ali agora mesmo, a menina, por dentro das aparências do tempo, ela sobreviveu e está ali. Por vezes ela abraça a velha, vem por fora e assegura uma embalagem ideal para as duas. Outras vezes ela está por dentro, na origem, como um bulbo prestes a eclodir. Há dias em que elas se encontram de igual para igual, a velha e ela, e então podem olhar uma para a outra ainda interessadas em vasculhar a pergunta original, *Quem sou eu?*, a grande pergunta, a sem resposta. A velha convida a menina para a cozinha, nesses momentos, e lhe dá alguns biscoitos para o jantar, leite, e em seguida a leva para tomar um banho porque mesmo após tanto tempo ali está uma criança que ainda precisa ser cuidada. Está exausta, a criança, é claro que está, e só uma velha como essa para conseguir enfim colocá-la na cama a tempo de uma noite tranquila, uma noite inteira em paz antes do dia seguinte.

É curioso ter idade bastante para falar sobre todas as coisas retrospectivamente, uma velha pensa. Ao fim da linha da vida, de repente alguém recebe o direito de subir em uma cadeira e ficar cinquenta centímetros mais no alto para transmitir aos demais humanos as notícias que vêm do passado. Com esse horizonte de ontens à disposição, o alguém trepado na cadeira já pode dar a cada um dos acontecimentos de uma vida um lugar específico no tempo, usando binóculos e apontando o dedo: *Foi mais ou menos aqui que tudo começou, e foi aqui, nesse ponto, que chegou ao fim.*

Os humanos como essa velha, eles se esforçam em identificar o começo e o fim das histórias porque afinal é assim que se pode contá-las, puxando pelas extremidades. Você puxa o fio por uma das pontas e, ainda que tenha se esquecido de um bocado de coisas no caminho, percebe que um fio nunca anda só, ele é generoso e traz consigo as próprias lembranças, os adornos, os guizos dos acontecimentos. Você ouve os guizos e já se sente um pouco mais amigado do destino, cúmplice e menos sozinho porque, veja só, ali estão os seus antepassados dentro das memórias, você olha para eles bem no instante em que eles decidem olhar de volta. Não só eles estão ali, como de bom grado te dizem, *Deixe-nos te contar uma história*, anunciando por dentro disso, com a amizade do tempo, *Deixe-nos te mostrar a origem*.

Muitas vezes é mais fácil contar as histórias depois que elas terminam, quando já se conhece seu desfecho. Nesta manhã, por exemplo, a velha despertou no apartamento imaginando qual forma tomará a tulipa vermelha da filha que mora longe, a tulipa do futuro. Ela se sentou na beirada da cama imaginando qual será por fim a forma dessa flor fêmea, e ali mesmo começou a olhar em volta em busca de alguma coisa específica. O espião não soube dizer a princípio pelo que a velha procurava, ela não abria portas nem gavetas. Ela apenas fechou os olhos e, respirando fundo, começou a apalpar os braços, o tronco, o peito, como se a tal coisa pela qual buscava estivesse ali por dentro dos músculos, guardada, e somente tateando a velha pudesse enfim encontrá-la.

Ainda de olhos fechados ela percebeu que algo raro começava a acontecer, uma novidade depois de tanto tempo. Ainda era bem cedo pela manhã, não passava das seis. Sentiu uma espécie de dormência chegando, um entorpecimento que primeiro tomou os seus braços e depois seguiu escalando cada uma das vértebras rumo à cabeça. É bem verdade que a velha já havia experimentado outras dormências na vida, mas aquela tinha uma natureza própria, distinta, ela logo sentiu, como algo que lhe era comunicado pelo avesso, de dentro para fora.

De repente a velha tentou segurar o copo d'água e sua mão discordou, a mão atravessou o vidro como se ele não fosse sólido o bastante. Ela achou aquilo estranho e interessante, olhou para o porta-retratos de Vicente e, depois de alguns minutos, tentou mais uma vez agarrar o copo. Não havia como não desconfiar de que então era isso, talvez ali estivessem os indícios pelos quais uma velha tanto esperava, os sinais de que ela começava a desaparecer. Finalmente começava a desaparecer — aquele era o tão esperado momento.

Achou melhor se deitar de novo na cama. O entorpecimento que antes ocupava apenas uma parte do corpo pouco a pouco se estendeu sobre a velha inteira, tomando todos os seus lados. O cansaço era tamanho e parecia um manto sobre a velha, uma calda quente que envolvia seu organismo como um todo e a impedia de interagir, de fazer qualquer tipo de movimento, a não ser com os olhos. Quando movia os olhos para baixo e via aquele corpo que era seu, o que a velha percebia era que ele ainda estava ali deitado na cama e ainda era o mesmo corpo de sempre, ao que parece, embora já não se assemelhasse ao corpo de uma velha típica, digamos assim, ao de uma mãe ou de uma mulher. Naquele instante ele se parecia muito mais a um volume simples que poderia pertencer a qualquer humano, a um bicho ou quem sabe até a uma bela pedra.

O corpo sobre a cama devia saber algo que a velha ainda desconhecia, ele desvendou primeiro o que era aquilo que estava prestes a acontecer e começou alguns preparativos. Era mesmo conveniente que esse novo corpo-pedra assumisse o controle dos passos, que ele desse o ritmo e ficasse à vontade para agir como uma âncora ou um oráculo, afinal a velha tinha apenas cento e um anos nesta manhã, ela não sabia quase nada, enquanto o corpo, com a idade dos séculos, sabia muito mais.

Aparentemente a cama e o quarto ainda eram os mesmos de antes, quer dizer, a cômoda estava ali e o porta-retratos também, os raios de sol entravam pela janela e projetavam sombras interessantes, conforme esperado. Tudo parecia familiar para quem olhasse de fora, a não ser pelos pés da cama, onde em dado momento algo mudou.

Um observador atento, acostumado ao quarto da velha, veria que de repente os pés da cama estavam a dez, quinze centímetros do chão, flutuando com desenvoltura. Nada daquilo pareceu estranho para o contexto, ao contrário, a cama flutuante parecia natural e até programada para acontecer, assim como a chegada de duas outras mulheres. Elas entraram no quarto e logo se sentaram à beira da cama da velha.

Com certeza essas duas mulheres se arrumaram antes de fazer aquela visita, elas se vestiram e se perfumaram e se maquiaram para não assustar ninguém com seus esqueletos à mostra. Talvez houvesse uma preocupação de que o companheiro da velha nos últimos tempos, o espião, saísse correndo amedrontado e trêmulo assim que as mulheres-esqueleto chegassem. Mas elas tiveram esse cuidado e por cima do rosto vestiram a máscara adornada e brilhante, a que a velha havia feito para elas muitas décadas antes.

Sentada do lado esquerdo da cama estava a mãe da velha, e do lado direito a irmã. A velha adoraria ter conseguido se mexer um pouco para apresentar ao espião as duas recém-chegadas, pessoas de quem afinal ele já tinha ouvido tanto falar. É possível que elas tenham se sentido convocadas de algum modo, chamadas em socorro de uma velha, porque ontem mesmo ela não parava de pensar nelas, no passado. As mulheres ouviram o chamado lá onde estavam e então chegaram a tempo.

A mãe e a irmã mascaradas ainda não tinham visto a velha como uma velha; não, elas a conheciam somente com o rosto de uma criança. As três estavam se revendo depois de tanto tempo, na verdade depois de uma vida inteira. A velha sentiu vontade de dizer muitas coisas a elas, de perguntar como havia sido afinal aquela existência à distância, em outra dimensão, mas não conseguiu mexer a língua.

Assim que a mãe se sentou na cama, além da máscara a velha

logo reconheceu também um cheiro de mãe, cheiro que continua o mesmo, portanto, ainda que em um esqueleto. Aí estava uma novidade para a velha, que os mortos tivessem autorização para levar consigo seus cheiros de vivos. Ela sentiu o cheiro e imediatamente quis agir como uma filhinha de novo, se mover assim como se move uma menina para pedir colo ou então se esconder atrás da mãe. De uma hora para outra a velha estava se perguntando se seria possível para meninas de seu tipo, centenárias, agirem como filhas outra vez, se nessa idade ainda era possível reconhecer a presença de um filho por dentro de um corpo.

As duas mulheres certamente não estavam apenas de visita, elas tinham um propósito e logo começaram a trabalhar nele. A mãe e a irmã ajeitaram o corpo da velha na cama, reto, pacífico, e então apanharam alguns de seus fios de cabelo para começar um crochê. Com a ajuda dos dedos, começaram a unir cada um dos fios da velha aos seus próprios fios, dando origem a uma rede ou um lençol no qual o corpo sobre a cama pudesse se deitar dentro de alguns instantes. A velha percebeu a rede surgindo e ficou contente, ficou contentíssima ao compreender que ao fim a mãe e a irmã estavam ali para lhe dar uma carona, para ajudá-la a desaparecer de modo tão interessante. Foi uma surpresa descobrir que então as mães não ajudam apenas os filhos a nascer, mas também a morrer, quando preciso, o que assemelhava de alguma maneira o nascimento à morte, quanto aos braços das mães.

Enquanto aguardava pacientemente e apenas girava os olhos para acompanhar o serviço, de repente o corpo tomou providências por si mesmo e começou a se mover bem devagar, rastejando como podia, para fazer aquilo que se mostrava ideal para o momento: deitar-se no colo da mãe uma última vez. Do que afinal era preciso abrir mão para percorrer o caminho de volta, o caminho inteiro?, uma velha se perguntava enquanto seu corpo já agia. Para espanto dela e de seu querido espião, que via tudo por meio de binóculos, o corpo fez o percurso com grande simplicidade, sem cálculos e sem razão, apenas rastejando e se entregando ao colo da mãe porque para ele não era preciso complicar nem titubear quanto às coisas naturais. O corpo deu assistência e carregou a velha com ele, funcionando como uma bússola.

E ele foi mesmo tão ágil que, quando a velha deu por si, já estava com a cabeça deitada no colo materno, interagindo com a mãe, que prontamente enfiou os dedos entre seus cabelos. A velha sentiu os ossos maternos invadindo o topo da sua cabeça, atravessando a pele e o crânio, e logo experimentou uma coisa estranha e nova, estranha e necessária, como se a mãe começasse ali mesmo a exumar o corpo de uma filhinha. A mãe fazia isso e ao mesmo tempo se abria para que também a filhinha exumasse seu corpo de mãe, ambas reconhecendo uma à outra em um encontro de ossos.

A velha acarinhada pela mãe percebia tudo o que estava acontecendo e tentava não atrapalhar, não intervir em nada. Ficou ali dentro daquele corpo tão quieta quanto pôde, aproveitando o cafuné e o sono que pouco a pouco chegava. Em frente à cama, observando tudo de seu porta-retratos, estava o jovem Vicente no verão petropolitano. O homem testemunhou os trâmites no corpo da velha e não estranhou o que via, ele reconheceu as etapas porque talvez tenham sido muito semelhantes às que ele mesmo experimentara naquela cama anos antes. O corpo da velha não se importou com o testemunho do porta-retratos, com essa plateia familiar e ausente, ele ficou feliz por ter observadores.

A velha acompanhou satisfeita a própria exumação e percebeu que a mãe mascarada não deixava passar nenhum de seus ossos, mesmo os miúdos e invisíveis. Ela contava com cuidado cada um deles, como botões na palma da mão. O corpo entregava esses ossinhos de bom grado à mãe e sem medo de desmoronar ou de se desmontar inteiro a qualquer instante. Já estava disposto a abrir mão de tudo assim que fosse possível, ele estava até mesmo empenhado nisso.

A verdade é que o corpo não se parecia em nada com um amador, com um principiante em matéria de se decompor. Quem o observasse de fora perceberia um corpo informado, graduado por todos os corpos anteriores que ele pôde acompanhar antes do próprio momento. Durante todos aqueles anos de vida de uma velha, lá estava o corpo observando atentamente os desaparecidos e os apagados, acumulando silenciosamente os conhecimentos e as posições e os gestos que seriam úteis quando o próprio tempo chegasse. Estava à espera do veículo final, estava silencioso, dormente, vendo nascer pouco a pouco a rede que lhe serviria de transporte.

Do ponto de onde observava tudo acontecer, já era impossível para o espião afirmar, entre mães e filhas, qual delas tinha vindo primeiro e qual tinha vindo depois, qual criara e qual fora criada, sendo provável que, entre aquelas mulheres, as que deram à luz tivessem nascido exatamente ao mesmo tempo que as que receberam a luz, desfazendo a necessidade das ordens. Talvez aquilo que o espião via acontecendo sobre a cama, uma mão que acarinhava a cabeça de alguém, talvez aquilo fosse tanto a mãe acarinhando uma filha quanto a mãe acarinhando a própria mãe, ou ainda a filha com a filha, ou a filha com a irmã, todas elas mescladas em uma espécie de terceiro feminino ou de terceiro pomar cujas precedências pouco importam.

A verdade simples que se mostrava a quem olhasse de fora era que, ainda que boa parte da humanidade se perdesse entre milhões de mãos e cabeças tentando se reencontrar umas com as outras, ainda assim as três mulheres sobre a cama se reconheceriam, três entre milhões, e não pelo jeito específico com que perguntariam, *É esta aqui a sua mão?*, mas sim pela maneira como conseguiriam montar refúgio uma embaixo da outra tão logo se encontrassem, como pedras encaixadas. Ainda que tivessem que cruzar de ponta a ponta o planeta no escuro, ainda assim essas pedras se tateariam em pleno breu e não teriam dúvidas quando, juntas e empilhadas e firmes, finalmente se sentissem a salvo do desmoronamento.

A velha dormente sentiu a mão da mãe mascarada realizando a contagem de seus múltiplos ossos e juntas, e mesmo que ela não passasse de um esqueleto, de uma ex-mãe, ainda assim para ambas estava claro que não havia mais perigo em confundir as ossadas, em não saber a quem pertencia uma costela como essa aqui, por exemplo, já que naquele instante tudo o que existia sobre a cama era apenas uma grande amostra humana sem identidade. Ainda que os humanos anteriores não tivessem conseguido oferecer o perdão necessário, ainda que eles estivessem metidos em certezas e sentimentos, os ossos sim já podiam se render e perdoar o que quer que fosse, leves, despidos das histórias, correndo o risco de ter o coração fresco e a ponto de libertar todos os demais corações para também serem frescos, por fim.

A mãe e a irmã embrulharam a velha na rede de fios recém-concluída e fecharam o tecido por cima para que nada fosse deixado para trás, a não ser pela tal costela, aquela que deveria, como uma oferenda proposital, ser encontrada por quem viesse depois.

O espião, prestes a concluir seu trabalho, não se surpreendeu ao descobrir que então seria justamente essa costela, a de uma mulher velha, a escolhida para recomeçar do zero a história, a História, dando origem a uma outra humanidade feita da coleção dos ossos das antepassadas que venceram a travessia. Pela janela do apartamento ele viu as responsáveis pelo projeto indo embora, as genitoras que cuidaram de deixar disponível sobre a cama a ferramenta essencial para o humano do futuro. Quem sabe seria esse o humano exemplar, livre, já apto a não ver ali, no osso original, somente um homem ou uma mulher, e sim o broto de uma terceira humanidade cujo nome ainda não surgiu.

A mãe e a filha deixaram um laço de fita em torno da costela, um laço vermelho que identificava o presente, e então partiram levando a rede e a velha junto com alguma esperança de que o nome da tal terceira humanidade não tarde a surgir na boca dos vivos. Quem sabe isso aconteça em breve, e se assim for elas e seus companheiros de todas as dimensões também poderão chamar pelo acontecimento, pedindo por sua chegada junto aos viajantes do tempo.

Ah, como a velha adoraria poder contar sobre esses planos à filha que mora longe!, como ela adoraria fazer isso agora, se pudesse atender o telefone que toca.

Este livro reconhece com reverência a presença das escritoras Natalia Ginzburg, Chantal Akerman, Joan Didion, Rosa Montero, Diamela Eltit, Gertrude Stein. A filha que mora longe é uma personagem lida em Chantal Akerman. Todos os meus agradecimentos pelo amor e pela amizade leais: Bruno Batista, Malu Salles, Tereza Leite, Evando Arantes, Moma Rocha, Adriana Lisboa, Bruno Murtinho, Gil Fronsdal e Diana Clark.

A benção aos mais velhos.

1ª EDIÇÃO [2022] 4 reimpressões

ESTA OBRA FOI COMPOSTA EM ELECTRA PELO ESTÚDIO O.L.M./ FLAVIO PERALTA
E IMPRESSA EM OFSETE PELA LIS GRÁFICA SOBRE PAPEL PÓLEN DA
SUZANO S.A. PARA A EDITORA SCHWARCZ EM JUNHO DE 2024

A marca FSC® é a garantia de que a madeira utilizada na fabricação do papel deste livro provém de florestas que foram gerenciadas de maneira ambientalmente correta, socialmente justa e economicamente viável, além de outras fontes de origem controlada.